산과 삶과 사람과 5

충청도의 산

산과 삶과 사람과 5

충청도의 산

발　행 | 2022년 02일 22일
저　자 | 장순영
펴낸이 | 한건희
펴낸곳 | 주식회사 부크크
출판사등록 | 2014.07.15.(제2014-16호)
주　소 | 서울특별시 금천구 가산디지털1로 119 SK트윈타워 A동 305호
전　화 | 1670-8316
이메일 | info@bookk.co.kr

ISBN | 979-11-372-7521-8
www.bookk.co.kr

글머리에

산이라는 이름의 공간, 거기서도 가장 높은 곳, 제가 그곳에 오르는 이유는 결코 그보다 높아지기 위해서가 아니었습니다. 그 높고도 웅장함 속에서 저 자신이 얼마나 낮고 하찮은 존재인지를 깨닫기 위함이 맞습니다.

그럼에도 그곳에서 내려와 다시 세상에 들어서는 순간 저는 거기서 얻었던 가르침을 까맣게 잊고 맙니다. 산과 함께 어우러져 세상 시름 다 잊는 행복감이 가물거리다 사라질 즈음이면 또다시 배낭을 꾸리게 됩니다.

시시때때로 자연의 위대함을 되뇌고 교만해지려 할 때 인자요산仁者樂山의 귀한 의미를 새기며 거기로부터 충분한 에너지를 받을 수 있었기에 감사한 마음으로 산에서의 행보를 기록해왔습니다.

얼마 전 갤럽은 우리나라 국민의 취미 생활 중 으뜸이 등산이라는 조사 결과를 발표했습니다. 주말, 도봉산역이나 수락산역에 내리면 그 결과에 공감할 수밖에 없을 것입니다.

그처럼 많은 등산객이 오늘 가는 산에 대하여 그 산의 길뿐 아니라 그 산에 관한 설화, 그 산에서 일어났던 역사적 사실, 그 산과 관련된 다양한 문화와 정보를 알고 산행하면 훨씬 흥미로울 거라는 생각이 들었습니다.

'산과, 삶과 사람과'는 그러한 취지를 반영하고 그 산에서의 느낌을 가감 없이 옮겨놓은 글과 그림들의 묶음입니다.

일부 필자의 사견은 독자 제현의 견해와 다를 수도 있다는 걸 알면서도 굳이 에둘러 표현하지 않았습니다. 다르다는 게 옳고 그름의 가름이 아니기에.

강원도, 경기도, 경상도, 전라도, 충청도의 5도에 소재한 산들을 도 단위로 묶어 감히 다섯 권의 책으로 꾸며 세상에 내어놓는 무지한 용기를 발휘한 것은 우리나라의 수많은 명산을 속속 들여다보고 동시에 이 산들이 주는 행복을 세세하게 묘사해보고 싶었기 때문입니다. 산이 삶의 긍정으로 이어지고 사람과의 인연을 귀하게 해준다는 걸 표현해내고 싶었습니다.

김병소, 김동택, 박노천, 박순희, 유연준, 유호근, 윤선일, 윤창훈, 이남영, 임영빈, 장동수, 최동익, 최인섭, 황성수, 홍태영, 강계원 님 등 함께 산행해주신 횃불산악회 및 메아리산방 산우들께 진정으로 감사드립니다.

이 미진한 기록이 돌다리처럼 단단한 믿음으로,
햇살처럼 따뜻함으로,
순풍처럼 잔잔함으로,
들꽃처럼 강인함으로,
별빛처럼 반짝이는 찬란한 빛으로……
그런 계기가 된다면 얼마나 기쁘지 모르겠습니다.

장 순 영

산과 삶과 사람과 5

충청도의 산

<차 례>

깨우침의 산실, 극락 관문 속리산을 소요하다

여기가 바로 극락이고 천상의 낙원이었다.
바람 고요한 문장대에서 소백산맥 늘어선 고봉들을 눈에 담고
저 아래 속세의 까칠함을 뇌리에서 떨쳐 내니
여기 말고 다른 곳에 또 극락이 있겠는가.

양양하게 흐르는 것이 물인데
어찌하여 돌 속에서 울기만 하나.
세상 사람들이 때 묻은 발 씻을까 두려워
자취 감추고 소리만 내네.

우암 송시열이 속리산에 왔다가 지은 시이다. 사적 및 명승 제5호이며 관광지로 지정된 속리산俗離山은 1970년 국립공원으로 지정되었다. 충북 보은군에 소재하여 경북 상주시에 걸쳐있으며 다른 산에 비해 유난히 많은 신화와 전설을 지니고 있다.

서기 784년, 신라 중기의 고승 진표가 속리산에 이르자 밭을 갈던 소들이 일제히 무릎을 꿇는 것이었다. 이러한 광경을 본 농부들은 짐승까지도 그를 경배하는데 사람들이야 오죽하겠느냐며 진표를 따라 입산수도하였다고 한다.

속세를 떠난다는 뜻의 속리俗離는 그러한 유래에서 명명되었는데 따지고 보면 속세가 떠난 산이라 해야 맞을 법하다.

최치원이 읊었듯 어디 산이 속세건 사람이건 떠나던가.

또 문장대를 세 번 오르면 극락에 갈 수 있다는 속설을 들은 바 있어 속인俗人은 극락행 유람선에 무임승차할 속물 같은 요량으로 봄 오는 길목에서 뻔뻔스럽게 속내를 드러내고 만다. 어쩌면 속리산은 속세 가장 깊숙한 곳에서 한도 끝도 없이 속인들의 범접을 용인하는지도 모르겠다.

어떤 산이라서 오는 이 마다하고 가는 이 붙잡던 가마는 여기 속리산은 백두대간이 태백산에서 남서로 급하게 방향을 꺾어 누구나 쉬이 올 수 있게끔 한반도 남쪽의 심장부에 자리를 잡아 그야말로 탈속脫俗을 지향하게 하는 산이란 생각이 든다.

극락에 올라서다

숙박시설과 상가 등이 밀집하여 관광 취락을 이루는 내속리면에서 법주사까지 이르는 약 2km(5리)의 양쪽으로 터널을 이룬 떡갈나무숲 길은 오리 숲이라는 이름이 붙여졌는데 이 숲길이 있어 지루함을 덜어준다.

속리산 주차장에 유료 주차하고 다시 입장료를 내고 속리산 입구로 들어서야 한다. 그리 싸지 않은 금액을 내고 산에 온다는 게 은근히 짜증스럽다.

"법주사가 아니라 국립공원 속리산에 온 건데……."

탐방로 안내판에도 매표소를 속리산이 아닌 법주사탐방지원센터라고 적어놓았다.

"스님들이 탐방을 지원?"

법주사에서 등산객들의 탐방을 지원하는 건 아닐 텐데 말이다. 목욕소沐浴沼를 지나면서 짜증이 가중된다.

"반드시 저주받을 것이다. 나도 네 자식을 절대 살려 두지 않겠다."

현덕왕후는 단종을 낳자마자 숨져 현재의 경기도 안산에 있는 소릉에 묻힌다. 이후 세조가 단종을 살해하자 꿈속에 현덕왕후가 나타나 세조를 꾸짖으며 저주를 퍼부었다. 그녀는 자식을 죽인 세조의 꿈에라도 나타나 사무친 원한을 풀려했을 것이다.

현덕왕후가 꿈에 나타난 그날 밤 세조는 스무 살 먹은 동궁을 잃는다. 다음 세자인 예종 또한 즉위한 지 1년 만에 죽고 말았다.

"소릉을 파헤쳐라."

세조가 명했으나 능에서 여인의 곡성이 들려 가까이 가기를 두려워하였다.

"무엇들 하느냐. 어서 관을 꺼내지 못할까."

세조가 엄명에 따라 관을 들어 올리려 했는데 관은 꿈쩍도 하지 않았다. 할 수 없이 도끼를 들고 관을 쪼개려 하자 관이 벌떡 일어서서 나왔다는 것이다. 관을 불에 태우려 했으나 별안간 소나기가 퍼부어 끝내는 바다에 집어 던졌다.

관은 소릉 옆 서해안으로 밀려왔는데, 그 후 그 자리에 우물이 생겨 관우물이라 부르게 되었다. 관은 다시 물에 밀려 표류하다가 양화 나루에 닿았고, 한 농부가 이를 발견해 밤중에 몰래 건져 양지바른 곳에 묻었다.

그날 밤 농부의 꿈에 현덕왕후가 나타나 앞일을 일러 주었고 농부의 가세는 점점 번창하게 되었다고 한다. 단종의 아버지인 문종과 어머니 현덕왕후는 현재 경기도 구리시 인창동 현릉에 묻혀있다.

저주를 퍼부으며 현덕왕후는 세조의 얼굴에 침을 뱉었는데 침이 묻은 자리마다 피부병이 생기게 된다. 세조는 백방으로 약을 써도 효험이 없자 법주사에서 부처의 힘을 빌고자 했다. 세조가 여기서 목욕을 하고 약사여래가 보낸 월광 태자에 의해 피부병을 완치했다고 한다. 바로 목욕소沐浴沼라는 명칭으로 조선 7대 왕 세조를 떠올리게 하는 곳이다.

오대산 상원사 아래의 오대천에서도 문수보살이 등을 씻겨주어 피부병을 고쳤다는데 아마도 세조는 세상에 자신의 피부병을 드러내면서까지 불교와 밀착하려 했었나 보다. 그렇지 않으면 조카 단종을 죽인 죗값에 대해 이승에서 사함을 받고자 석가모니의 용서를 구했던 건지도 모르겠다.

"국립공원에서 알탕을 하다니…… 난 세조가 싫어."

입장료와 세조의 피부병, 이런저런 이유로 생긴 짜증은 법주사를 지나 포장도로 3.9km를 걷다 보면 저도 모르게 사라진다. 긴 길을 걸으며 잊어버렸기 때문이다.

세심정 삼거리에서 왼편의 문장대로 방향을 잡는다. 오른쪽 천왕봉 등산로는 내려오게 될 길이다. 속리산은 유난히 불교 색채가 짙은 산이다. 산행을 시작할 무렵부터 자그마한 돌다리에서도 부처의 가르침을 배우게 된다.

'시심마是甚麽'

매사 석연찮은 일을 선불리 넘겨짚어 시행착오를 겪지 말고 확실히 알아서 행할 때 수고를 덜 것이며, 남의 얘기를 그릇되게 자기 것으로 만드는 건 제 발등을 찧는 결과를 낳을 것이니 확실히 알고 행함이 타인과의 불화를 없애고 만사형통에 이르는 길이란다.

'이뭣고'는 또 뭔가?

보면 보는 것을 알고, 들으면 들음을 앎으로서 생각하고 말하는 그 의미가 무엇인가? 즉 일거수일투족 행함의 근원이 되는 마음을 묻는 것이라 마음을 깨쳐 알면 팔만대장경을 보지 않아도 앎이라.

마음을 알면 만법萬法을 알고 만법을 알아도 마음을 모르면 도통 모르는 일이니 먼저 마음을 깨우쳐 소리 혹은 형상 이전의 일을 알라는 뜻이라네.

불교에서 인생사 생활 현상에 관한 근본적인 의문을 다룬 의미인 것 같은데 알 듯도 하고 도통 모르는 것도 같다. 고개를 한번 갸우뚱하고 극락 가는 관문, 문장대로 향한다.

한 수 큰 가르침을 받고 이뭣고 다리를 지나 복천암을 오른쪽으로 두고 오르다가 잔돌들 수북하게 얹힌 두꺼비바위를 보게 되고 계속 이어지는 바위계단을 오르게 된다. 이어 69계단을 오르는데 갈색 헐거워진 나무들이 머잖아 겨울이 다가올 거라고 강조한다.

약간은 을씨년스러운 갈색 수풀 사이로 관운장 언월도에 칼질당한 것처럼 갈라진 바위 하나가 있어야 할 자리에 있지 못하고 외떨어져 홀로 서 있는 게 보인다.

그리고 널따란 평지에 다다라 한반도 지형을 닮은 바위를 보고 문장대에 이른다. 문장대文藏臺(해발 1054m)는 경북 상주 땅에 속하나 보다. 사람 키보다 큰 정상석에 행정구역상 주소가 적혀있다.

조카 단종을 죽이고 왕위에 오른 세조가 죄 씻음을 구하려 많은 산을 다니며 참선을 했던 건지, 아니면 피 냄새를 씻으려 명경지수 찾아 산에 다닌 건지 실상 알 수 없지만, 그의 행적을 담은 산들이 많기도 한데 여기 문장대도 그중 한 곳이다.

하늘 높이 솟은 바위 봉우리가 구름에 가려져 운장대雲藏臺라고 부르다가 세조가 속리산에서 요양하던 중 꿈속에서 인근의 영봉에 올라 기도를 하면 신상에 밝은 일이 생길 거라는 말을 듣고 올라와 온종일 삼강오륜을 읽어 문장대라고 고쳐 불렀다고 한다.

정상석에서 철제 계단을 더 올라와야 실제 정상이다. 정상 주변은 온갖 형상의 기암 묘봉 전시장이다. 칠형제봉과 우측 끝으로 천왕봉까지 다양한 화강암 암릉과 기암 단애의 멋진 풍광이 줄줄이 이어져 눈을 뗄 수 없게 만든다.

저만치 늘재에서 조항산, 희양산을 잇는 백두대간 마루금이 선명하고 가깝게는 최고봉인 천왕봉에서 숱한 봉우리들이 커다란 물결처럼 넘실댄다.

천왕봉과 비로봉, 길상봉, 문수봉, 보현봉, 관음봉, 묘봉, 수정봉까지 여덟 봉우리와 여기 문장대부터 입석대, 경업대, 배석대, 학소대, 신선대, 봉황대, 산호대의 여덟 개 대臺를 따라 만추의 낭만을 만끽하려 하니 가슴이 설렌다.

늘 그 높이만큼 솟아있는 봉우리들, 늘 그 자리에 멈춰있는 바위들, 제 위치에서 풍성함과 가녀림을 반복하는 숲과 나무들은 언제까지고 거기 그렇게 자연답게 존재해야만 한다는 생각이 강하게 든다.

자연은 스스로 자自, 그러할 연然이 합쳐진 단어 아니던가. 역시 자연은 스스로 그러한 상태에 있도록 내버려 두어야 한다. 그때 가장 자연스럽고, 그때 가장 아름답다. 그때 비로소 사람과 가장 잘 어울린다.

"역시 산이건 사람이건 아름다움은 저 혼자에 의해 꾸며지는 게 아니야."

산엔 또 다른 산이 있고 수많은 봉우리가 있으며 거기 사람들이 있기에 아름다움이 두드러진다. 속리산에서도 빼어난 경관을 자랑하는 문장대이지만 주변에 그들 봉우리가 함께 함으로써 그 수려함이 더욱 빛을 발한다. 문명의 이기가 산에 이입되는 순간 진보할 수 있는 미래를 스스로 붙들어 매는 것과 다름없다.

문장대에 올라와 보니 극락세계가 달리 있지 않음을 느낀다. 여기가 바로 극락이고 천상의 낙원이었다. 바람 고요한 문장대에서 소백산맥 늘어선 고봉들을 눈에 담고 저 아래 속세의 까칠함을 뇌리에서 떨쳐 내니 여기 말고 다른 곳에 또 극락이 있겠는가.

"맞아, 극락은 물리적 장소를 말하는 게 아닐 거야."

속세를 떠나는 것, 어쩌면 대다수 인간이 꿈꾸는 미지 세계로의 귀환일지도 모르겠다. 자신의 존재가치가 삶에 의해 위협받을 때, 삶이 버거운 보따리처럼 짐스러울 때 훌훌 털어버리고픈 자유인이길 소망하지 않던가.

탈속의 본능이 있으므로 해서 많은 이들이 역마살 낀 것처럼 부랑의 길이건 구도의 길이건 떠나는 것이 아니겠나. 궁극에 이르지 못하고 다시 속세로 환원함이 세상살이 현실이기에 안타깝기는 하지만.

속세가 떠난 산

천왕봉까지 3.2km. 전망대 아래 쉼터에서 좌측으로 길을 틀어 편안한 능선으로 접어든다. 문수봉(해발 1031m)에서 문장대를 뒤돌아보고 진행 방향으로 신선대, 비로봉, 천왕봉과 이들을 잇는 능선을 바라본다. 천왕봉 뒤로 구병산 마루금, 일컬어 충북 알프스 라인이 길게 꼬리를 뻗고 있다.

주름 굵은 바위들을 눈요기하며 내려서면 신선대 휴게소에 닿아 칠형제봉을 전면에서 마주 볼 수 있다. 문장대에서 보았던 기암 묘봉들이 방향을 달리해 다른 모습을 창출한다. 눈이 바쁘니 걸음은 더뎌질 수밖에 없다. 공업대 삼거리를 지나고 계단을 올라 입석대에 닿자마자 선바위 경연장을 방불케 한다.

계속해서 기기묘묘한 바위 군락을 둘러보게 된다. 인기 만화 캐릭터인 아기공룡 둘리, 고릴라를 닮은 바위, 하늘을 기어오르는 거북이, 물개바위 등을 접하면서 천왕봉과 가까워진다.

'돌의 형세가 높고 크며, 겹쳐진 봉우리의 뾰족한 돌 끝이 다보록 모여서 처음 피는 연꽃 같고, 횃불을 멀리 벌려 세운 것도 같다.'

조선 후기의 실학자 이중환이 지리학에 대한 평생의 성과를 집대성한 택리지擇里志에서 묘사한 속리산 풍광이다. 그 풍광에 심취하고 솔솔 부는 하늬바람 들이마시면서 법주사 갈림길까지 다다랐다. 여기서 600m 거리의 천왕봉까지 갔다가 되돌아와 하산해야 한다.

조릿대 무성한 소로를 걷다가 상고 석문을 지나고 속리산 주봉인 천왕봉(해발 1058m)에 닿자 절로 몸이 나른해진다. 집중력을 느슨하게 풀었을 때의 나른함이 몰려드는 데다 등산객들도 없어 잠시 눈을 붙였으면 하는 마음이 굴뚝같지만, 스트레칭과 심호흡으로 몸을 일으켜 세운다.

멀리 왼편부터 관음봉, 문장대, 문수봉, 신선대, 삼불봉과 비로봉으로 이어지는 속리산 주 능선이 북한산 의상능선과 겹쳐 유사성을 찾게 한다.

바위산의 봉우리를 건너는 능선의 이어짐이야 닮은 부분이 많긴 하지만 의상봉, 나월봉, 나한봉을 지나 문수봉까지 이어지는 북한산 역시 봉우리 명칭부터 불교 성향이라는 게 속리산과 닮았다.

문장대에 비해 수수한 천왕봉에서 잠시 머물다 거대한 바위 통로 상환 석문까지 냅다 내려서고 상환암도 통과한다. 그리고 돌길을 지나 순조 대왕 태실 입구에 닿는다.

'신시申時에 창경궁 집복헌에서 원자가 태어났으니, 수빈 박 씨가 낳았다. 이날 새벽, 금림禁林에 붉은 광채가 있어 땅에 내리비쳤고 한낮이 되자 무지개가 태묘太廟의 우물 속에서 일어나 오색 광채를 이루었다. 백성들은 앞을 다투어 구경하면서 특이한 상서라 했고 모두들 뛰며 기뻐했다.'

정조실록에서 순조의 탄생을 묘사한 기록이다. 정조는 아버지 사도세자의 비극을 생생하게 기억해서인지 아들 순조에 대한 사랑이 각별했다. 조선 왕실에서 드물게 복 받은 왕자의 탄생이라 할 수 있었다.

조선왕조에서는 자손의 태를 맑고 청정한 곳에 안치하였는데, 태실이 설치되면 그 태의 보호를 기원하는 제례를 지내고 태실 주위에는 금표를 세워 채석, 방목, 매장 등을 금하게 하였다. 순조 대왕의 태실이 이곳에 있고 법주사가 그 태실을 관리했었다.

1800년 11세의 나이로 조선 23대 왕에 올랐을 때 왕실은 그야말로 여인들 천하였다. 증조할머니 격인 영조의 계비 정순왕후와 할머니인 사도세자의 부인 혜경궁 홍씨, 친어머니 수빈 박 씨와 어머니 격인 정조의 왕비 효의왕후, 장차 맞이할 왕비까지 4대에 걸친 다섯 여인의 치마폭이 어린 순조를 에워쌌다. 순조는 34년의 재위 기간 안동 김 씨를 중심으로 한 세도정치에 심한 스트레스를 받았고 홍경래의 난을 겪기도 하였다.

옛 광주, 지금의 서초구 내곡동에 자리한 인릉이 순조가 부인 순원왕후와 함께 안장된 곳이다. 3대 태종이 잠든 헌

릉과 함께 헌인릉으로 2009년 유네스코 세계문화유산으로 등재되었으니 태어날 때나 죽어서도 순조는 여한이 없을 거라는 생각이 든다. 백성들의 민생에 세심했던 순조의 생애를 더듬으며 세심정 삼거리까지 내려오면서 실질적인 속리산행을 마치게 된다.

서기 553년 무렵 신라의 의신 스님은 인도 유학을 마친 후 흰 노새 한 마리에 불경을 싣고 돌아와 절을 지을만한 터를 찾는데 흰 노새가 지금의 법주사 자리에 이르러 걸음을 멈추고 우는 것이었다.

노새의 기이한 행적에 산세를 둘러보니 아름다운 절경에 비범한 기운이 서려 있어 이곳에 절을 짓고 인도에서 가져온 경전, 즉 부처님의 법이 이곳에 머물렀다는 의미로 법주사法住寺라 이름 짓게 된다.

법주사 경내에 높이 서 있는 미륵대불은 법주사야말로 불법佛法이 머무는 사찰이자 미륵신앙의 요람이며, 스스로 천하의 명찰임을 웅변하는 것 같다. 이 미륵대불은 신라 혜공왕 때, 율사 진표가 금동으로 처음 지었다고 한다. 그 후 시멘트로 불사를 했다가 붕괴 직전에 청동 대불로 다시 태어났다.

그 후 2000년 들어서는 원래 모습을 찾아주고자 금동미륵불 복원공사를 하여 황금 옷으로 갈아입히는데 80kg의 황금이 들어갔다고 한다.

부처님의 고귀한 권위를 금의錦衣로 덧칠하는 것 같아 그 내력을 읽고는 마음이 씁쓸해진다. 꼬불꼬불한 이랑 천지, 뿌린 씨앗조차 영글지 않는 속세의 삶으로 한 겹 가벼워지지 못한 걸음을 돌리려다가 정적 말고 다른 게 있으려나 하여 들른 사찰에서도 후련하게 자아를 깨우쳐줄 그 무어를 찾아내지 못한다.

스친 이들 묵상과 함께 고요가 머물렀던 긴 세월, 번뇌 떨구었을 대사찰 곳곳은 산 중턱 말사와 달리 부富의 내공이 뿜어 나는 듯하다.

"극락은 역시 산 아래엔 더더욱 있지 않아."

그리고 저 유명한 정2품 송을 그냥 지나치지 못하고 차를 세워 살피게 된다. 세월 앞에 장사 없음인가. 고고하고 위풍당당하던 소나무도 반신半身을 잃고 거기 더해 받침 기둥에 몸을 의지하고 근근이 버티는 것처럼 보여 안쓰럽기 짝이 없다.

세조가 법주사로 향할 때 가지를 들어 올려 길을 열어주었고 떠날 때 비를 피하게 해주었다는, 역시 황당한 설화의 주인공 정2품 송. 세월 더 지난 후에도 정2품의 벼슬을 유지할 수 있을는지. 스스로 제 가지를 버텨낼 힘조차 잃어 여러 개의 기둥이 근근이 지탱해주는 신세가 되고 말았다.

산은 눈으로 보기 싫은 물체도 고개 돌리지 말고 긍정의 마음으로 접근하라 일러주건만 그게 쉽지 않다. 이러한 사람의 한계를 잘 아는 신라 때 최치원은 속리산에서 사람과 산의 경계를 구분 지어 한 수 명시를 남긴 바 있다.

道不遠人 人遠道 도불원인 인원도
山非離俗 俗離山 산비이속 속리산

도는 사람을 멀리하지 않는데
사람은 도를 멀리 하고
산은 속세를 떠나지 않으나
속세는 산을 떠나는구나.

때 / 늦가을
곳 / 속리산 주차장 - 탐방안내소 - 세심정 - 문장대 - 문수봉 - 청법대 - 신선대 - 입석대 - 천왕봉 - 산환암 - 법주사 - 원점회귀

막바지 춘설, 은빛 눈꽃에 휘감긴 월악산 영봉

중봉과 하봉 아래로 충주호가 얼어붙은 듯 낮게 구불구불
물길을 잇고 있다. 굽이굽이 마루금 너머 주흘산,
조령산이 늘 그 자리에서 말갛게 미소 짓는다.
거기에 눈길을 던진 딸의 모습이 어여쁘고 대견하다

송계마을 초입에서 올려다본 월악의 어깨가 영봉의 목을 감은 목도리처럼 혹은 하얗게 센 어르신 수염처럼 영험해 보인다. 남쪽 포암산에서 발원된 달천이 여기 월악산을 끼고 흐르면서 이룬 계곡을 송계계곡이라 하는데, 봄, 여름이면 장연대, 수경대, 학소대, 망폭대, 와룡대 등 기암괴석 사이를 흐르는 7km의 맑은 계류와 울창한 삼림이 심신을 편안하게 보듬어준다.

여전히 길고 험한 미로의 영봉 오름길

지난해 가을엔 덕산에서 신륵사를 거쳐 영봉을 올랐었는데 이번 겨울엔 딸과 함께 송계마을에서 영봉을 바라보며 오르기로 한다. 임진왜란 당시 이곳 송계리에 승병 도총 본부가 있었다. 가토 기요마사加藤清正가 조선 침략 직전 역학에 통달한 여동생에게 점을 치게 하였다. 여동생이 일렀다.

"조선에 가시거든 소나무 송松 자가 있는 곳을 피하세요."

승병들은 일본에 잠입한 첩자를 통해 이 말을 듣고 곳곳에 송계松溪라는 팻말을 써서 붙였다.

"그래서 어떻게 되었어요?"

"그래서 마을로 들어오는 왜군들을 막을 수 있었고 야간 기습을 통해 왜군에게 막대한 피해를 주기도 했다지."

한파가 기승을 떨치는데 딸, 희정이가 따라나서 주었다. 막 수학능력시험을 치르고 집안에서 느긋하게 군것질을 즐길 법도 한데 잠시 망설이다가 "콜!"하고 외치더니 배낭을 꾸리는 것이다.

평소에도 그렇지만 한번 결정하면 군말 없이 시행하는 딸아이가 대견스러웠다. 여고 시절 내내 짊어졌던 등짐을 막 내려놓은 참이었는데 긴장의 끈을 모두 풀어버리면 다시 시작하면서 후유증이 생길 수도 있다.

한겨울 삭풍처럼 몰아치는 기상이변에 피어난 설중매雪中梅가 떠오르고 인동초忍冬草가 딸의 모습에서 반추되는 건 자식에 대한 아빠의 욕심이었을 것이다. 입김이 새어 나오는 이른 새벽 집에서 나와 월악산으로 향한다.

송계에서 영봉 오르는 비탈에 눈가루가 세차게 흩날린다.

한기 가득 서린 골짜기인지라 장갑을 꼈는데도 손가락이 시리다. 여름이면 철철 기운차게 흘렀을 협곡 옥수가 꽁꽁 얼어붙었다.

작은 암자 자광사를 왼편에 두고 동창교를 지나면서 시린 바람 때문에 오름길이 꽤 숨차다. 딸의 손을 잡아주며 눈치를 살폈는데 괜히 따라나섰다는 표정이 역력하다.

"아빠는 딸이랑 오니까 하나도 안 춥거든. 하나도 안 힘들거든."

"제가 뭐라 그랬나요."

"아! 아빠가 바람 소리를 들었었나 보다."

시린 바람 좀 분다고 망설일 게 무어 있나. 새벽 공기 맞으며 나섰는데 더 추워지고 눈발 나부껴도 올라가야지. 뿌연 연무 둥둥 떠다니고 세찬 바람 훼방 놓듯 몸 밀쳐도 여긴 날씨랑 상관없는 곳, 여긴 발 디디면 안식과 평화를 주는 곳. 오늘 새벽 아린 바람, 찬 공기는 우리 부녀 환송하는 정갈한 인사였지 않았는가.

치악산과 함께 급경사의 험준한 오르막을 빗대 '악' 자가 괜히 붙었겠느냐며 고개 흔드는 곳이 월악산이다. 오늘따라 더더욱 굳센 야성미를 느끼게 한다. 뚜렷이 드러난 산세에서 단단한 화강암의 힘찬 맥박 소리를 듣는 듯하다.

그 경관과 조망의 멋스러움으로 동양의 알프스라고 비유한 곳. 충주호반, 그 짙푸른 호수와 삼삼한 조화를 이루는 구담봉 그리고 옥순봉. 수려한 모습으로 월악산을 더욱 돋보이게 하는 주흘산, 도락산 등을 두루 탐방하며 가까이 접했지만 의도하지 않았음에도 매번 여름을 피해왔던 것 같다.

튼실한 소나무들이 솟구친 군락지에서 잠시 숨을 고르는데 가지도 없이 두 줄기 기둥으로 나뉘어 높이 뻗어 오른 소나무가 마치 물구나무를 선 것처럼 보인다. 거친 세상을 기력으로 버텨온 세월의 연륜이 진하게 묻어나는 걸 보고 부녀가 미소를 짓다가 다시 행군을 강행한다.

철제 계단과 돌계단에 얼음길 구간 그리고 다시 가파른 너덜 오르막. 영봉까지 1.5km를 남겨둔 지점이 송계 삼거리다. 햇살 받은 눈꽃들, 바위에 얼어붙은 고드름에 걸음 멈추었다가 잡담 나누며 오르다 보니 어느새 능선이다.

“어서 오시게. 오늘은 부녀가 동반했구먼. 보기 좋네.”

투명한 상고대와 은빛 눈꽃들이 화들짝 반겨준다. 저만치에서 최고봉도 지긋한 미소 띠고 오랜만의 방문객을 자애롭게 내려다본다. 언제나처럼 영봉은 그 신령한 기운이 넘쳐흐른다.

"아빠! 너무 멋있어요."

은빛 서리꽃의 영롱함에 도취한 딸의 땀방울 송송 맺힌 얼굴에 희열이 가득하다. 그러다가 게시된 팻말에서 도종환 시인의 '산경'을 읽으며 숙연해진다.

하루 종일 아무 말도 안 했다.
산도 똑같이 아무 말을 안 했다.
말없이 산 옆에 있는 게 싫지 않았다.
산도 내가 있는 걸 싫어하지 않았다.
하늘은 하루 종일 티 없이 맑았다.
가끔 구름이 떠오고 새 날아왔지만
잠시 머물다 곧 지나가 버렸다.
내게 온 꽃잎과 바람도 잠시 머물다 갔다.
골짜기 물에 호미를 씻는 동안
손에 묻은 흙은 저절로 씻겨 내려갔다.
앞산 뒷산에 큰 도움이 못 되었지만
하늘 아래 허물없이 하루가 갔다.

큰바위얼굴, 팔 늘어뜨리면 잡힐 것처럼 머리가 올려다보이는 영봉의 턱 바로 아래에서 정수리까지가 한참이다. 100여 m 길이의 깎아지른 수직 벼랑을 그대로 드러냈다.

늘 그렇듯 거대한 범선의 뱃머리를 올려다보는 기분이다. 봄이 되어서도 양지는 미끌미끌한 진흙밭이고 음지는 눈길,

얼음길 반씩인 영봉 오르막은 계단을 설치해 한결 나아졌어도 여전히 길고 험한 미로이다.

"여길 가을에도 왔었다고요?"
"응."
"이렇게나 힘든데 몇 달 만에 다시 또 온다는 게 이해되지 않아요."
"힘들어도 보람 얻는 일은 다시 하게 되지."

그게 삶이지. 무어든 만족할만한 결과를 얻는 일이 거저 이뤄지는 경우가 있을까. 산행 초기의 겨울 산은 너무 힘들었었다. 바람이 심하게 불어 눈은 고르게 내리지 않고 횡으로, 사선으로 마구 흐트러졌다.

몸속을 파고드는 세찬 바람이 마치 악귀의 손톱으로 살갗을 긁는 것 같아 산에서 내려가면 다신 올라오지 않으리라고 마음먹었었다. 그때를 떠올리면 격세지감을 느끼지 않을 수 없다.

월출산 영봉 오르는 길, 지난가을에도 습한 낙엽으로 엄청 미끄러웠었지. 단풍 물 빠지자마자 눈 덮인 지 얼마 지나지 않았거든. 아빠는 이제 힘든 거에 많이 무뎌졌거든.

"네가 원하는 대학에 들어갈 수 있던 건 작년까지 힘들게 공부해서잖아."
"아빠! 그건 지금 대화 주제랑 완전히 다른 거잖아."

너도 아직 기억에 생생하지? 아빠 사업이 어려워졌을 때 너랑 네 오빠가 얼마나 힘들었는지. 가위에 눌릴 만큼의 고통을 때때로 잊게 하며 세상과 융화하도록 용기를 북돋워 준 건 바로 너희 남매가 정도를 벗어나지 않은 거였고, 또 하나는 산이었단다.

"아까 저 아래에서 도종환 시인의 산경을 읽으면서 그 시의 1인칭이 아빠라는 생각이 들었어요."
"……."
"혼자 산에 다니시는 아빠 뒷모습이 슬플 때가 있었어요."
"지금은?"
"지금은 행복해 보여요. 그래서 가끔 아빠 따라 산에 가서 알고 싶었어요."
"산을?"
"아니, 아빠를. 어렴풋이나마 아빠가 산에 가는 의미를요. 그런데 그 시를 읽으면서 살짝 알 것도 같아요."
"우리 딸! 이젠 조그만 여고생이 아니네. 다 컸어. 하하!"

모자를 바로 씌워주고 영봉을 향해 손짓하자 “갑시다.”라며 딸이 앞서 걷는다. 이제 여고를 졸업하고 대학 신입생이 되는 네가 펼친 캔버스, 진작부터 붓은 들었어도 그 백지에 무얼 그려 넣을까. 아직 네 캔버스는 백지 그대로, 네 바람도 순수 그대로. 그대로 남아있기를.

난간을 붙들고 온 힘을 다해 올라서는 딸을 보며 계속 혼잣말을 뇌까리게 된다. 아빠의 지난날처럼 서둘러 너 자신을 재촉하지 말거라.

다시 그리려면 탁한 덧칠이 될 수가 있단다. 아직 네 시절은 세상을 계산할 때가 아니라 수행하듯 자신을 연마할 때란다. 아빠 인생 교훈 삼아 저처럼 바위와 소나무의 긴한 어우러짐 배울 때란다.

영봉은 신령스러운 기운이 있다고 믿어 국태민안을 비는 제를 올리기도 해 국사봉으로 불리기도 했다. 여러 장소에서 보이는 영봉은 보는 장소에 따라 그 모습을 달리하는데 영봉 북서쪽 충주지역에서는 긴 머리를 위로 늘어뜨린 여인의 형상을 하고 있으며, 북동쪽 제천 수산, 청풍에서는 누워 하늘을 보고 있는 부처의 모습이라고 한다. 그 모습이 어떻든 두 번을 쉬었다가 올라와 다시 만난 영봉(해발 1097m)의 문패가 무척이나 정겹다.

“어이쿠, 오늘은 따님이랑 왔구먼. 잘 오셨네. 지난가을엔 날씨가 안 좋아 곳곳 구경을 다 못 시켜주어 미안했었네."

늦가을 단풍도 볼품없는 끝물인 데다 끝없이 펼쳐졌을 첩첩 산들이 뿌연 연무로 인해 사라진 안쓰러움에 영봉의 널찍한 이마에 주름이 팼었다.

"천만에요. 다시 올 이유를 남겨두고 떠났으니 또 이렇게 찾아온 것이지요."

주인도, 객도 활짝 웃으며 춥긴 하지만 갠 날 다시 만남을 반가워한다.

"감사합니다. 언제 올라와 봐도 어르신은 여인네의 외면적인 매력과 부처님의 자애로움을 모두 갖추셨습니다."
"허허! 낯간지럽긴 하지만 듣기 싫지 않구먼. 길이 미끄러우니 따님이랑 조심조심 잘 살펴 구경하다가 무사히 귀가하시게나."

월악산 산행의 묘미 중 하나가 충주호와 어우러진 절경들을 눈에 담는 것이다. 중봉과 하봉 아래로 충주호가 얼어붙은 듯 낮게 구불구불 물길을 잇고 있다. 굽이굽이 마루금 너머 주흘산, 조령산이 늘 그 자리에서 말갛게 미소 짓는다. 거기에 눈길을 던진 딸의 모습이 어여쁘고 대견하다. 오늘은 장엄한 산맥의 사방 펼쳐짐을 가득 품을 수 있어 더 더욱 잘 왔다는 생각이 든다.

“저기 보이는 저 산들 대다수가 아빠랑 만났었지.”
“아빠가 오래오래 산에 다녔으면 좋겠다는 생각을 늘 하고 있었어요.”
“그랬어?”

아빠가 지금처럼 늘 강건한 체력을 유지하고 내면적으로도 늙지 않았으면 좋겠어요. 딸의 표정이 그렇게 말하고 있었다. 살면서 겪는 세상 시달림이 어찌나 매서웠는지, 동면에서 깨기까지 얼마나 추웠던지 아빠는 너무나 잘 알고 있단다. 그러나 놓을 수 없는 삶인지라 애타게 부여안았더니 잉태의 순간 다가오는 듯하구나. 딸아, 그 호된 기억들, 잠깐의 선잠이라 여기고 태동의 환한 미소 함께 짓자꾸나.

“딸! 나중에 약간의 인내를 필요로 하는 겨운 일이 생기거든 오늘 영봉 오른 기억을 되새겨봐.”

피자 한 조각에 잊히는 게 허기 아니던가요. 지나고 나면 한바탕 봄 꿈같은 게 지난 일 아니던가요. 이젠 힘든 일쯤은 피하지 않고 적극적으로 나설 수 있을 것도 같아요. 화사하게 붓꽃 피고 진달래 다시 피거들랑 이젠 그 시절에 더 아름다워지게끔 공들여 보듬고 손 내밀어 쓸어줄래요.

딸과 어깨동무하고 보는 산정에서의 설경이 멋지다. 함께 보는 하얀 눈꽃이 눈부시도록 아름답다.

황홀한 심연에 녹아져
촛농 같은 진한 눈물 떨구며
신령한 영봉 자락 붙들고 피었다가
지는 하얀 눈꽃이면 좋겠다

"올라오면서 산양을 볼 수 있었으면 좋았을 텐데."
"이 산에 산양이 있어요?"
"응, 국립공원에서 산양을 방사했는데 최근까지 잘 적응하며 살고 있다더라."

산이 깊고 청정한 월악산에 종 복원센터에서 복원한 산양 여섯 마리를 방사했었다. 새끼의 배설물이 발견됨으로써 자연증식이 이뤄졌다는 것도 확인하였다.

"살아있는 화석이나 다름없네요."
"그렇다고 볼 수 있겠지?"

"산양의 배설물이 있는 곳에서 뽕나무가 더 싱싱하게 자란다는 글을 읽은 적이 있어요."
"맞아. 산양을 풀어놓은 것도 생태계 조절을 통해 자연을 보전하기 위함이지."

자연적으로 형성되는 동식물의 생태계가 인간의 삶에 미치는 영향이 얼마나 소중한지는 이제 환경운동가들의 입을 빌리지 않더라도 상식화되었다. 산에서, 숲에서 먹이사슬의 자연스러운 균형이 얼마나 중요하게 작용하는지를 진작 깨달았어야 했다.

"지리산 반달곰처럼 이 산에서도 산양들이 잘살았으면 좋겠네요."
"동감이야."

월악산은 충북 제천, 충주, 단양과 경북 문경 일대에 걸쳐 1984년 국립공원으로 지정되었는데 금수산, 도락산, 용두산과 구담봉, 옥순봉, 상선암, 중선암, 하선암 등 명산 비경을 두루 갖춘 데다 청풍호반과 충주호반을 끼고 있으며 계곡 일대에는 월광폭포, 월악 영봉, 자연대, 수경대, 학소대, 와룡대, 망폭대, 팔랑소의 8경이 있다.
마음 같아서는 산양뿐 아니라 인근의 아름다운 명소들을

모두 보여주고 싶지만 그건 훗날 배필 될 사람을 만나거든 그때 같이 봐도 늦지 않을 것이었다.

세찬 바람에 눈가루 흩날리는데도 월악산 꼭대기 여기 영봉이 마냥 푸근하기만 한 건 저만치 멀리 존재했던 것 같은 딸과 함께 올라 푸른 하늘빛 목화 구름 탄 양 잠시 착각에 빠져들기 때문이리라.

얼굴에 퍼붓는 눈보라 그대로 맞아가며 가쁜 숨 몰아쉬어 오르고 올라 거기서 또 비켜 돌아 당도한 이곳 영봉에서 긴 회상에 젖다가 하산 준비를 한다.

나무계단이 올라올 때보다 내려설 때 더 아찔하다. 덕주사 날머리까지 4.9km. 급경사의 계단이 거듭된다. 계단을 거의 내려설 무렵 딸의 무릎이 꺾이는가 싶더니 그예 넘어지고 만다.

"미쳤어. 내가 여길 어떻게 올라왔지?"

툭툭 손바닥을 털며 일어서더니 고개를 흔들어댄다. 걷는 걸 보니 다친 거 같지는 않다.

"아무리 조심스레 발 디뎌도 어느 순간 넘어질 수 있는 데가 산이야."

어느 순간 평화에 금이 가고 행복이 위급으로 바뀔 수 있다는 면에서 산은 삶과 비견된단다. 그러할 때 얼마나 위기를 잘 극복하느냐가 순탄하게 평화와 행복을 지속하는 것 못지않은 지혜로운 처세 아닐까 싶구나.

딸아이의 넘어짐에서도 처세 운운하는 생각이 뇌리에 감돌지만, 입 밖에 내지는 않는다. 딸한테만큼은 꼰대 취급을 받기 싫은 것이다.

휘이잉, 위잉. 굵은 자국 남기는 회오리에 휘감기고 휘둘려 멍한 이명에 아픔조차 못 느끼며 길게 무기력해지는 나약한 존재로 머문다면 젊어 배운 학습 어디라서 빛나겠니. 가파르고 미끄러운 바윗길, 숱하게 나타나며 시험 들게 하고 도전하게 만드는 게 삶. 발길마다 추억으로, 흔적마다 교훈으로 새기고 또 새기어 무심히 올랐다가 내려가며 평화 얻는 정중동의 의미를 오늘 월악산에서 조금이나마 깨우쳤으면 좋겠구나.

동창교에서 올라와 만나는 송계 삼거리를 거치고 신륵사 삼거리를 또 지날 때는 바람이 더욱 세차게 분다. 조망대에서 영봉을 다시 한번 올려다보고 너덜 길과 경사 심한 계단을 거듭 내려선다. 그리고 화강암 벽에 조각된 길이 14m에 이르는 마애불(보물 제406호) 앞에서 멈추었다.

“마의태자와 덕주공주의 전설을 품은 불상이지.”

“마지막 신라의 설움이 담긴 불상이라서 그런지 바위벽이 더욱 싸늘하게 느껴지네요.”

마의태자가 망국의 한을 품고 금강산으로 향하다가 월악산에 머물렀는데 관세음보살이 나타나 마애불을 만들면 억조창생을 구제할 수 있다는 꿈을 꾸었다. 남매는 함께 월악산 최고봉 아래 북두칠성 별빛이 비치는 절벽을 골라 마애불을 조각하며 8년의 세월을 보냈는데 그곳이 바로 덕주사 자리라고 한다.

오누이가 부친인 통일신라 마지막 경순왕을 그리워했다는 전설이 전해 내려오는 덕주사에는 마애불 외에도 이들 남매를 기리는 시비가 있고 미륵리 절터에는 보물 95호와 96호로 지정된 5층 석탑이 서 있다.

탐방지원센터를 통과하여 산행을 마치자 바람이 더욱 드세다. 달이 넘다 걸려 월악산이라 했던가. 내려와 올려보니 지는 노을마저 미끄러운지 해거름 석양빛이 머뭇거리며 영험한 영봉의 모습을 쉬이 사라지지 않게 만든다.

“오래도록 추억으로 남을 거 같아요.”

“아빠도 그럴 거야.”

모처럼 딸과의 산행이라 영봉은 기억 속에, 가슴속에 오래도록 머물러 있을 것이다.

때 / 겨울
곳 / 한수면 송계리 - 동창교 매표소 - 송계 삼거리 - 신륵사 삼거리 - 영봉 - 신륵사 삼거리 - 덕주사 마애불 - 덕주사

화양구곡의 긴 흐름 따라, 가령산, 낙영산, 도명산

빗물에 촉촉하게 젖은 철쭉과 갓 피어난 야생초들이
물기까지 머금어 초롱초롱하고 싱그럽다.
아직 채 걷히지 않고 엷게 흐르는 운무가
조용한 산중에 적막감을 덜어준다.

충청북도 괴산군 청천면에 화양동 소금강이라고도 일컫는 화양천이 있다. 가령산과 도명산의 북쪽 골짜기에서 달천과 이어지는 화양계곡 입구까지 약 4km의 계류가 흐르는 곳을 일컫는다. 화양계곡, 화양동천, 화양구곡이라고 부르는데 모두 같은 곳이다.

7km 떨어진 선유동계곡과 함께 속리산 북쪽의 수려하고도 맑은 하천으로 1975년 화양동 도립공원으로 지정되었다가 이후 1984년에 속리산 국립공원으로 편입되었으며, 2014년에는 명승 제110호로 지정되었다.

회양목의 다른 명칭인 황양목이 많아 황양동이라 불리다가 조선 중기의 성리학자인 우암 송시열이 이곳에 은거하면서 중국의 무이구곡을 본떠 광진구 화양동 아홉 개의 계곡에 이름을 붙여 화양구곡이라 하였다.

경천벽, 운영담, 읍궁암, 금사담, 첨성대, 능운대, 와룡암, 학소대, 파천이 그것인데 대개 구곡九曲이라 함은 아홉이라는 숫자가 던지는 실상보다 굽이치는 계류가 많다는 의미의 상징성이 강하다. 쌍곡구곡, 선유구곡, 풍계구곡, 갈은구곡, 연화구곡, 고산구곡 등 괴산에 있는 계곡들이 그렇다.

특히 화양구곡은 넓고 깨끗한 암반과 맑은 하천, 우뚝 솟은 기암절벽과 울창한 수목들이 멋들어지게 조화를 이루어서 한번 다녀가면 눈에 아른거려 다시 찾고 싶어 안달이 나는 곳이다. 그러한 화양구곡을 둘러싸고 있는 세 산, 속리산 국립공원에 속하며 충북 괴산의 35 명산에 꼽히는 가령산, 낙영산, 도명산을 찾아왔다.

화양 옥류의 긴 흐름 딛고 오르는 가령산

창문으로 스며드는 따사로운 봄볕이 얼른 몸 일으켜 세워 훌쩍 떠나라 한다. 이것저것 재다가 그대로 머리를 파묻으면 후회할 것만 같아 벌떡 일어나 서둘러 채비를 한다.

충북 자연학습관에 도착하여 길옆에 주차했을 때가 아침 9시, 오는 듯 마는 듯 주저하던 빗방울도 말끔하게 그쳤고 구름을 거둬내며 햇살이 비치기 시작한다.

봄볕 받은 화양천 물살이 은빛으로 일렁인다. 약간 불어난 듯한 화양계곡의 징검다리를 건너 등산 진입로부터는 바로 가파른 오르막이다.

며칠 전에 내린 비로 길이 축축하고 미끄럽다. 오르다 보면 올망졸망 작은 바위들이 인사하고 또 오르면 더 큰 바위들이 길을 터준다. 커다란 바위 사이로 늘어뜨린 줄을 잡고 오르자 시계가 환하게 열리는 조망처가 나온다.

굽이도는 화양계곡이 마치 지리산에서 섬진강의 흐름을 내려다볼 때를 떠올리게 한다. 섬진 청류만큼이나 화양 옥류의 긴 흐름도 감성을 자극하고 풍류를 느끼게 한다.

화양계곡의 물 흐름 따라 눈길을 띄우다 보면 자그마한 다리 하나가 보이는데 그 지점에 학소대가 있다. 오늘 산행의 최종 하산 지점이 된다.

오르면서 왼편에 도명산이 뾰족하게 고개를 치켜들고 있는데 상당히 먼 길처럼 느껴진다. 또 올라 넓게 펼쳐진 바위에서 운해에 반쯤 가려진 조항산과 청화산을 정면으로 마주한다.

빗물에 촉촉하게 젖은 철쭉과 갓 피어난 야생초들이 물기까지 머금어 초롱초롱하고 싱그럽다. 아직 채 걷히지 않고 엷게 흐르는 운무가 조용한 산중에 적막감을 덜어준다.

가령산 명물이라고 들은 거북바위를 곁에서 보니 그럴 만큼 개성을 지녔다. 거북바위 왼편으로 툭 튀어나와 어딘가를 가리키는 듯한 부속 바위도 기이하다.

오르다 커다란 바위가 나오면 거긴 멋진 조망 장소이다. 사방이 훤하게 트인 데다 산들바람까지 불어주어 상큼한 기분을 지니게 한다. 아래 자연학습관이 마당까지 보이고 그 너머로 사랑산과 오른쪽 뒤로 군자산이 낯설지 않다. 동쪽으로 눈을 돌리면 대야산과 둔덕산 바위 봉우리들이 친근하게 다가선다.

암릉의 밧줄을 붙들고 바위 사이를 오가다가 헬기장을 지나 가령산加嶺山 정상(해발 642m)에 이르렀다.

백악산 줄기에서 뻗어 나와 이웃한 도명산, 낙영산과 함께 화양동계곡을 삼각형으로 둘러싸고 있는 가령산은 괴산군 청천면을 근거지로 하고 있다. 굴참나무로 뒤덮여 조망이 없어 덩그러니 세워진 정상석에 눈만 맞추고 내려서는 일밖에 달리 머물 명분이 없다.

"혹여 기회 닿는다면……."

더 인사말을 늘어뜨린다면 거짓말이 될 것 같아 등을 돌린다. 다시 올 수 없을 거로 생각하는 산정에서 등 돌리는 경험은 대개 씁쓸한 이별처럼 싸한 느낌이 든다. 내가 산정에, 혹은 산정이 내게 이별을 고하는 느낌을 받곤 한다.

조경목 전람장을 둘러보는 듯하다

가령산에서 낙영산까지는 내려섰다 올라가기를 반복하는데

조망이 없어 다소 답답하기도 하지만 살짝 운무 낀 숲길은 색다른 분위기를 자아낸다. 안개라는 실체가 연출해내는 분위기는 산에서 일 때 가장 오묘하고, 가장 요염하다.

피톤치드 가득한 숲길을 걷다가 연리목을 보게 된다. 이제까지 보아왔던 연리목들과는 확연히 다르다. 달아나려는 하나를 놓치지 않으려 붙드는 형상인데 떨어지면 죽기라도 할 것처럼 상대에게 끈질긴 집착을 보이는 모습이다.

"제발 억지 결합이 아니길."

떨어져 있어야 마땅한 두 사물이 서로의 이득을 위해 억지 관계를 맺고 결합한 게 아니기를 바라며 연리지에 시선을 꽂은 채 걸음을 멈춘다.

정치권력과 재벌의 그릇된 연결고리, 돈과 폭력의 이해타산이 걸린 엮임. 대자연에 그런 너저분한 유착 관계가 있을 리 없는데도 상상조차 할 수 없는 일이 벌어지는 세상이 바로 지척이라 괜한 노파심이 생기는 것이다.

다시 하늘이 열리자 백악산 너머로 속리산 주 능선이 뚜렷하게 모습을 드러낸다. 멀지 않은 봉우리들은 옅은 안개마저 거의 걷어냈다.

내려섰다가 다시 올라서서 길게 숨을 내뱉고 숲에 가렸다가 탁 트인 공간에서 숨을 들이마시며 무영봉(해발 742m)

에 닿았다.

국립지리원 지도에서는 이곳을 낙영산으로 표기하고 있다. 조망 가려진 무영봉을 벗어나면 급한 내리막으로 이어진다. 곳곳에 설치된 밧줄은 깔끔하고 튼튼하다. 매듭도 튼실하게 매었다. 이쪽에도 멋진 소나무들이 널찍하게 늘어섰다.

가파른 암릉을 밧줄에 의지하여 범바위 안부로 내려선다. 상당히 커다란 범바위는 사람 얼굴의 옆모습을 닮은 형태이다. 고조선 건국 신화에 나오는 호랑이가 마늘에 익숙해졌다는 생각에 이르자 피식 실소를 머금게 된다.

곧이어 더 시원하게 시야가 트이더니 노송과 어우러진 기이한 형상의 바위들이 나타난다. 오랜 세월 온갖 풍상을 겪었을 아름드리 소나무와 마찬가지로 비바람과 눈보라에 피부가 깎이고 살점이 떨어져 나간 검버섯 바위가 어우러져 연륜의 의미를 되새겨준다.

낙영산으로 가는 길은 바위와 소나무를 주제로 한 조경목 전람장을 둘러보는 듯하다.

전람장을 빠져나오면 바로 낙영산落影山(해발 684m)이다. 장쾌하게 펼쳐진 백두대간 주 능선과 속리산 연봉들이 가슴을 후련하게 해 준다.

속리산 국립공원에 속한 산답게 산자락 곳곳에 동물 형상의 바위들이 수두룩하고 암릉의 묘미와 쾌적한 조망을 한껏 즐기게 해 준다.

산 그림자가 드리워진다는 의미의 낙영산은 당 고조의 세숫물에 비친 아름다운 산에서 그 유래를 짓고 있다. 당 고조는 신하를 불러 세숫물 속의 산을 그리게 한 후 이 산을 찾도록 하였다.

당나라에서는 찾지 못하다가 동자승이 동방국 신라에 있는 산이라 알려줘 신라로 사신을 보내 찾게 하여 낙영산이라 이름 지었다고 한다.

"남의 나라 산 이름을 지들 멋대로 짓다니."

국립지리원 지도와 산행 안내판의 표식을 종합해보면 무영봉이 낙영산의 최고봉이며 정상석이 있는 이곳은 낙영산의 지봉에 속하는 것으로 추측된다. 그 추측이 맞는다면 당나라 사신이 신라까지 출장 와서 번지수를 헛짚은 거였다.

낙영산 684m 봉에서 내려와 좌측 공림사로 빠지는 갈림길인 절고개 안부에서 올려다보면 가파르게 내려왔다는 게 한눈에 들어온다.

낙영산을 산행하려면 보통 공림사를 기점으로 잡는다. 공림사 왼쪽 계곡의 등산로를 따라 이곳 능선 안부 사거리를 통해 총 한 시간 이내에 정상까지 오를 수 있다. 여기서 오른쪽으로 돌아 도명산으로 향한다.

도명산에서 학소대로

절고개에서 도명산으로 가는 길은 산책로처럼 아늑하다. 등산로 옆으로 산성 흔적이 보이는가 싶더니 미륵산성의 안내판이 세워져 있다. 고려 때 축성한 둘레 5.1km의 방어용 산성으로 산 이름을 따서 도명산성이라고도 불렀다는데 안내판에 적힌 전설이 애틋하다.

홀어머니를 서로 모시려던 남매가 있었는데 아들은 나막신을 신고 서울을 다녀오기로 하고, 딸은 성을 쌓아 먼저 끝내는 사람이 어머니를 모시기로 하여 남매성이라고도 부른단다. 누가 모셨을까. 궁금해하다가 이내 생각이 바뀐다.

"요즘이라면 유산을 걸고 내기를 했을 텐데."

다시 길을 가다 시선을 끌어당겨 고개를 돌렸는데 열차처럼 웅장한 바위가 길게 누워있다. 수락산 기차바위가 몸을 눕힌 모습인데 역시 기차바위라고 부른단다. 도명산 오르는 길목까지 많은 나뭇가지로 떠받친 바위를 포함해 기묘한 바위들을 자주 접하게 된다.

도명산道明山 정상까지 200m를 올라갔다가 돌아 내려와야 한다. 정상까지 급경사의 통나무 계단이 이어져 있다.

속리산 국립공원 도명산 정상(해발 642m)에 이르러서야 몇 명의 등산객을 만났다.

학소대에서 올라와 낙영산을 거쳐 가령산으로 향하는 이들이다. 도명산은 괴산군 청천면 공림사와 화양동계곡 학소대에서 올라올 수 있다.

산 아래 채운암이라는 암자에서 도를 통한 이가 나왔다고 이름 지어졌다는 도명산은 여러 개의 크고 작은 바위가 모여 정상을 이루고 있는데 주변에 분재처럼 자란 소나무가 정취를 더해준다.

시야를 넓히면 오른쪽으로 조봉산부터 왼쪽으로 낙영산과 걸어온 능선을 확인할 수 있다. 그 뒤로 속리산 주 능선이 펼쳐졌다. 전면으로 군자산과 칠보산이 보이고 뒤편으로 대야산도 조망된다.

도명산 정상석 뒤의 돌 봉우리까지 올라가 잠시 휴식을 취하고 삼거리에서 학소대로 하산로를 잡는다. 조금 내려가 거대한 바위 사이를 지나면 세 분의 부처가 친히 마중을 나와 있다. ㄱ자로 꺾어진 암벽에 선각線刻으로 새긴 도명산 마애삼존불상이다. 도명산 9부 능선으로 낙양사가 있었다던 낙양사 터이다.

도명산 제1 경승지로 꼽히는 삼존불상은 오른쪽 불상부터 각각 9.1m, 14m, 5.4m로 높고 웅장하며 선각이 희미하게 보인다. 고려 초기 작품으로 추정하며 충청북도 유형문화재

140호로 지정되어 있다. 저 높은 곳을 어떻게 올라가서 새겼을지 의구심을 지니는데 세 부처가 입을 모아 가르침을 준다.

"부디 네가 사는 곳을 떠나서 이상 세계를 찾지 말거라."

더 증폭된 의구심을 안고 다시 경사 급한 계단과 비탈진 너덜 길을 내려서서 학소대 다리에 이른다. 다리를 건너 돌아보면 화양구곡 중 제8곡인 학소대鶴巢臺가 보인다.

백학이 집을 짓고 새끼를 쳤던 곳이라 하여 이름 붙였는데 바위 위로 뻗은 노송들과 그 아래로 흐르는 맑은 계류가 어딘지 모르게 서로를 돌보는 듯 느껴지게 한다.

학소대에서 처음의 산행기점이자 주차장소인 자연학습관까지 약 2.5km를 걸어 이곳의 명승들을 살펴본다. 주자의 '무이도가' 중 무이구곡의 제9곡을 읊은 한 구절을 떠올리는데 봄이 움트는 화양천의 물소리가 더욱 청아하다.

"별천지는 모름지기 인간 세상 속에 있거늘."

때 / 초봄
곳 / 충북 자연학습관 - 가령산 - 무영봉 - 낙영산 - 도명산 - 학소대 - 원점회귀

퇴계와 두향의 사랑 담은 구담봉, 옥순봉과 제비봉

층층이 쌓이고 켜켜이 주름진 암벽 사면마다 조각품이고,
절벽에 뿌리내린 나무들은 조경의 극치를 이룬다.
트였다가 막히고 다시 트이는 공간으로
유유한 흐름을 이으며 전시품들을 관람시켜 준다.

"열 걸음 걷다가 아홉 번 뒤돌아볼 만큼의 절경이로다."

조선 연산군 때 사림파의 언관言官이었던 김일손이 이곳을 지나던 중 절경에 도취해 이처럼 칭찬을 하였다. 그 자리에서 이곳을 단구협丹丘峽이라 칭했는데 바로 충주호 유람선 관광지로 유명한 장회나루를 일컫는다. 예로부터 소금강이라 불릴 만큼 충주호 관광의 최고 절경지로 꼽히는 곳이다.

1548년 단양군수로 재임하던 퇴계 이황은 중국의 소상팔경보다 더 아름다운 곳이 단양이라 여기고 훗날 다른 지방 사람들이 단양에 찾아오면 꼭 가보도록 명승지 여덟 곳을 정하였는데 일컬어 단양팔경이다.

남한강 상류의 도담삼봉과 석문에 충주호의 대표적 명소인 구담봉과 옥순봉을 포함하고 선암계곡의 아름다운 풍광을 장식하는 상선암, 중선암, 하선암과 운선구곡의 사인암을 말한다.

조선왕조 개국공신 정도전은 단양에 은거하다가 도담삼봉에서 본떠 자신의 호를 삼봉이라 지었다. 또한, 이황, 김일손, 이중환, 이지함 등 수많은 학자가 단양의 풍광을 극찬했고 산수화의 대가 단원 김홍도는 옥순봉도를, 겸재 정선은 구담봉도를 화폭에 담아 단양팔경의 아름다움을 표현한 바 있으니 이곳을 탐방하는 건 한 폭 동양화에 묻히는 것이나 다름없다.

충주와 단양을 잇는 36번 국도변에 청풍호반과 어우러진 단양팔경의 경승지 구담봉과 옥순봉이 있다.

"곁에서 보는 것과 직접 접하여 어우러지는 느낌은 그 질이 같을 수 없다."

충북 제천시 수산면과 단양군 단양읍의 경계를 이루는 구담봉龜潭峰은 이웃한 옥순봉玉筍峰과 함께 충주호 수상 관광의 백미이지만 다른 느낌의 질감을 맛보며 직접 어우러지고자 동양화 속으로 파고들어 간다.

눈에 비치는 곳마다 산수화 관람장, 한 폭 동양화

월악산 국립공원에 속하는 계란재 공원 지킴터가 두 봉우리를 오르는 들머리이자 날머리이다. 봄을 흘려보내고 여름으로 접어드는 계절의 산과 물은 면면이 초록이다. 많은 탐방객이 신록과 초록 물빛에 어우러진 기암절벽을 감상하려 이곳으로 몰려왔다.

고교 동창들의 산악회 리더로서 34명의 참가자를 이끌고 환상의 절경을 보여준다고 생각하니 스스로 몽환적 분위기에 빠져든다.

완만한 비탈을 올라 372m 고지 삼거리에 이르면 왼쪽으로 옥순봉, 오른쪽으로는 구담봉 가는 길이다. 구담봉을 먼저 갔다가 다시 돌아와 옥순봉으로 가기로 하였다.

"와우, 대박!"

"헐~"

잔잔하게 그늘진 숲길을 지나면서 속이 시원할 정도로 조망이 트인다. 왼편으로 말목산과 오늘 산행하게 될 제비봉이 물을 가르고 솟아있는 걸 보면서 감탄 일색이다. 충주호 건너 가은산과 그 뒤로 금수산이 길게 뻗어있다.

고개를 돌리면 제비봉 주변의 기암들이 근육질의 남성미를 뽐내고 멀리 소백산 마루금이 흐릿한 암영으로 비추어 눈에 들어차는 곳마다 멋지게 붓질한 캔버스이다. 충주호는 여느 때와 마찬가지로 흐름을 멈춰 고요하고 정숙하다.

앞에 보이는 남한강 물줄기의 장회탄長淮灘은 노를 젓지 않으면 저절로 배가 밀려날 정도로 물살이 센 곳이었는데 충주댐 건설 이후 잔잔한 호수로 변했다. 바위 절벽의 일부는 물에 잠겼어도 그 외관은 외려 넉넉해졌다. 변화에 적응하듯 넓어진 물길과 잘 조화된 풍광을 보여준다.

구담봉으로 오르는 비탈 암릉의 지그재그 이어진 층층 계단이 이쪽 맞은편에서는 아찔할 정도로 높아 보인다. 이 지점에서 숨 돌리며 일행들을 모으고 건너편으로 향한다. 험준한 바윗길을 타고 내려가 정상 암벽 아래에서 수직에 가까운 가파른 코스를 땀깨나 흘리며 올라야 한다.

거북과 연관 지어 이름 붙인 구담봉은 깎아지른 절벽이 거북의 형상이라고도 하고, 물에 잠긴 바위벽에 거북 무늬가 있다고도 하는데 지금 내려다보는 물밑으로 거북이들이 떼를 지어 헤엄치고 있을 거라는 상상을 하게 한다.

가파른 계단을 오르면 해발 330m라고 적힌 정상석이 놓여 있고 전망대가 설치되어 있다.

굽이돌며 바위산의 절벽을 깎아내고 산과 산들이 간격을 내주어 물길을 이룬 충주호가 길고 깊고 또 아련하다. 유영하듯 잔잔한 물결을 만들어내는 유람선의 모습도 애잔한 낭만을 느끼게 한다.

전망대는 산수화를 감상하는 최적격의 장소이다. 친구들도 사진을 담기에 여념이 없다. 층층이 쌓이고 켜켜이 주름진 암벽 사면마다 조각품이고, 절벽에 뿌리내린 나무들은 조경의 극치를 이룬다.

트였다가 막히고 다시 트이는 공간으로 유유한 흐름을 이으며 전시품들을 관람시켜 준다. 내륙의 바다인 충주호는 한려수도에 비견할 만하다. 구담봉을 바라보며 느긋하게 여유로워지는 마음으로 퇴계 이황의 시를 음미해본다.

새벽에 구담 지나노라니 달은 산마루에 걸려있네
높이 웅크린 구담봉은 무슨 생각 저리 깊을까
예 살던 신선은 이미 다른 산으로 숨었으리라
다만 학과 원숭이 울고 구름 한가로이 흘러갈 뿐

퇴계가 반한 옥순봉, 두향이 흠모한 퇴계

가은산과 금수산 줄기를 타고 내려와 물길로 이어지는 제비봉에 눈길을 두면서 한 가지 의문을 지니게 된다.

조선 명종 때 단양군수로 부임한 퇴계 이황을 흠모했던 관기 두향은 죽으면서 퇴계와 함께 노닐던 강가 강선대 아래에 묻어달라는 유언을 남겼다.

충주댐이 생기면서 강선대가 물에 잠기자 퇴계의 후손들이 두향의 묘를 제비봉 기슭에 이장하고 두향 지묘杜香之墓라는 묘비를 세워 지금까지 제사를 지낸다고 한다. 정실부인이나 소실도 아니었고 따라서 가문의 범주에 전혀 들지 않는 기생에게 제사를 지낸다는 것이 의아한 것이다.

두향의 묘가 있는 제비봉 기슭을 더듬다가 구담봉을 내려선다. 구담봉에서 옥순봉으로 가려면 왔던 길을 되돌아가야 한다. 두 봉우리는 능선을 따라 1km 떨어진 거리에 있다.

행정구역상 구담봉은 단양이고 옥순봉은 제천에 속하지만, 이 두 봉우리는 형제처럼 혹은 남매처럼, 어쩌면 하나처럼 한 번의 방문에 함께 보게끔 하는 곳이다.

구담봉과 더불어 단구협 제일 절경으로 꼽히는 옥순봉은 희고 푸른 멋진 바위들이 힘차게 솟은 대나무의 싹과 흡사하여 이름 붙여졌다. 유람선을 타고 보면 비 온 후 쑥쑥 자라는 죽순을 연상하게 한다.

372m 고지인 삼거리에서 옥순봉까지는 구담봉에 비해 순탄하다. 경사가 완만한 숲길을 빠져나가면 바위 구간이 나오는데 옥순봉이 멀지 않았다는 표시이기도 하다. 바위 구간을 오르다가 좌우로 갈라진 길에서 좌측의 정상에 앞서 우측 봉우리로 먼저 향한다.

"여기도 전망이 기막힌 곳일세."

봉우리 언저리 바위 아래에서 내려다보는 충주호는 간담이 서늘할 정도로 아찔하다. 유람선도 이곳 옥순봉의 절경에 도취한 듯 바로 절벽 밑에서 멈춰 서있다. 노을 물드는 충주호반의 풍경도 여기 옥순봉에서 보면 탄성이 그치지 않을 정도라는데 상상이 가고 그림이 그려진다.

옥순봉의 절경에 탄복한 이황은 당시 청풍(지금의 제천)에 속한 옥순봉을 단양에 편입시켜주길 청했으나 거절당하자 옥순봉 석벽에 단구동문丹丘洞門, 즉 단양의 관문이라는 글귀를 새겼다.

옥순봉을 둘러싼 제천과 단양 두 자치단체의 신경전은 지금도 여전하다니 옥순봉의 가치가 얼마나 대단한지 고개를 끄덕이게 된다.

옥순봉 정상(해발 286m)에서는 아까 구담봉에서 볼 수 없던 충주호 하류까지 긴 흐름을 볼 수 있고 금수산 정상과 가은산의 암봉들을 한눈에 담을 수 있다. 멀리 뾰족하게 솟은 월악산 영봉이 시야에 잡힌다. 여기서 제비봉을 보면 두향의 이장한 묫자리가 쉽게 가늠된다.

단양군수로 부임한 48살의 퇴계 이황은 고을 관기였던 18세의 어린 두향을 만난다. 30년 격차와 신분을 초월한 로맨스라고 해야 할까. 화담 서경덕과 황진이처럼 기생과 양반의 멜로는 다양하게 전해왔다. 두향은 대나무처럼 올곧은 퇴계를 연모하였고 퇴계도 부인과 아들을 잇달아 잃었던 터라 공허한 가슴에 두향이 스며드는 걸 어쩌지 못한다.

시와 서예와 거문고에 능하고 매화를 좋아했던 두향은 퇴계의 곁에서 거문고를 타며 품은 연정을 지켜갔다. 그렇게 9개월이 지난 어느 날, 퇴계는 혼자 경상도 풍기군수로 옮겨가게 된다. 이별을 앞둔 마지막 날, 깊은 어둠만큼이나 두 사람의 마음도 무겁게 가라앉았다. 정적을 깨고 퇴계가 입을 열었다.

"죽어 이별은 소리조차 나오지 않고死別己呑聲 살아 이별은 슬프기 그지없네生別常惻測."

두향은 조용히 먹을 갈고 붓을 들더니 한 수 시를 적는다.

이별이 하도 서러워 잔 들고 슬피 울 때
어느덧 술 다하고 임마저 가는구나
꽃 지고 새 우는 봄날을 어이할까 싶구나

단양을 떠날 때 두향은 퇴계의 짐 보따리에 곱게 싼 수석 두 개와 매화 화분 하나를 넣었다. 이때부터 퇴계는 평생토록 이 매화를 두향으로 여기듯 애지중지했다.

"이 화분을 다른 방으로 옮겨라."

부제학, 공조판서, 예조판서 등을 역임하고 말년에 안동에 은거하던 퇴계는 나이가 들어 초췌해지자 매화에 그 모습을 보일 수 없다면서 매화를 옮기라고 한 것이다.

매화를 주제로 수많은 시를 썼던 퇴계는 아마도 두향을 염두에 두며 작시했을 거로 짐작하게 한다.

뜰앞에 매화나무 가지 가득 눈꽃 피니 一樹庭梅雪滿枝
풍진의 세상살이 꿈마저 어지럽네 風塵湖海夢差池
옥당에 홀로 앉아 봄밤의 달을 보며 玉堂坐對春宵月
기러기 슬피 울 제 생각마다 산란하네 鴻雁聲中有所思

두 사람은 1570년 퇴계가 69세의 나이로 임종할 때까지 21년 동안 단 한 번도 만나지 않았다. 퇴계와 헤어진 두향은 남한강 변 구담봉 근처에 초막을 짓고 은둔생활을 했고 평생 선생을 그리며 살았다.

충주호를 차고 비상하는 물찬 제비

계란재로 원점 회귀하여 그리 멀지 않은 장회나루로 이동한다. 구담봉과 옥순봉을 다녀온 34명 중 23명이 제비봉을 다시 오르기로 하였다.

제비봉 공원 지킴터를 통과해서 길게 위로 뻗은 통나무 계단을 오르면서도 자꾸만 고개를 돌리게 되고 아래쪽으로 눈길을 두게 된다.

장회나루 앞으로 물살을 가르는 유람선도 시원하고 다녀온 구담봉과 옥순봉도 장쾌한 기상으로 깊은 물에 거대한 하반신을 담그고 있는데 눈에 담은 것마다 눈길을 잡아끌기 때문이다.

경사 급한 철제 계단을 또 오르지만 오를수록 주변 풍광은 색다른 모습을 연출하기에 오름길이 버겁지 않다. 바위를 뚫고 뿌리를 뻗은 소나무는 그 강인함만큼이나 유연성을 보여준다. 물의 흐름을 따라 기둥 줄기를 호수 쪽으로 굽혀서도 싱싱하게 가지를 뻗치고 있다.

이처럼 아름다운 곳에서 생장의 기운을 소진할 리 없겠지만 만일 고사목이 되더라도 바위 깊이 박은 뿌리만큼은 사력을 다해 뽑히지 않으려 할 것이다.

공터처럼 널찍한 제비봉 정상(해발 721m)에 많은 사람이 휴식을 취하고 있다. 정상에서 내다보는 월악산의 겹겹 봉우리들이 오후 햇빛을 받아 찬란하고도 옹골찬 위상을 보여준다.

충주호에서 유람선을 타고 바라보면 부챗살처럼 드리운 바위 능선이 마치 제비가 날개를 활짝 편 것 같아 제비봉이라 명명했다고 한다. 그야말로 물 찬 제비에 부합한 이름이라는 생각이 든다.

탐방객들이 줄지은 하산로의 모습도 볼만한 광경이다. 에메랄드 물빛과 짙푸른 녹음 위로 형형색색의 잔잔한 움직임이 무한한 동지애를 느끼게 한다.

545m 봉에서 숨을 돌리며 북쪽으로 호수 건너편의 말목산 끝봉 아래를 찬찬히 살펴보면 물에 잠겨 상단만 살짝 보이는 강선대와 그 왼쪽의 외딴 봉분을 가늠할 수 있다.

천하절경에 자리 잡은 두향의 묘소이다. 1970년대 소설가 정비석은 조선일보에 연재한 명기 열전에서 두향 편을 쓴 적이 있었다.

두향의 묘를 찾아 사비로 비석을 세우고 나중에 충주댐으로 수몰될 상황이 되자 정비석 선생은 발 벗고 나서서 건의하였고 이 지역주민들과 퇴계 후손들의 노력으로 강선대 아래 30여 m 지점에 있던 두향의 묘를 강선대 왼쪽 위인 지금의 자리로 이장한 것이다.

안동으로 내려온 퇴계가 타계하자 부음을 들은 두향은 나흘을 걸어 안동으로 간다. 한 사람이 죽어서야 두 사람은 만날 수 있었으나 그것마저 빈소가 내려다보이는 뒷산 언덕에서 숨죽여 통곡하는 게 다였다.

다시 단양으로 돌아온 두향은 강선대에 올라 신주를 모셔놓고 거문고로 초혼가를 탄 후 남한강에 몸을 던져 생을 마감했다. 초혼招魂이라 함은 사람이 죽어 이미 떠난 혼을 불러내려는 간절한 소망을 의미한다지 않던가. 두향의 사랑은 한 사람을 향한 지극히 절박하고 준엄한 사랑이라 아니할 수 없었다.

전해 내려오는 설화에 상상력이 보태져 각색된 멜로일 수도 있겠으나 퇴계와 두향의 사랑 이야기를 접하면서는 이해 여부를 떠나 애틋함 그대로 느끼려 한다.

"매화에 물을 주어라."

그리고 눈을 감기 직전 퇴계 이황의 마지막 한마디는 두향을 잊지 못한 채 숨을 거둔다는 의미로 받아들여진다. 단양에서 떠나는 퇴계에게 두향이 주었던 매화는 피고 또 피고, 대를 잇고 이어 지금까지도 안동 도산서원 앞에 그대로 피고 있다.

내로남불이라는 의미처럼 옳고 그름을 따지다가 그녀의 사랑에 생채기를 입힐까 조바심이 생기는 것이다. 두고두고 금이 가지 않는 로맨스로 후세에도 순수하게 전해지길 바라는 마음이다.

퇴계 사후 150년 뒤에 조선 중기의 문인 월암 이광려는 두향의 묘를 참배하고 시 한 수를 바쳤다.

외로운 무덤 하나 길가에 누웠는데
거친 모래밭엔 꽃도 붉게 피었네
두향의 이름 잊힐 때면
강선대 바위도 사라지겠지

퇴계를 향한 마음이 평생 변치 않았던 두향을 기리고자 퇴계의 후손들은 지금도 두향의 무덤에 참배하며 묘소를 관리하고 있다.

때 / 초여름
곳 / 계란재 공원 지킴터 - 372m 봉 삼거리 - 구담봉 - 372m 봉 삼거리 - 옥순봉 - 계란재 공원 지킴터 - 장회나루 - 제비봉 공원 지킴터 - 제비봉 - 원점회귀

수덕사 여승의 애환 깃든 호서의 소금강, 덕숭산

일엽 스님이 비구니가 아니라 비구였다면
그녀의 선사적 면모는 진작 빛을 발했을 것이다.
많은 언론지에서 그녀는 스캔들의 여주인공이 아니라
숨겨진 선객禪客으로 평가해왔다.

충청남도 예산군 덕산면에 소재하여 덕산 도립공원에 속한 덕숭산德崇山은 수덕산이라고도 불린다. 1973년에 지정된 덕산 도립공원은 호서의 소금강이라 일컬어지는 덕숭산을 비롯하여 원효봉, 석문봉, 해태바위 등이 있고 폭포와 아름다운 계곡들이 그 암봉들과 어우러져 있다.

차령산맥 줄기로 높지는 않으나 옹골찬 산세를 지닌 덕숭산은 울창한 숲 뒤로 계곡을 끼고 기기묘묘한 바위들이 줄지어 서 있으며, 정상에 오르면 안면도와 서해가 한 폭 그림처럼 눈에 들어온다.

특히 이곳에는 가요 '수덕사의 여승'으로 널리 알려진 수덕사修德寺가 있다. 수덕사는 대한불교 조계종 제7교구 본사로 계룡산의 동학사, 청도 운문사에 견주는 비구니들의 도량으로 널리 알려져 있다. 이 절의 대웅전(국보 제49호)은 건립 연도가 명확한 현존하는 최고最古의 목조건물이다.

1937년에 건물을 뜯어서 수리할 때 발견한 묵서명墨書銘에 의해 1308년(충렬왕 34)에 건립되었음을 알 수 있게 되었다. 안동 봉정사 극락전(국보 제15호)과 영주 부석사 무량수전(국보 제18호)이 더 오래된 건물이지만 수덕사 대웅전은 제작연도가 명확하고 형태미가 뛰어나 한국 목조건축사상 매우 중요한 건물로 평가되고 있다.

"더 오래된 봉정사 극락전이나 부석사 무량수전이 이곳 대웅전보다 가치가 더 큰가 보네."

"왜 그렇게 생각해?"

"같은 국보라도 지정번호가 앞서있기에."

"지정번호는 지정 순서에 불과한 거 아니야?"

그렇다. 국보나 보물의 지정번호는 가치의 크고 작음이 아니라 지정 순서에 따른 분류일 뿐이다. 건조물, 서적, 고문서, 회화, 조각, 공예품 등 유형의 문화재로서 역사적·예술적·학술적 가치가 큰 고고 자료 등을 문화재 보호법에 따라 보물로 지정하며, 국보는 보물의 가치가 있는 문화재 중에서도 시대를 대표하거나 학술적·예술적 가치가 으뜸인 것을 지정한 것이다.

"다시는 나를 어머니라 부르지 말거라."

주차장에서 식당과 매점이 늘어선 상가를 지나다 보면 이

지역이 관광지로서 탄탄하게 자리를 잡은 곳이란 느낌을 받는다. 함께 온 병소랑 남영이가 앞서 걷다가 아담한 초가 한 채 앞에서 기웃거린다.

"들어갔다가 가자."

"남자들끼리 이런 데 들어가려니 쑥스럽구먼."

"여기서 세기의 멋진 여성들을 만날 수 있게 되지."

1927년, 프랑스 파리에서 그림 공부를 하고 돌아와 서양화를 그리는 최초의 여류화가 나혜석은 이혼의 아픔을 안고 충남 예산의 덕숭산 자락을 찾아들었다.

거기에 동갑내기이자 잡지 '폐허'와 '삼천리'에서 동인으로 활동하던 김일엽이 파란만장한 속세의 삶을 접고 여승으로 수도하고 있는 수덕사가 있기 때문이었다.

"임자는 중노릇할 사람이 아니야."

몸과 마음이 지칠 대로 지쳐있던 나혜석은 일주문 바로 옆에 있는 수덕여관에 여장을 풀고 수덕사를 찾아가 친구인 김일엽처럼 여승이 되기를 자청하지만 거절당한다.

옛 수덕여관은 고암 이응로 화백의 고택으로 이 화백이 1969년 동백림 사건으로 옥고를 치른 후 1989년 작고할 때까지 머물렀다.

원형을 복원하여 각종 문화전시공간으로 활용하고 있는 수덕여관을 둘러보며 수덕사 큰스님인 만공선사로부터 호된 꾸지람을 들은 70여 년 전의 여성화가 나혜석을 떠올리게 된다.

"조선 최초로 구미 여행을 한 여성으로도 알려졌다는군."

1927년 유럽과 미국 시찰을 가게 된 남편을 따라 여행길에 올랐던 나혜석은 1919년 3·1 만세운동으로 투옥된 이력도 지니고 있었다. 그 뒤 다른 남자와의 염문으로 이혼을 당한 나혜석은 '순결과 정조는 도덕도 법률도 아닌 취미'라는 이른바 정조 취미론을 발표하기도 하였다.

"자유 연애론을 주장한 대표적 여성이지?"
"여권 신장을 위한 여성운동의 선구자이기도 하지."

나혜석을 토론하며 수덕여관을 나와 매표소에서 입장권을 끊고 덕숭산 덕숭총림 수덕사라고 적힌 일주문을 지난다. 총림이란 선원, 강원(승가대학 또는 승가대학원), 율원(율학 승가대학원) 및 염불원을 갖추고 본분 종사인 방장의 지도로 정진하는 종합 수행도량을 말한다.

승주 송광사의 조계총림, 합천 해인사의 해인총림, 양산 통도사의 고불총림과 함께 예산 수덕사의 덕숭총림이 국내 4대 총림에 해당한다.

이 일주문을 지나면서 다시 한번 돌아보게 되는 건 엄청나게 굵은 기둥 때문이다. 네 개의 기둥은 이제까지 보아온 일주문 기둥 중 가장 굵은 것 같다. 여길 빠져나오니 잘 단장된 길이 놓여있다. 분홍의 꽃무릇이 소담하게 핀 걸 보고 덕숭산 수덕사라 적힌 또 하나의 일주문을 지나 경내로 들어선다.

"정조는 육체가 아닌 정신에 있다."

본명이 김원주인 일엽 스님(1896~1971)은 최초의 대중가요로 불리는 '사의 찬미'로 유명한 윤심덕, 최초의 근대 여성 화가였던 나혜석과 함께 신여성의 대명사로 꼽히는 인물이다. 1910년대 일본 유학, 두 번의 결혼과 이혼, 시대상에 맞선 자유연애, 수덕사 만공스님을 만난 후의 출가와 수행. 파란만장한 삶을 살다 간 당대의 여걸이라 하겠다.

"아버지가 목사였어."
"그런데 여승이 되었어?"
"언론계에서 기자도 했고 논설도 썼고, 교사생활도 하다가 여성의 성 해방론, 자유 연애론을 주장했으니 나혜석처럼 정 맞기 딱 좋은 모난 돌이었을 거야."

"시대를 앞서간 여성들이었네."

인적 없는 수덕사에 밤은 깊은데
흐느끼는 여승의 외로운 그림자
속세에 두고 온 님 잊을 길 없어
법당에 촛불 켜고 홀로 울적에
아 수덕사의 쇠북이 운다.

일본 유학 중 일엽은 일본인 오다 세이조와 운명적 사랑을 하게 된다. 오다는 아버지를 은행 총재로 둔 일본 최고 명문가의 아들이며 당시 규슈 제국대 학생이었다. 오다 부모님의 반대로 결혼하지 못하고 헤어지는 아픔을 겪은 그녀는 일본에서 돌아와 수덕사의 여승이 된다.

"아들이 있었다지."

오다 세이조와 김일엽 사이에 아들이 태어났는데 이 사람이 한국과 일본에서 인정받는 유명한 동양화가 김태신, 바로 김천 직지사의 일당 스님이다.

김태신은 해방 직후 김일성의 초상화를 그렸는데 지금도 김일성 종합대학에 걸려있다고 한다. 당시 그 일로 인해 조총련계로 오해받아 작품 활동에 고초를 겪기도 했다.

“속세에서 맺어진 너와 나의 모자 인연은 속세에서 끝났으니 다시는 나를 어머니라 부르지 말거라.”

수덕사를 찾아온 어린 아들 김태신은 보고 싶었던 어머니로부터 모자의 정이 끊기는 모진 외면을 받게 된다. 이때 일엽의 절친한 친구인 나혜석이 수덕사 밖에 있는 수덕여관에서 어머니처럼 김태신을 돌보며 그림을 가르쳤다.

“나혜석은 출가하지 않았어도 스스로 도를 터득했나 봐.”

그랬다. 다재다능한 여인이 모진 풍파를 겪으며 더욱 단련되었을 거라는 생각이 든다.

“지극한 도는 어렵지 않다. 가리고 차별하는 것만 꺼린다면. 至道無難 唯嫌揀擇(지도무난 유혐간택)”

승찬 대사가 지은 신심명信心銘에서의 가르침에서도 나혜석의 처세를 비견하게 된다. 친구의 아들을 거리낌 없이 내 아들처럼 키우고 가르쳤던 그녀 역시 당대의 여걸답다는 느낌을 지니게 한다.

아들을 외면한 수덕사의 여승, 일엽 스님은 우리 불교계에 큰 족적을 남긴 비구니였다. 유행가 '수덕사의 여승' 탓에 수덕사는 한동안 비구니 사찰로 오해를 받기도 했었다. 일엽 스님이 비구니가 아니라 비구였다면 그녀의 선사적 면모는 진작 빛을 발했을 것이다. 많은 언론지에서 그녀는 스캔들의 여주인공이 아니라 숨겨진 선객禪客으로 평가했다.

송춘희의 출세곡이자 평생 간판 곡인 수덕사의 여승을 흥얼거리며 수덕사를 빠져나가 대웅전 왼편의 수덕사 담장을 끼고 덕숭산으로 가는 돌계단을 오른다. 경내에 세워진 이정표에 정상까지 1.91km라고 표시되어 있다.

사방에 약사불, 아이타불, 석가모니불, 미륵존불을 새긴 사면 석불을 보게 되는데 백제 때의 유일한 사면불을 그대로 재현해서 만들었다고 한다.

계단으로 된 등산로 오른쪽 절벽 끄트머리에 소림 초당의 단아한 초가지붕이 보인다. 선불교의 만공스님이 참선하던 곳인데 오르는 데 급급하면 그냥 지나치고 만다.

경내를 지나 여기까지 오르면서 일반인의 출입을 막은 정혜사 등 수행처가 있는 데다 바람까지 멎어 괜히 숨소리마저 죽여야 할 것 같은 느낌이 들게 된다.

적막하기까지 하여 더욱 운치 있는 우거진 숲길을 산책하듯 걷다가 1020 계단을 오르면 또다시 불교의 흔적을 보게 되는데 바위벽에 세워진 미륵불 입상이다.

그리고 육각의 지대석 위에 올려놓은 원형의 굄돌인 만공탑과 마주하게 된다.

일제강점기 왜색불교를 타파하고 한국불교의 자주성과 정통성을 수호하기 위한 만공스님의 사상과 불교적 업적을 기리고자 1947년에 세운 석탑이다.

일본 총독에게 일침을 가한 일화 등 만공스님의 수많은 얘깃거리 중에 청산리대첩의 독립운동가 김좌진 장군과의 이야기가 전해진다. 만공스님과 김좌진 장군은 허심탄회하게 대화를 나눌 만큼 막역했다.

“두 분은 정신적으로도 강인하셨지만, 힘도 장사였지요.”

덕숭총림의 수좌 설정 스님이 두 사람의 일화를 전한다.

“오늘은 힘 한번 겨뤄보시지요.”
“소승이 무슨 힘이 있겠소.”

교자상을 놓고 마주 앉았다가 장군이 먼저 앉은자리에서 상을 뛰어넘었다. 스님은 “대단하시네요.”라고 칭찬했다.

"스님도 한번 해보세요."

사양하던 스님은 가부좌인 채로 몸을 날려 장군 뒤에 가서 앉는 것이었다. 또 다른 힘겨룸은 팔씨름이었다. 오랜 시간이 흘렀지만, 승부를 내지 못했는데 일어나 보니 두 사람이 앉은자리의 방 구들장이 꺼져있었다.

"힘을 겨루었다기보다는 두 분의 친분이 그만큼 두터웠음을 말하는 것이지요."

설정 스님은 두 사람을 회상하며 그렇게 말했다.

"너와 내가 둘이 아니요, 이 나라 저 나라가 둘이 아니요, 이 세상 모든 것이 한 송이 꽃이다."

탑에 새긴 글귀인 '세계일화世界一花'의 의미로 조국 해방의 소식을 접한 만공스님이 길가의 무궁화 꽃을 따서 썼다고 한다.

해방되어 모두 하나가 되길 기원한 만공스님의 뜻과 달리 서로 다른 이념에 의해 작은 나라가 지금까지 둘로 쪼개진 현실이 답답했나 보다. 불현듯 치킨게임이란 게 떠오른다.

한밤중, 도로 양편에 승용차 두 대가 마주 서서 헤드라이트를 켠다. 그러더니 곧바로 차를 돌진시킨다. 두 대의 차는 금세 정면충돌 직전에 이른다.

과연 그 차들은 그대로 충돌할 것인가. 이른바 치킨 게임 chicken game. 1950년대 미국의 젊은 터프가이들 간에 유행하던 자동차 게임의 명칭이다.

핸들을 꺾지 않음으로써 앞차와의 충돌을 마다하지 않을 것인가, 아니면 상대의 차를 피해 목숨을 구할 것인가. 숨막히는 상황이 눈앞에서 펼쳐졌다.

전자를 택하면 두 사람 모두 승자로서의 명예를 얻게 되지만 그 명예는 죽음 혹은 치명적인 중상과 맞바꾼 승리이다. 후자를 택해 목숨을 유지하면 불명예스러운 겁쟁이, 즉 치킨으로 취급당하게 된다.

서로 간에 어느 한쪽도 양보함이 없이 극단상황으로 치닫는 이 용어는 동서 이데올로기가 팽배할 무렵인 우리나라의 광복 이후부터 1970년대에 걸쳐 미국과 소련의 군비경쟁 등 지구 상의 헤게모니 장악을 위한 극심한 군사 경쟁상황을 꼬집으며 국제정치학 용어로 굳어졌다.

오늘날에서도 정치뿐 아니라 경제 강국 혹은 대기업의 독점적 우위를 점하려는 이기적 경제 행보 등 극단적 경쟁으로 치닫는 상황을 비유할 때도 치킨게임이라는 용어는 종종 인용되고 있다.

“세계 일화는 현실과 많이 동떨어진 스님의 희망 사항에 그치고 말았지.”

“나 자신도 하나가 되지 못하고 있는데 너와 나, 이 나라 저 나라까지 하나가 된다는 게 얼마나 어렵겠어.”

다시 한번 원형의 만공탑을 눈여겨보고는 다시 올라 스님들이 수행한다는 향운각을 지난다. 중턱의 채소밭을 지나면서 바위에 밧줄로 울타리를 친 등산로에 접어든다.

다시 수덕 저수지에서 올라오는 주 능선 삼거리에 닿게 되고 여기서 조금 더 걸어 덕숭산 정상(해발 495m)에 올라서게 된다. 산정이 높지는 않아도 내려다보니 주차장과 수덕사가 아득하다.

나무숲 건너로 야트막하게 가야산이 보이고 아담하게 정돈된 전답들을 내려다볼 수 있다. 잡목 너머로 용봉산, 수암산, 오서산을 가늠하고 멀리 서해안 쪽으로 눈을 돌렸으나 안면도와 천수만은 희미하다.

“여기서 수덕사를 내려다보니 당대의 신여성들이 출연한 영화 한 편을 본 듯하네.”

“여운이 진하게 남는 영화였어.”

수덕사에서 은은하게 종소리가 울리는 듯하다. 당대의 여장부들, 큰스님들이 주연이 되고 조연으로 등장하여 걸쭉한 자취를 남긴 수덕사, 그리고 덕숭산이 많은 생각을 하게 한다. 인생사, 누군가와의 만남과 헤어짐에 따라 운명이 바뀌거나 고정되거나 하는 게 이치인지도 모르겠다.

소나무가 많은 흙길을 따라 하산하는데 수덕사의 쇠북소리는 잔잔한 울림으로 산을 진동시킨다.

등산 코스만으로는 짧은 덕숭산이지만 수덕사와 충의사 등의 사찰 방문을 겸한 산행이나 인근에 덕산온천이 있어 온천산행을 겸한 가족들의 나들이 탐방 장소로 나무랄 데 없이 적합한 곳이다.

때 / 초가을
곳 / 주차장 - 수덕사 매표소 - 일주문 - 수덕사 - 사면 불상 - 미륵불 입상 - 만공탑 - 덕숭산 - 원점회귀

겨울 천태산, 수직 암반 올랐더니 거기 봄이 움트네

노약자와 어린이는 절대 우회하라는 경고문을 보고
잠시 망설이게 된다. 노약자나 어린이가 아니라는 사실을 상기하고
굵은 밧줄을 움켜쥔다. 절벽 위 청명한 하늘 아래로
까마귀가 소리 내며 원을 그린다.

천태산天台山에 들어서며 모습을 드러낸 삼신할멈 바위는 겹겹 깊이 팬 주름이 어서 긴 겨울 지나 천태동천에 물 흐르기를 고대하는 것처럼 보인다.

"돌이나 한번 던져보고 가유."
"할머니! 애가 둘이나 있어유."

바위 주름들 사이로 돌을 던져 떨어지지 않으면 삼신 할멈이 자식을 점지해준단다.

폭포수가 세 단계를 거쳐 흘러내려 삼단폭포라고도 불리는 용추폭포도 폭포로서의 제구실을 할 것처럼 군데군데 얼음이 녹고 있다. 충북 영동군 양산면의 누교리에서 산속으로 들어와 보니 들머리 표식처럼 충북의 설악이란 표현이 크게 과장하지 않은 명산이다.

신라와 백제의 국경선으로 두 나라의 각축전이 벌어지기도

했던 영동군은 충청북도 최남단에 위치하여 동쪽으로 경북 김천시와 상주시, 서쪽은 충남 금산군, 남쪽은 전북 무주군과 접하니 가히 네 개 도의 문화를 고루 지닌 곳이라 볼 수 있겠다.

악성 박연을 추모하는 난계 국악축제가 매년 열리고 정월 대보름에 마을 농악대가 가가호호 집터를 눌러주는 지신밟기 행사를 한다. 또 천태종의 본산이기도 한 곳이다.

천태종, 법화경을 근본 교의로 하여 중국 수나라 때 지의가 처음 세운 종파이다. 고려 때 대각국사 의천에 의해 하나의 종파로 성립되었다가 숭유억불을 내세운 조선왕조에 의해 쇠퇴기로의 들어선다. 여기가 고려 천태종의 본산이라 천태산이라 칭하고 지금까지 신비스러운 몸체를 의연히 유지하고 있다.

75m 수직 암벽을 타며 숨을 몰아쉰다

바로 영국사가 보인다. 영동 양산 8경의 제1경이라는데 지금은 한적하다 못해 적막하기만 하다. 스님도 보이지 않고 산 오르는 등산객 한 사람 없어 등진 천태산의 영국사를 더욱 외진 사찰처럼 보이게 한다.

난을 피해 남으로 피신하던 고려 공민왕은 여기 영동 양산면 누교리에 머물게 되었다. 며칠간의 폭우로 불어난 개울 건너편 천태산 쪽의 절에서 아름다운 종소리가 울려 퍼지자 공민왕이 크게 관심을 기울인다.

그 절이 고려 문종의 넷째 아들 대각국사 의천에 의해 창건된 국청사임을 알게 된 공민왕은 그 절에서 나라의 태평과 백성의 평안을 빌고자 하였다.

뜻을 알아차린 신하들은 칡넝쿨을 꼬아 다리를 만들어서 공민왕은 국청사 부처님 앞에 나아가 국태민안을 빌 수 있었다. 공민왕이 다녀간 후 그 뜻을 기려 편안할 영寧, 나라 국國자를 써서 영국사로 고쳐 부르고 칡넝쿨로 다리를 만들어 건너간 마을을 누교리樓橋里라 부르게 되었다.

사찰 입구의 은행나무(천연기념물 제223호)는 비록 헐벗어 볼품 있지는 않지만, 자세히 보니 풍채가 보통이 아니다. 높이 31m, 기둥 둘레 11m의 이 은행나무는 대략 1000년 정도의 수령으로 추정하고 있다.

2m 높이에서 갈라진 가지는 동서로 25m, 남북으로 22m나 퍼져있어 가을이면 얼마나 풍성한 차림인지 짐작이 가고도 남는다.

치악산 구룡사의 은행나무는 수령 200년을 갓 넘어 견줄 대상이 못 되고, 용문산 용문사 은행나무(천연기념물 제30호)가 약 1100년 정도의 생을 이어가며 높이 42m, 뿌리 부분 둘레 15.2m로 국내 최고, 최대의 계급장을 달았으니 이곳 영국사의 은행나무는 그다음 순위쯤 되는 것 같다.

이렇게 덩치 큰 나무가 국가의 난이 있을 때면 소리 내어 운다니까 영국사가 오늘처럼 매번 조용한 사찰은 아닌가 보다. 안내판에 영국사 입구에서 오른쪽으로 오르는 길을 천태산 A 코스 암릉 구간이라 표기하고 있다. 75m 암벽을 오르는 짜릿한 쾌감을 느끼고자 왔으니까 그리 올라가기로 한다.

소나무 숲길은 평탄하지만, 드문드문 눈이 녹아 질척하다. 곧이어 가파른 계단으로 올라서서 크게 심호흡을 하고 암반에 늘어져 있는 밧줄을 붙든다. 두 번째 암반은 더 길고 가파르다. 천태산의 상징적인 바위벽을 다 올랐다 싶었는데 다시 맞닥뜨린 수직 암벽이 위압감을 준다.

노약자와 어린이는 절대 우회하라는 경고문을 보고 잠시 망설이게 된다. 노약자나 어린이가 아니라는 사실을 상기하고 굵은 밧줄을 움켜쥔다. 절벽 위 청명한 하늘 아래로 까마귀가 소리 내며 원을 그린다. 양손에 힘이 들어가면서 어깨까지 묵직해진다.

75m 높이에서 늘어뜨린 굵은 동아줄을 조금 가느다란 케이블로 다시 감았다. 혹여 끊어질까 봐? 그럴 것 같지는 않은데 불현듯 저걸 붙들고 오를 수 있을까 하는 의구심이 생기고 만다.

이럴 때가 자신에게 가장 불안스럽다는 걸 알면서도 신발 밑창을 점검하고 배낭끈을 조인다. 매달려 오르면서도 잡은

줄이 무척 무겁게 느껴지면서 동시에 이 산에 나 혼자뿐이라는 생각이 엄습한다.

산 오르는 이 등짐엔 한 아름
인생의 무게 담겨있네
굵은 동아줄 휘어잡은 손에
역동의 세월 두툼하게 뭉쳐있네

산 까마귀 요란스레 홰치며 날아오더니
등짐 모두 풀어놓으라, 잡은 줄 다시는 놓치지 마라
수직 암벽 맴돌며 떠나지를 않네

중턱에서 한 번 쉬었다가 간신히 올라서자 영하의 날씨에도 이마에서 주룩 땀이 흐르고 숨이 턱까지 차오른다. 산행은 하체만의 움직임이 아님을 절실히 느끼게 한 암벽 구간이다.

다리뿐 아니라 팔과 손목에도 상당한 힘이 필요함을 실감한다. 산은 종종 두 팔, 두 발로 기어오르게끔 하면서 절대 만만한 산이 없음을 깨닫게 한다. 시원하게 목을 축이고 영국사를 내려다보는데 눈발 실은 바람이 휙 떼 지어 불어오면서 땀을 씻어준다.

계절의 고요한 이동을 보며

첩첩이 겹친 많은 산 너머로 멀리 덕유산이 시야에 잡힌다. 멋진 조망이 있다는 건 오르는 수고로움에 대한 커다란 보답이다. 이해가 앞선 좁은 시각으로는 결코 볼 수 없는 세상, 도시 빌딩 숲에서와 달리 사물과 사물 간의 자연스러운 흐름, 유기적인 연결을 보게 된다. 그처럼 산은 눈을 맑게 한다. 그래서 더욱 상쾌하다.

정상을 200m 남겨둔 능선에 올라서야 밧줄을 보지 않게 된다. 듬성듬성 잡목이 있는 흙길을 걸어 정상으로 향하는데 겨울 천태산 하늘빛이 너무 고와서 그런가 보다. 고개 치켜들지 못하고 힐끔힐끔 살피게 된다.

"알현하기가 너무 힘들군요."

"어서 오시게. 수고 많았네. 위험하니 다음에 올 땐 여럿이 오게나."

천태산 정상석(해발 714.7m) 앞에서 혼자 인증을 받으며 산 좋아하는 지인들과 꼭 다시 오겠다고 다짐한다. 천태산 정상은 충북 영동군과 충남 금산군의 경계에 있어 두 군에서 각각 이정표를 세워놓았다. 다시 681m 봉으로 갈라지는 삼거리로 내려서서 헬기장을 지나 뛰어난 주변 경관을 감상할 수 있다는 D 코스로 하산 길을 잡는다.

돌아 내려오는 천태산은 곳곳마다 봄기운을 느끼게 한다.

오로지 느낌으로만 알게 하는 것, 눈으로도 귀로도 알 수 없는 계절의 바뀜, 자연의 순환. 혁신이니 개혁이니 야단스럽게 외치고 휘갈겨 알리려는 인간의 그것과는 확연한 다름. 또 다른 누군가에게 상처 주는 일 없이 자연은 슬그머니 지금까지의 옷을 벗을 뿐이다.

한겨울 시름처럼 안고 견뎠을 적설에도 한 마디 신음 내뱉지 않고 그저 살그머니 봄을 불러 끌어안아 제 자리를 넘겨준다.

봄은 다시 그 자리에 물 흐르게 하고 꽃 피우면서도 스스로를 드러내지 않는다. 생색을 내야만 기대를 충족하고 뽐내야만 직성 풀리는 사람들 세상과의 천지 격차 판이한 것. 위대한 자연의 모습을 도통 보지 못하거나 혹여 닮으려 속태우는 부끄러움마저도 부끄러워 말아야겠지. 그게 사람 본연의 또 다른 자연스러움일 테니까.

올라왔던 A 코스를 바라보며 내려가게 된다. 영국사가 아직 저 아래 있고 진행 방향으로 옥새봉이 조망된다. 전망바위에 올라서자 갈기산에서 성인봉을 거쳐 월영봉으로 이어지는 능선이 흐릿하다.

남고개에 이르는 천태산 내리막길 볕 든 양지엔 이미 봄이 움트고 있었다. 연민 가득 싣고 다가온 실바람이 간신히 겨울 넘긴 잎사귀에 스킨십을 한다.

열게 묻어나는 봄의 향내에 살 추스르지 못하고 얼다 녹은

잎은 그예 고개 수그리고 만다.

영국사 일주문 옆의 샛길로 들어서 올라갈 때 지나쳤던 망탑봉으로 간다. 망탑봉의 명물이라는 상어 닮은 흔들바위와 홀연히 서있는 삼층석탑(보물 제535호)을 보고 진주폭포의 상단부와 천태산의 또 다른 경관을 감상하고는 다음을 기약한다.

때 / 늦겨울
곳 / 천태산 주차장 - 삼단폭포 - 영국사 - 암벽 코스 - 천태산 정상 - 헬기장 - 남고개 - 영국사 - 망탑봉 - 원점회귀

광개토대왕도 넘지 못한 죽령 넘어 구인사까지, 소백산

소백산은 여명이 밝아오기 전과 후가 확연히 다르다.
풍광도 그러하지만, 적막강산이었다가 기운 넘치도록
새벽을 여는 분위기는 그때 거기 머물러있는 이한테
옹골찬 힘을 지니게 한다.

다양한 설화와 애환이 깃든 죽령에서

충북 단양군과 경북 영주시, 봉화군에 폭넓게 걸쳐있는 소백산小白山은 백두대간 줄기가 서남쪽으로 뻗어 강원도, 충청도, 전라도와 경상도를 갈라 영주 분지를 병풍처럼 둘러치고 있다. 1987년 국립공원 제18호로 지정된 바 있다.

원래 소백산맥 중에는 희다, 높다, 거룩하다는 의미의 백산白山이 여럿 있는데 그중 작은 백산이라는 뜻으로 붙여진 이름이다. 예로부터 신성시해온 소백산이지만 삼국시대에는 신라, 백제, 고구려의 경계를 이루어 수많은 역사적 애환과 곁들여 많은 문화유산이 전해진다.

또 소백산은 자락마다 유서 깊은 천년고찰을 품은 불교의 성지이기도 하다. 주봉인 비로봉 아래에 비로사가 있고 국망봉 밑에 초암사, 연화봉 아래에는 희방사와 그 반대편에 구인사와 동쪽으로 부석사가 있다.

죽령 탐방안내소를 통과한 건 아직 동이 트지 않은 새벽 4시 반이다. 이번으로 세 번째인 소백산 탐방은 죽령에서 구인사까지 흔히 죽구 종주라 일컫기도 하는 산행코스를 택했다. 교통과 시간 등을 세심하게 고려하며 이 코스의 종주 산행을 주저했었는데 마침 산악회에서 종주 일정을 잡아 흔쾌히 동승했다.

소백산은 하늘재(옛 계립령)에 이어 신라 초기 길이 열린 죽령(해발 689m)과 그 역사를 함께 한다. 고구려 광개토대왕이 신라를 넘볼 때도 죽령은 넘지 못했다. 고구려가 죽령을 차지한 것은 그 후대인 장수왕 때이며, 그 후 신라 진흥왕 때 다시 신라에 복속된다.

신라가 삼국통일을 위해 백제의 서쪽과 고구려의 남쪽을 공격하여 한강을 장악하려는 전략적인 목적으로 개통한 죽령은 문경새재인 조령, 추풍령과 함께 영남의 3대 관문으로 예로부터 나라 관리부터 보부상이 넘나들어 이곳의 장터는 늘 문전성시를 이루었다고 한다.

죽령은 신라 때부터 산신제를 지내왔고 조선 시대에는 죽령사竹嶺祠를 세워 나라에서 제사를 주관하다가 훗날 단양, 영춘, 풍기의 세 군수가 제주가 되어 관행제官行祭를 지냈으며 지금은 동민들이 매년 3월과 9월에 산신제를 지내고 있다.

경주 에밀레종의 주조 시기보다 100여 년 앞선 서기 725

년(신라 성덕왕 24년)에 사찰의 범종으로 만들어진 무게 3300근의 동종銅鐘이 조선 초 숭유억불 정책으로 절이 쇠퇴하자 안동도호부의 시간을 알리는 관가의 부속품으로 전락하게 되었다.

이 종은 불교 형식으로 배열된 젖꼭지(종유) 36개가 돌출하여 은은하고 청아한 울림이 백 리까지 떨리며 퍼졌다고 한다. 이 종이 경상도 안동에서 강원도 오대산으로 옮겨가며 죽령을 넘어가게 된다.

조선 세조가 오대산 상원사를 확장하여 임금의 원당 사찰로 만들면서 전국에서 가장 소리 좋은 종을 찾게 하였는데 이 동종이 선택된 것이다.

1469년(조선 예종 1년)에 3300근의 종을 나무수레에 태우고 500여 명의 호송원과 100여 필의 말이 상원사로 옮기던 중 죽령고개를 10m 남겨두고 멈춰 섰다. 험준한 고개를 넘느라 말들이 힘이 빠져서 그렇겠거니 하였으나 닷새가 지나도록 온 힘을 쏟아도 종이 움직여지지 않는 것이었다.

"100살을 못사는 사람도 고향 떠나기를 아쉬워하는데 하물며 800살이 넘어 숱한 곡절을 겪은 범종이 오죽하랴."

수송 책임자인 운종 도감은 종이 죽령만 넘으면 다시 못 볼 고향 떠나는 걸 아쉬워한다고 여겨 36개의 젖꼭지 중

한 개를 잘라 안동 남문루 밑에 묻고 정성껏 제를 올린 다음 죽령으로 돌아왔다.

"이제 길을 떠나시죠."

그렇게 말하고 종을 당기니 그제야 움직여 단양, 제천, 원주를 거쳐 진부령을 넘어 상원사에 안치되었다고 한다.

조선 때 영남지방의 양반과 생원, 진사 대감의 행차 길이었고 영남지방에서 조정이 있는 한양으로 공물과 진상품을 수송하는 통로였던 죽령이 지금은 춘천과 대구를 연결하는 중앙고속도로가 생겨 교통이 더욱 좋아졌다.

연장 4.6km의 긴 죽령터널이 뚫리기 이전에 죽령을 앞두고 심하게 곡선을 그리며 굽이쳐 산속으로 빨려 들어가는 중앙선 철도를 보면서 교통수단도 예술의 경지에 이른다고 느낀 적이 있었다.

사람을 살리는 산임을 실감케 한다

백두대간 상의 죽령에서 스무 명 남짓한 일행들이 깜깜한 임도를 일렬로 헤쳐 나가는 새벽길이 무척 신선하다. 하늘에는 쏟아질 듯 수많은 별이 서로 재잘거리며 반짝거리고 있다. 헤드랜턴 불빛을 비추어 걷는 길옆의 철쭉이 어둠 속에서도 진홍빛을 드러낸다.

바람고개 전망대에서 내려다보는 풍기읍에 불을 밝히며 일찌감치 하루를 여는 곳이 보인다. 곧이어 백두대간에 붉게 동이 터오다가 어김없이 둥근 해가 떠오르니 벅차고도 감사한 마음이 생긴다.

소백산은 여명이 밝아오기 전과 후가 확연히 다르다. 풍광도 그러하지만, 적막강산이었다가 기운 넘치도록 새벽을 여는 분위기는 그때 거기 머물러있는 이한테 옹골찬 힘을 지니게 한다.

"이 산은 사람을 살리는 산活人山이다."

조선 선조 때 천문 교수이자 역사상 뛰어난 예언가인 격암 남사고(1509~1571)는 소백산을 보고 말에서 내려서 절하며 그렇게 말하였다.

그는 전국의 숱한 명당 가운데서도 유독 소백산을 길지 중의 길지로 꼽았다. 풍기를 비롯한 소백산 주변에 풍수상 명당 길지인 십승지의 상당수가 집중적으로 분포되어있다고 하였다.

아침이 밝은 제2연화봉(해발 1357m)에서 바로 위의 기상관측 레이더 기지로 올라가서 보이는 곳마다 눈길을 던진다. 제2연화봉에서 바라보는 월악산 영봉의 살짝 비튼 고개가 더욱 영험하게 느껴진다. 드문드문 자락과 자락 사이에 고인 물처럼 청풍호가 은빛을 반사한다.

"저기가 함백산이지요?"
"네, 그 옆 자락이 태백산이구요."

손가락으로 함백산과 태백산을 가리킬 수 있는 기상상태가 다행스럽다. 골마다 운해가 깔린 첩첩 산그리메는 산에서 볼 수 있는 최고의 풍광인데 그런 그림을 낱낱이, 가감 없이 보여준다.

가야 할 주 능선을 길게 바라보고 다음 봉우리인 연화봉으로 향한다. 연홍 철쭉이 만발한 길을 따라 다다른 소백산천문대는 우리나라 최초의 천체관측소로 1974년 국립천문대로 설립한 후, 1986년 소백산천문대로 개칭했는데 별의 관측을 위해 주변 불빛이 없는 곳을 택해 자리를 잡은 거라고 한다.

제2연화봉에서 한 시간가량 걸어 연화봉(해발 1376.9m)에 도착하여 남으로 우뚝 솟구친 도솔봉과 묘적봉에 먼저 눈길을 준다. 그 반대편으로 비로봉 너머 함백산과 태백산이 이어지는 백두대간 줄기를 편안하게 바라본다.

월악산 영봉까지 주변의 내로라하는 산봉들도 여기서 볼

때는 연화봉을 군계일학으로 떠받드는 닭 무리처럼 여겨진다. 주체하기 어려운 연화봉의 정기가 그들 산으로 뻗쳐나가는 느낌이 드는 것이다.

잠시 연화봉의 강한 주체성에 빠져들다가 양쪽으로 늘어선 철쭉 꽃길을 걸어 제1연화봉(해발 1394m)에 닿았다. 제1연화봉에서 비로봉 쪽으로는 철쭉 개화가 늦어 아직 꽃잎을 활짝 벌리지 못하고 있다.

주목 관리초소에서 차도 한 잔 마시고 잠시 휴식을 취한다. 수년 전 겨울, 이곳 주목 군락지의 눈꽃은 참으로 화사하고도 풍성했었다. 소백산의 겨울 풍경을 높이 사는 것은 연화봉과 비로봉 사이의 이곳 주목 지대가 겨울 이미지로서 큰 몫을 해내기 때문일 것이다.

천둥 갈림길을 지나 소백산 최고봉인 비로봉(해발 1439m)에 도착하였다. 그해 겨울 혹한의 칼바람이 몰아치고 잔설까지 끌어모아 휘날리던 때와는 전혀 다른 분위기의 정상이다. 광활한 초지는 너무 푸르러서 어느 한 지점에 눈길이 머물지 못한다. 울창한 활엽수림 지역의 소백산은 사시사철 물이 마르지 않는 계곡과 음이온이 풍부해 청정한 자연환경 속에서 자연치유 효과까지 극대화할 수 있는 곳이다.

소백산의 속살을 파고들면 남사고가 '사람을 살리는 산'이라고 언급한 걸 몸소 실감하지만, 과거의 역사를 떠올리면 꼭 그렇지만도 않다는 걸 느끼게 된다. 소백산 능선 곳곳은 신라, 고구려, 백제의 영토 확장을 위한 단골 싸움터였다. 소백산맥 정상 일대에 소백산성, 죽령산성, 남천성골산성, 온달산성 등이 축성된 것만 봐도 이곳에서 죽어간 군사들이 엄청났을 거라는 걸 짐작하고도 남는다.

언어소통이 가능한 한민족임에도 목숨을 건 싸움으로 일관했던 건 이해가 앞서는 한 동서고금을 막론하고 화합을 통한 해결이 얼마나 어려운 건지를 의식하게 한다. 그런 생각을 해보다가 소백산의 주봉과 작별하고 국망봉 쪽 데크로 이어진 길을 따라 걸어간다. 길 좌우로 초지가 푸르게 펼쳐져 있다.

국망봉 일대의 철쭉 군락지는 더더욱 개화에 인색하다. 우람한 바위들을 쌓아놓은 국망봉(해발 1420m)에 도착하니 휑하게 이는 바람이 서러운 울음소리를 내다가 허공으로 사라진다. 신라의 마지막 왕인 경순왕의 아들 마의태자가 금강산으로 들어가기 전에 이곳에서 통곡했다는 유래를 들었기 때문일 것이다.

신라 회복에 실패하자 엄동설한에 베옷麻衣 한 벌만 걸치고 이곳에 올라 멀리 옛 신라의 도읍 경주를 바라보며 너무나도 슬피 울어 뜨거운 눈물에 나무가 다 말라죽어서 국망봉에는 나무가 나지 않고 억새와 에델바이스 등 목초만이 무성할 뿐이라고 전해진다.

지금도 큰 나무는 없고 풀만 무성하다. 천년을 이어온 나라에 종지부를 찍는 고통이 얼마나 큰지 헤아릴 수 있으랴마는 이곳에서 통곡하고 금강산까지 향하는 마의태자의 긴 여정은 아마도 지옥 불을 걷는 심정이었으리라.

수백 년 후 풍기 군수로 재임하던 퇴계 이황은 이곳 국망봉에 올라 술 석 잔을 마시고 일곱 수의 시를 쓰고 다음 날 하산하였다고 한다.

길고도 먼 하룻길

상월봉 갈림길에서 슬쩍 지나치고 싶은 마음이 없지 않았으나 마의태자의 무거운 걸음과 이퇴계의 무박 산행을 떠올리고는 상월봉을 찍고 가기로 한다. 상월봉(해발 1372m) 전망 바위에서 가야 할 신선봉에 눈길을 머물다가 다시 내려와 늦은목이재까지 와서 호흡을 진정시킨다.

여기서 비율 전 방향으로 내려가면 중간 합류 지점으로 지정했던 어의곡 탐방안내소로 하산하게 된다. 늦은목이재에 함께 도착한 일행 중 세 명이 어의곡으로 내려가고 여섯 명이 다시 신선봉으로 향한다.

늦은목이재에서 고치령 방향으로 가다가 신선봉 쪽으로 줄을 넘어서면 은방울꽃과 앵초 등의 야생화가 오롯이 제 색을 드러내고 있다.

숲은 더욱 우거져 혹여 길을 놓칠세라 신경을 쓰게 한다.

특별한 표식이 없는 신선봉(해발 1389m)에서 곧바로 움직여 민봉을 향해 나아간다. 약 1km를 더 걸어 삼각점이 있는 널찍한 초지에 이르렀는데 이곳이 지도상의 민봉(해발 1362m)이다.

죽령에서 19km에 이르는 거리이다. 사방이 시원하게 열려 국망봉과 연화봉 등 지나온 소백산 주 능선을 뒤돌아보게끔 한다.

"멀리 와서 볼수록 지나온 산은 더 애틋한 거 같아요."

끝까지 함께 걸어온 일행 중 유일한 여성 등산객의 여성적 감성에 고개를 끄덕이게 된다. 여름방학 때 외갓집에 손자들이 우르르 갔다가 늙으신 외할머니를 홀로 두고 나설 때의 기분이라면 어색한 비유일까. 어쩌면 산은 이별을 연습하고 작별을 훈련하는 장소인지도 모르겠다.

민봉에서 내려와 갈림길에서 오른쪽 경사면으로 올라서면 길은 더더욱 한적하고 을씨년스럽다. 이정표도 없어 나뭇가지의 리본을 살피면서 걷게 된다.

너덜 바윗길을 비좁게 통과하고 등로를 확인하면서 올라 나뭇가지에 구봉팔문 제4봉 뒤시랭이문봉(958.3m)이라 적힌 표식을 보게 된다.

신선봉에서 서북쪽으로 뻗어 내리던 능선이 부챗살처럼 펼쳐지면서 아홉 개의 능선에 여덟 골짜기를 이뤄 구봉팔문이라 칭한다. 1봉 아곡문봉, 2봉 밤실문봉, 3봉 여의생문봉, 4봉 뒤시랭이문봉, 5봉 덕평문봉, 6봉 곰절문봉, 7봉 배골문봉, 8봉 귀기문봉, 9봉 새밭문봉을 일컫는데 득도의 문이라고 하는 구봉팔문을 온전히 걸으면 도를 깨우친다고 전해진단다.

소백산 주 능선에서 150~400m의 고도 차이가 나는 아홉 봉우리가 정렬한 것처럼 쭉 늘어서 있는데 각 봉우리 간 거리는 800m~2km에 이르며 부챗살처럼 뻗은 능선을 따라 걷는 총거리는 약 33km에 이른다고 한다. 그중 4봉에 올라서서 그 구봉팔문을 눈여겨 살피게 된다.

"다시 또 올 것인가, 말 것인가. 그것이 문제로다."

햄릿을 읊조리면서도 구봉팔문의 종주에 대해서는 쉬이 판단이 서지 않는다.

지리산 7 암자 순례길이 떠오르고 설악산 용아장성이 뇌리를 스치는데 여기 뒤시랭이문봉을 올라오면서 고약스럽게 거친 길을 경험하니 그다지 득도에 대한 욕구가 생기지는 않는다.

"득도의 필요성을 느끼면 그때

그때 가서 다시 생각해보기로 하고 구인사를 향해 길을 내려선다. 구인사로 하산하는 길도 험하긴 마찬가지다. 거칠고 가파른 길을 내려와 임도에서 가로질러 다시 산길을 오른다.

봉우리 하나를 지나고 또 다른 봉우리인 수리봉(해발 709m)에 올라서니 바로 이곳이 구봉팔문 전망대이다. 아홉 봉우리를 하나둘씩 헤아리며 살펴보지만 여기서는 아무리 봐도 제대로 된 등산로가 있을 것처럼 보이지는 않는다.

"원효대사는 저길 걸었을까."

당대 최고의 알피니스트였던 원효대사는 구봉 팔문을 종주하면서 득도한 걸까. 이처럼 심오하게 엉뚱한 생각은 때때로 험산 준봉을 걸을 때 피로를 덜어주기도 한다. 피로를 덜어내고 전망대에서 내려서면 얼마 지나지 않아 구인사 적멸궁이 나타난다.

구인사는 대한불교 천태종의 총본산이다. 천태종은 594년 중국의 지자 대사가 불교의 선과 교를 합하여 만든 종파로 고려 숙종 2년에 대각국사 의천에 의해 들여왔다.

구인사를 창건한 상월조사는 생전에 화장을 원치 않는다며 미리 묫자리를 잡아놓았는데 이 적멸궁이 바로 그의 묘소이다. 화장을 기본으로 하는 불교에서 극히 예외적인 일이다.

“사리까지 그대로 묻혔겠네요.”

“그렇겠죠.”

일행 간의 뜬금없는 대화도 가끔은 산행의 지루함을 덜어준다. 적멸궁에서 구인사로 내려가는 계단 양옆으로 밧줄 울타리를 만들어 좌로 꺾이고 다시 우로 꺾이며 한참을 내려간다. 계단길이 끝나면서 구인사 경내로 들어서게 되는데 화려하고 웅장한 규모에 벌려진 입이 다물어지지 않는다.

1946년 상월조사가 칡덩굴로 얽어 초암을 짓고 수도하던 자리에 현재의 웅장한 사찰을 축조했다고 한다. 경내에는 초암이 있던 자리에 세워진 900평의 대법당, 135평의 목조 강당인 광명당 등 50여 동의 건물이 세워져 있다.

일시에 5만 6000명에 이르는 인원을 수용할 수 있는 국내 최대 규모의 사찰이란다. ‘억조창생 구제 중생 구인사’라는 사찰 명답게 치병에 영험이 있는 사찰로 이름나 하루에도 수백 명의 신도가 찾아와 관음 기도를 드린다고 한다. 긴 내리막길을 지나 일주문을 빠져나가는데 대국의 황제 폐하를 알현하고 궁궐을 나가는 기분이다.

노을이 짙게 물들 무렵 주차장에 이르면서 처음부터 끝까지 동행한 이들이 서로의 수고로움을 악수로 나누며 죽령에서 구인사까지의 긴 하룻길을 마감한다.

때 / 봄
곳 / 죽령 - 연화 제2봉 - 연화봉 - 연화 제1봉 - 비로봉 - 국망봉 - 상월봉 - 늦은목이재 - 신선봉 - 민봉 - 구봉 팔문 전망대 - 구인사 - 주차장

계곡, 암릉, 수림, 조망의 어우러짐, 국립공원 대야산

쉼표 위에 서서 관람을 즐긴다.
힘들게 올라와 잠시 쉬는 곳이 전망 좋은 장소일 때
거긴 쉼터에 그치지 않고
에너지를 보강하는 충전소가 된다.

백두대간에 자리 잡은 대야산大耶山은 속리산 국립공원에 속하면서 충북 괴산군을 경계로 경북 문경시와 접하고 있다. 한국 지명 총람에는 홍수가 났을 때 봉우리가 대야만큼 남았다고 해서 붙여진 이름이라 적고 있다.

35곳 괴산의 명산 중 하나로 문경 8경의 중심부에 위치하여 용추계곡, 선유동계곡의 청정 계류가 흐르는 대야산 자연휴양림을 끼고 있다.

휴양림 인근에 봉암사, 견훤 유적지, 운강 이강년 생가터, 문경새재 등 역사·문화적으로 유명한 학습장소가 산재해 있어 시간에 맞춰 산행과 계곡 탐방, 유적지까지 두루 둘러볼 수 있는 다양성을 갖춘 탐방지역이라 할 수 있다.

계곡과 수림과 조망이 어우러진 산

대야산 아래 벌바위 주차장에 바로 산행 들머리가 있다.

두 번째 방문이다. 바로 이 자리에서 둔덕산으로 올랐다가 대야산을 거쳐 원점회귀 산행을 한 게 재작년인데 이번엔 제법 비가 내려 수량이 많을 용추계곡의 시원함을 느끼고자 여름에 날을 잡았다.

차에서 내려 함께 온 세 명의 산우들과 함께 스틱을 펼치는데도 땀이 흐른다. 산행 안내도와 큼직하고 매끄러운 자연석 옆의 나무계단을 오르면서 산행을 시작하게 된다. 700m 전방에 용추계곡이 있고 대야산까지는 4.8km이다. 역시 곧바로 맑은 계곡물이 기분을 상쾌하게 한다.

국내에는 많은 용추계곡이 있다. 그중 경기도 가평 연인산 자락의 용추계곡과 경남 함양 기백산의 용추계곡이 물 좋고 계곡 수려하여 각인되어있었는데 여기 대야산 용추계곡도 거기 못지않다는 걸 알게 된다.

울창한 숲이 에워싼 계곡미가 우선 마음을 청량하게 한다. 계곡에서 솟듯이 불어주는 바람이 한여름 불볕더위를 진정시킨다. 넓은 암반 너머 무당소가 먼저 모습을 드러냈다. 배낭부터 내려놓고 물가로 간다.

3m 정도의 수심으로 물을 긷던 새댁이 빠져 죽은 후 그녀의 혼을 위로하기 위해 굿을 하던 무당마저 빠져 죽어 무당소라고 부른다는데 두 명이나 빠져 죽었어도 무당소의 물은 여전히 맑고 투명하다.

허리 굽혀 흐르는 땀을 씻어낸다.

마른장마에 펄펄 끓는 폭염
그럼에도 소매 잡아끄는 짙푸른 섬광
뿌리칠 수 없는 원심력처럼 순순히 몸 실어
무심결에 나섰더니
야생초, 낙엽송 무성하고 햇살마저 초록 빛깔
흡인력 강한 카리스마에 끌려
이 산 깊은 품에
꼬옥 안기고 말았네

이어서 용소암이 나온다. 용추계곡에 머물던 암수 두 마리의 용이 하늘로 오르다 바위에 발톱이 찍혀 그 자국이 선명하게 남아있다. 이 자국이 용의 발톱에 의한 게 틀림없다면 그 용은 고지라만큼이나 엄청 큰 놈이 분명하다.

또 하트 모양으로 깊게 팬 소沼를 통하면서 2단으로 흐르는 용추폭포는 웅장하지는 않지만, 그 형상이 볼수록 특이하다. 암수 두 마리의 용이 하늘로 올랐다는 이야기를 증명이라도 하듯 양쪽 화강암 바위에 승천하며 용트림하다 남긴 용 비늘 흔적이 선명하게 남아있다. 용추계곡의 비경으로 꼽는 이들 증거가 완벽해 사실이 아니란 걸 주장할 수가 없을 정도이다.

점입가경이다. 푸른빛 감도는 맑은 계류는 좁은 홈을 타고 아래 용소의 웅덩이로 흘러내리는데 용이 승천하기 전에 알을 품었다는 곳이라고 한다.

"알은 부화시키고 하늘로 오른 걸까."

암수 두 마리의 용만 승천했다면 부화한 용은 이무기로 남아 이곳 대야산 어딘가에 있는 걸까. 형사 콜롬보가 되었다가 셜록 홈스로 변신해 추론을 거듭해보지만, 사건은 미궁을 맴돈다. 용과 관련한 전설은 늘 의구심을 남긴다.

한동안 계곡을 따라 오르게 된다. 바위도 많고 수량도 풍부하여 국내 명품 용추계곡의 반열에 넣지 않을 수가 없다. 계곡과 수림과 조망이 잘 어우러진 산이다. 용추계곡을 한껏 즐기다가 다시 산죽 군락의 등산로로 접어들어 물소리를 멀리하게 된다.

"어엇! 뱀이다."

앞서 걷던 산우가 등산로를 가로질러 숲으로 기어들어 가는 뱀을 보고 멈춰 섰다. 70cm 정도 길이에 꼬리가 가늘고 짧으며 머리 부분이 삼각형 형태인 걸로 보아 살모사가 분명했다. 독사이긴 하지만 가만히 있는 사람한테 먼저 공격하는 경우는 없다.

"용의 알이 부화한 건 아니겠지?"
"하하하! 그럼 물렸어도 독은 없었겠지."

뱀은 보통 이른 아침에 돌아다니다가 볕이 뜨거운 낮에는 그늘에서 웅크리고 있으며, 비가 온 후 날씨가 개었을 때 바위에 나와 몸을 말리는 습성이 있다고 한다. 이런 날 바위 많은 계곡을 걸을 때는 뱀을 의식해서 주변을 살필 필요가 있다.

"밟기라도 했으면 큰일 날 뻔했어."
"여기 세 명이나 더 있는데 설마 독이 번지도록 내버려 두겠어."

독사에 물리면 한두 개의 움푹 팬 자국이 생기는데 물린 부위의 위쪽, 즉 심장에서 가까운 곳을 폭 5cm 이상의 손수건이나 지혈대로 묶는다. 물린 후 30분 이내에 물린 부위를 소독한 후 불로 소독한 칼을 이용해 깊이 5mm, 길이 5mm 정도로 절개하는 게 응급처치의 첫 번째 요령이다. 물린 자국이 타원형이나 U자형일 때는 독이 없는 뱀이다.

잠깐 뱀 때문에 수선을 피웠다가 우람한 근육질의 소나무들이 늘어서서 반기고 오르막 등산로가 이어지는 밀재까지 다다랐다.

대야산까지 딱 1km를 남겨둔 지점이다. 계단을 올라 거북바위를 보고 그 뒤로 시원스러운 조망 공간에서 가쁜 숨을 가다듬는다. 쉼표 위에 서서 관람을 즐긴다. 힘들게 올라와 잠시 쉬는 곳이 전망 좋은 장소일 때 거긴 쉼터에 그치지 않고 에너지를 보강하는 충전소가 된다.

밧줄이 설치된 바위 구간과 계단이 이어지지만, 경사가 급하지는 않다. 기름을 가득 넣은 세단처럼 단숨에 올라섰다. 탄력을 받아 코끼리 닮은 바위를 지났는데 계단 중간의 전망대에서 정지신호를 받고 멈춰 선다. 굽이치는 마루금들이 눈길을 사로잡는다.

"여전히 튀십니다."

"내가 좀 그런 편이지. 허허!"

허옇게 암벽 드러난 희양산이 유독 도드라져 보인다. 노인의 백발이 그의 머리에서 면류관처럼 보일 때 그는 그저 나이 든 노인이 아니다. 노련한 경륜가로 존재감을 부각하게 되는데 희양산이 그렇다. 괴산과 문경 일대의 산들을 두루 아우르는 형세라 더욱 그런 인식을 하게 된다.

다시 올라 대자연의 오묘함을 느끼게 하는 대문바위를 본다. 밑으로 굴러 떨어질 듯한 커다란 바위가 비스듬히 놓인 채 한 사람이 간신히 지나갈 정도로 틈새가 벌어져 있다. 또 다른 바위는 자연적으로 구멍이 뚫어져 있는데 볼수록 자연의 신비를 느끼게 한다. 이들 바위와 어우러진 노송과 고목도 멋진 풍광을 자아낸다.

나무다리를 건너 바위 구간을 통과하고 계단을 걸어 대야산 정상인 상대봉(해발 930.7m)에 도착하였다. 이화령 너머의 백화산과 희양산에서 서남쪽으로 내려와 위치한 대야산은 남쪽으로는 속리산으로 이어진다.

정상 언저리에 둘러친 쇠 울타리 너머로 속리산 주 능선을 한눈에 담을 수 있다. 낮게 깔린 뭉게구름이 조령산의 마루금을 선명하게 드러낸다. 희양산의 벗겨진 근육도 더욱 우람하게 도드라진다.

정상 아래 삼거리에서 월영대 방향으로 하산로를 택한다. 계단과 너덜바위 구간이 나타나긴 하지만 비교적 경사 완급이 수수한데 여기서도 암릉의 묘미를 만끽한다.

한참을 내려와 맑은 물에 비친 달을 볼 수 있다는 월영대에 이르렀다. 여기 월영대의 수려한 계곡미와 물길에 마냥 젖어들면 넓은 암반 위로 미끄러지듯 흐르는 물이 이룬 소에는 밤이면 고개 숙여 달을 볼 것만 같다. 월영대를 지나 월영대 삼거리에 닿으면서 다시 올라갈 때의 용추계곡 초입에 이르렀는데 이름을 알 수 없는 어여쁜 꽃이 방긋 웃고 있다.

'내려갈 때 보았네. 올라갈 때 보지 못한 그 꽃'

산은 같은 길이라도 등산 때와 하산 때의 느낌이 판이한 경우가 많다. 시선을 어디에 두고 걷느냐에 따라 더욱 그렇다. 기운이 떨어지는 오르막에서는 걸음걸이에 신경 쓰다가 보지 못했다가 내려오면서 그냥 지나쳤던 것들을 보게 되는 경우가 많다.

고은 시인의 짧은 시 '그 꽃'은 그래서 내려올 때야 보였는지도 모르겠다.

때 / 여름
곳 / 벌바위 주차장 - 용추계곡 - 무당소 - 용추폭포 - 월영대 삼거리 - 밀재 - 대야산 - 월영대 - 월영대 삼거리 - 원점회귀

봉우리마다 자애롭게 끌어안은 대둔산 가을 정취

티 한 점 없이 고운 하늘이다.
거침없이 맑은 이 하늘 밑에서 누군가를 미워하고
생각이 무엇엔가 슬픔을 느낀다면 무척 불행할 거란 든다.
그런 하늘이 눈부시게 머리 위로 펼쳐져 있다.

한듬산, 인적 드문 오지 두메산골의 험준하고 큰 산이라는 의미. 대둔산大芚山의 원래 명칭이다.

혹자는 계룡산과 지척에 위치하고 두 산의 형상이 적잖이 닮았지만 산태극, 수태극의 커다란 명당자리를 계룡산에 빼앗겨 한이 맺혔다 해서 한듬산이라는 뜻풀이를 내놓기도 했는데 그 풀이의 합리성엔 쉬이 고개가 끄덕여지지 않는다. 그건 그렇고 만해 한용운은 이렇게 말했다.

"태고사를 보지 않고는 천하의 명승지를 논하지 말라."

대둔산은 충청남도와 전라북도 두 도에서 동시에 도립공원으로 지정한 산이다. 충남 금산에서의 대둔산 오름길, 진산이니 명산이니 아무리 칭송해도 모자람 없는 바로 그 산, 대둔산으로 들어선다. 바야흐로 대둔산의 가을을 온몸으로 만끽하게 된다.

가을 수북한 산마루, 하늘 맞닿은 산정

배티재에서 산비탈을 가로질러 진산면 행정리에 소재한 옛 절 태고사太古寺로 향한다. 양옆으로 커다란 바위 벼랑이 보이고 그 사이로 비좁게 통과할 수 있는 틈이 있다. 그 왼쪽 바위에 붉은 한자로 석문石門이란 글씨가 각인되어있는데 조선 중기의 대유학자 우암 송시열이 썼다고 전해진다.

원효는 태고사의 절터를 발견하고 너무 기뻐 사흘 동안이나 춤을 추었다고 한다. 12 승지의 한 곳인 태고사의 빼어난 풍광을 강조한 듯하다. 경내의 전단 향나무로 조성된 삼존불상을 개금改金할 때는 청천벽력 같은 뇌성이 치며 폭우가 쏟아져 금칠을 말끔하게 벗겨내었다고도 한다.

"과연……"

둘러보니 원효가 어깨춤을 들썩일 만큼 빼어난 비경에 둘러싸여 있다. 임진왜란 전적지이기도 한 태고사에서 나와 한적하고 평범한 산길을 오르다가 낙조대, 칠성봉의 암릉에 이르면서 세상사 아무것도 떠오르지 않고 절로 벌어지는 입에서 탄성만 흐른다. 일몰의 장관을 보여주는 낙조대는 충남 논산에 속한다.

진산珍山 중의 진산鎭山이라 표기한 동국여지승람, 사흘을 둘러보고도 발길을 뗄 수가 없다던 원효대사의 표현이 조금도 과장스럽지 않다. 눈과 바람이 깎아내고 비로 씻어 햇빛으로 말린 조각품들의 전시장에 들어선 것 같다.

숲과 협곡은 또 어떠한가. 기암괴석과 어우러진 수려한 자연미에 초절정의 단풍까지 곁들이니 그야말로 금상첨화의 특급 산행이라 할 수 있겠다. 등산이라기보다는 관광이라는 말이 적합할 정도로 다리보다 눈이 바삐 움직이게 된다. 자연히 산행으로 힘이 든다는 생각이 사라진다.

"도대체 그 몸으로 어딜 간다는 거예요?"

사실 어제부터 심한 감기 기운으로 날 밝도록 끙끙 앓아가며 뒤척였지만, 친구 기남, 후배 계원이와 진즉 약속했던지라 밝힌 듯 채인 듯 뻐근한 몸뚱이를 간신히 지탱하고 집을 나선 거였다. 차에서도 몰려드는 피로와 불안감에 간간하게 남았던 정념마저 사그라지는 중이었다.

'포기는 포기할 단계에 하는 것'

산을 다니면서 스스로 다진 엉뚱하고도 위험천만한 철학을 되뇌며 배낭을 걸쳐 메었다. 처진 육신 일으켜 세워 무념무상 산자락에 몸 실으니 골짜기 휘도는 미풍이야말로 포도당이요, 더 붉어질 수 없어 떨어지는 낙엽 밟으니 불면에 근육통 치유할 신약 이만한 게 또 있던가. 거짓말처럼 개운하게 몸도 머리도 맑아지면서 가을은 더욱 수려하고, 여긴 더 더욱 호방한 모습으로 다가오는 것이었다.

"좀 천천히 가자. 금방 쓰러질 것 같더니 걸음은 빠르네."

잠시 쉬는데 느릿하게 뒤따라온 기남이의 불거진 배를 찌르며 한마디 핀잔을 준다.

"넌 이런 곳에서도 숨이 헐떡여지니?"

체중이 늘고 몸이 불어나서야 산을 찾기 시작한 친구가 산 오르는데 급급해하지 않고 산세가 먼저 눈에 들어올 즈음이면 뱃살이 빠질 거란 생각이 드는 것이었다.

"다시 내려올 건데 왜 올라가는 거야?"

이랬던 사고방식이 사라지고 산이 좋아지기 시작했다는 친구가 대견스럽다. 주된 행사인 시상식 장면보다 행사장에 입장하여 레드카펫red carpet을 걷는 스타들에게 이목이 쏠리는 것처럼 대둔산 레드카펫에 눈을 떼지 못하고 걷다 보면 어느새 정상이다.

노란 은행잎 가을 수북한 산마루
어지러 비록 뒤돌아 내려 보진 못하지만
긴 세월 아련한 추억 새록새록 떠올리며
꽃밭 거닐듯 구름 밟듯 다다르니 어느새 하늘일세

개척 탑이 세워진 대둔산 정상 마천대(해발 878m)는 하늘과 맞닿았다 하여 원효대사가 그렇게 이름을 지었다. 마천대만큼 사람들이 많이 모인 정상도 흔치 않다. 오늘 가을 절정의 대둔산은 아래로 명물이랄 수 있는 금강구름다리와 삼선계단이 울긋불긋한 단풍 속에서 많은 사람을 실어 나르는 중이다.

시선을 멀리 뻗으면 맑은 날에는 진안 마이산, 지리산 천왕봉, 서해안 변산반도가 펼쳐진다는데 오늘은 그만큼 청명하지는 않다. 그래도 찬찬히 사방을 둘러보면 시야에 차는 것마다 구름 뚫고 하늘 아래를 내려다보는 기분이다. 역시 대한 8경에 들 만큼 매혹적인 절경이다.

가히 이럴 진데 계룡산에 맺힌 한풀이 운운하는 건 어불성설이 아닐 수 없다. 산이 언제 그 속을 비춰 미간을 찌푸리

거나 등 돌린 적 있던가. 역시 사람들이 저들의 속내를 드러내 산을 소품 삼은 것에 불과한 것이다.

대둔산 곳곳마다 큼직한 기상과 호연지기를 뿜어내는 것이 역시 한듬산의 '한'은 크고 넓다는 의미였음을 확인시킨다. 그게 맞을 것이다. 그게 맞는 거라고 믿고 싶다. 보라, 주변 산마다 그 봉우리들이 대둔산을 향해 늘어서고 대둔산은 자애롭게 그 봉우리들을 끌어안고 있지 않은가.

"여기서는 사진을 남겨야지."

기남이와 계원이가 다리 한편으로 비켜서서 환하게 웃으며 자세를 잡는다.

"그래, 그쪽으로 서봐."

80m 높이에서 양옆 절벽, 임금바위와 입석대 50m를 잇는 금강구름다리에서는 사진 찍기도 수월치 않다. 역시 수많은 인파의 행렬이 끊이지 않기 때문이다. 그래도 전혀 짜증이 나지 않는다. 오히려 그들의 환한 웃음과 소란한 즐거움이 살갑게 와닿는다.

그래서였을까. 문득 그런 생각이 든다. 여기 대둔산은 감성이 무디어 웃음이 인색한 사람들, 무뚝뚝하여 접근하기가 껄끄러운 이들과 함께 오고 싶은 곳이란 생각. 그런 사람들이 가을 대둔산에 오면 눈가 가득 미소를 지을 것 같고, 감탄을 연발할 것 같다. 대둔산은 그렇게 찾는 이들과 쉽게 가까워지고 오래도록 연을 이어가는 그런 산이다.

휘돌아 굽이치며 걸음 뗄 때마다 다른 모습을 보여주는 산세의 움직임은 산행 내내 지루하거나 고될 여지를 없애준다. 그게 가을 대둔산이다.

아무 때고 또 오고 싶은 산이다

티 한 점 없이 고운 하늘이다. 거침없이 맑은 이 하늘 밑에서 누군가를 미워하고 생각이 무엇엔가 슬픔을 느낀다면 무척 불행할 거란 든다. 그런 하늘이 눈부시게 머리 위로 펼쳐져 있다. 이런 하늘 아래에선 어느 러시아 민요의 가사처럼 백만 송이 꽃이라도 피워야 한단 생각이 스친다.

이토록 고운 하늘을 보면서는 지나온 삶의 티끌들을 툭툭 털어내고 명명 덕明明 德의 구절을 음미해야 어울릴 거란 느낌이다. 담긴 무거움은 모두 털어내고 노랑나비 날갯짓에 바람이라도 일 듯한 청명한 기운으로 채우고픈 오늘, 하늘빛 너무 고와 왈칵 눈물이라도 쏟아질 듯한, 그런 가을에 대둔산에 있음이 행복하다.

"친구야, 자네는 아니 그런가."

"난, 아직도 숨 가쁘고 다리 아파. 배도 고프고."

"먹은 지 얼마나 됐다고, 너 때문에 우리는 평생 삼선이 되긴 글렀어."

만경대를 위로하여 깎아지른 절벽 군락이 또한 일품인데 세 명의 선인이 능선 아래를 굽어보는 모습과 흡사하여 삼선바위라 명명했다. 찾는 이들이 거길 오를 수 있게끔 50도의 경사각, 계단 127개, 40m 길이로 세운 삼선계단은 현기증을 일으키게 한다.

다양한 볼거리 중에서도 장군봉을 휘감아 치장한 단풍들이 가을 대둔산의 백미가 아닐까 싶다. 마치 승전하고 돌아온 장군이 임금으로부터 하사받은 꽃 갑옷을 걸친 모습에 견주고 싶어진다. 장군도 기분 좋게 마신 전승주에 취기가 잔뜩 올랐는지 만면에 홍조를 띠고 있다.

이토록 아름다운 가을일 줄 알았다면
피멍 들도록 쓰린 아픔이야 죄다 묻어둘 수도 있으련만
수북이 고여 오는 어스름 노을빛은 그 무어로 가린다냐

원효대사처럼 사흘을 둘러볼 수는 없지만 세 번째 다녀가는데도 아무 때고 또 오고 싶은 산이다. 겨울철, 하얗게 변신한 대둔산을 다시 보겠노라고 마음에 새기면서 아쉬움 가득 고이는 대둔산의 가을을 묵연히 올려다본다.

때 / 가을
곳 / 배티재 - 태고사 - 낙조대 - 칠성봉 - 마천대(대둔산 정상) - 약수정 - 구름다리 - 장군봉 - 칠성봉 전망대 - 낙조산장 - 태고사

비단에 수를 놓은 제2 단양팔경, 겨울 금수산

지금 서 있는 자리가 산모의 신체 중
어느 부분일까 하는 생각을 하다가
얼른 내려선다. 자칫 태아에게
악영향을 줄까 조심스럽다.

"아아! 비단에 수를 놓은 듯 아름답구나."

충청북도 단양군 적성면과 제천시 수산면에 걸쳐있는 백암산白岩山을 보고 퇴계 이황이 크게 감탄하였다. 조선 중엽 단양군수로 있던 이퇴계가 비단에 수를 놓은 것처럼 아름다운 경치에 감탄하자 백암산은 금수산錦繡山으로 이름을 바꾸게 된다.

제2 단양팔경 중 한 곳으로 삼림이 울창하며 특히 가을 경치가 빼어난 바위산으로 월악산 국립공원의 최북단에 위치하여 치악산으로 이어지고 국망봉, 도솔봉과 함께 소백산줄기의 기저를 이룬다.

금수산은 보통 제천시 수산면 상천리나 단양군 적성면 상리를 산행기점으로 잡는데 이번엔 차량 회수의 편의상 상천리에서 망덕봉을 먼저 오르면서 정상을 거쳐 원점 회귀하는 산행코스를 택하였다.

물길, 바윗길, 숲길을 따라 망덕봉에

상천휴게소 뒤편으로 이어지는 백운동에 들어서면 금수산과 그 남쪽으로 가은산이 고개를 내민다. 백운동 마을 길에 있는 백운산장 식당에서 조금 더 지나면 보문정사라고 쓴 큼직한 바위가 보이는데 문패에 비해 사찰의 규모는 아주 아담한 편이다.

보문정사 주변에는 봄볕이 찬연하건만 그 뒤의 산자락은 아직 겨울이다. 하얀 잔설이 쉬이 녹을 것 같지 않다. 봄을 딛고 겨울로 오르는 두 계절의 산행이 될 듯싶다.

곧추세워진 철제 계단과 함께 길이 가파르게 치솟더니 곧바로 조망이 트인다. 그리고 녹은 겨울이 흘러내리는 폭포와 봄물이 되어 고인 담을 보게 된다. 용담폭포다. 이름 그대로 30m 높이에서 쏟아지는 폭포수가 5m 깊이의 담에 물보라를 일으키는 모습이 승천하는 용을 연상시킨다.

“동쪽으로 가서 여기 비친 폭포를 찾거라.”

옛날 중국 주나라 왕이 세수하다 대야에 비친 폭포를 보고 신하들에게 이 폭포를 찾으라고 지시했다.

“동쪽이라면 대체 어딜 말씀하는 것이온지요.”

“낸들 알겠느냐. 알면 내가 가지. 여기서 정동 쪽으로 끝까지 가보거라. 어디선가 그 폭포가 나올 것이다.”

명을 받은 신하들이 툴툴거리면서 동쪽을 향해 마냥 길을 줄여나갔다. 숱한 폭포를 접하다가 결국 금수산의 용담폭포를 찾아냈다.

“폐하, 마침내 우리가 찾아냈습니다. 세숫대야에 비친 그 폭포를요.”

“수고들 많았다. 거기다 내 묏자리를 쓸 것이니라.”

“우리가 겨우 시신 묻을 자리를 찾아 헤맨 거였습니까?”

“네 이놈! 겨우라니. 네 왕의 무덤이니라.”

“…….”

결국 주나라 왕이 금수산 명당자리인 폭포 위의 산꼭대기에 자기 묘를 썼다.

“에이, 더러워서 내가 떠나야지.”

이번엔 이 폭포에 살던 용이 분노했다. 산을 부정하게 만들었다며 폭포를 떠나 하늘로 올라가 버렸다. 굴러온 돌이 박힌 돌을 빼낸 격이다.

중국에서 지어냈을 몹쓸 전설 때문에 귀한 용 한 마리가 금수산을 떠났다니 안타까운 마음에 자꾸만 폭포를 살펴보게 된다.

주변에 동백나무와 노송이 많고 큰 바위들이 즐비한 용담폭포 위로 선녀탕을 비롯하여 상탕, 중탕, 하탕이 물줄기를 흘리고 있다. 용이 울부짖으며 승천하다가 남긴 발자국 세 개다.

200여m 계곡을 타고 오르면 노송과 동백나무숲에 둘러싸인 폭포를 전면에서 볼 수 있다. 여름이었다면 5m 깊이의 소에 물보라를 일으키는 모습이 승천하는 용을 연상시켰을 걸로 상상된다.

1661년 청풍 부사 이단상은 '청풍 금수산 기우문'을 남겨 청풍 관아 주도로 기우제를 지냈다고 한다. 이후 1689년 청풍 부사 오도일은 이처럼 기록했다.

'옛날 백운암 노승이 주문을 외워 용한테 바위를 뚫어 못을 만든 연유로 홍수나 가뭄에 기도하는 것으로 삼았다.'

1970년대까지만 해도 수산면 사람들은 이곳에 와서 기우제를 지냈다. 30m 높이의 폭포수를 맞으면 신경통과 통증

치료에 효험이 있다고 알려져 봄부터 가을까지 탐방객이 이어지는 용담폭포다.

“주나라 왕이 욕심낼 만한 용담폭포와 선녀탕이야.”

방문이 뜸한 선녀들 대신 백운동 주민들과 외지 탐방객들이 피서를 즐겼을 이곳이 지금은 월악산국립공원의 손꼽히는 경관으로 보존, 관리되고 있다.

용담폭포를 지나자 낙엽 수북하게 깔린 골짜기로 들어서며 가파른 암릉을 오르게 된다. 용담폭포에서 망덕봉으로 향하는 등산로는 대부분 험한 암릉이지만 그 주변 풍광은 경탄을 자아내게 한다.

산어귀의 높이 3m쯤 되는 금수암에는 그 위에 붉은빛으로 산과 물, 구름 등의 모양이 그려져 있어 화암畫巖이라고도 불린다는데 확인하고 싶은 마음이 굴뚝같지만 바람이 막아서고 날카로운 송곳 바위가 방문을 용납하지 않는다.

아래로 살얼음마저 녹인 충주호가 모습을 드러내고 등산로 좌측으로 희끗하게 겨울 흔적을 남긴 기암괴석들이 거대한 병풍처럼 하늘을 찌르며 솟아있다. 한파를 이겨낸 노송들은 강건한 모습으로 운치를 더해준다.

국립공원 일대의 여러 산군은 더 오를수록 가까이 선명하고 병풍바위들은 보는 각도가 달라지면서 형태가 바뀐다.

족두리 바위도 모양새를 변화시켰으며 날개를 접고 꼿꼿하게 선 독수리바위는 금세 날개 펼쳐 날아갈 듯도 한데 방향만 바꾸어 여전히 먹잇감을 노리고 있다.

이제 겨울 땅에 접어들었다. 녹지 않고 굳어버린 눈밭을 걷게 되고 기온도 많이 떨어졌다. 바위 사이로 꽁꽁 언 얼음덩어리는 햇빛이 들지 않아 봄이 지나도록 녹지 않을 것만 같다. 저만치 금수산 정상 일대도 목화밭처럼 혹은 양떼들 목장처럼 하얗게 덮여있다.

망덕봉을 500여 m 앞에 두고는 가파른 경사 숲길이 이어진다. 더욱 굳게 다져진 눈밭을 걸어 망덕봉(해발 926m)에 닿아 세 갈래 충주호의 물길을 다시 내려다보고는 바로 고개를 돌린다. 바람이 세차서 오래 머물 수가 없다. 멀리까지 겹겹 중첩된 마루금에 잠시 눈길을 주었다가 망덕봉을 내려선다.

겨울 언저리에서 봄을 딛고 내려서다

금수산 정상으로 이어지는 등산로는 조망이 가려진 숲길이지만 대체로 편안하다. 한적하게 숲길 걸으며 나무 틈으로 보이는 첩첩 산들은 금수산이 얼마나 깊은지 새삼 인식하게 한다. 이 산에는 예전부터 자연산 약초가 많았고 극약 성분의 비상 풀도 있다고 한다.

한량지라는 곳에는 하루 중 햇빛 드는 시간이 짧아 한여름에도 얼어있다는 얼음골이 있는데, 얼음은 초복에 제일 많이 생기고 중복에는 바위틈에만 보이고, 말복엔 바위를 들어내고 캐내야 한다니 딱 한철 겨울만 존재하는 장소인가 보다.

서늘함을 느끼며 걸음을 옮기던 능선은 점차 고도를 높이는가 싶더니 거친 암릉 구간이 벽처럼 앞을 가로막으면서 철 계단을 오르게 한다. 쇠 난간으로 둘러친 금수산 정상(해발 1016m)은 비좁은 암봉이다. 여기 서서 다시 충주호를 내려다보고, 흐릿하지만 멀리 실체를 드러낸 월악산과 백두대간 황정산을 바라본다. 북쪽으로 금수산의 지봉인 신선봉과 능강계곡도 시야에 들어온다.

이곳에서 단대천丹垈川이 발원하여 남한강으로 흘러들어 여기 올라서면 한강을 볼 수 있다고 했는데 거기까지 내다보기엔 무리가 있다. 소백산 쪽으로도 정상 일대에 연무가 끼어 반쪽 조망에 그치고 말았다.

이 지점을 포함한 금수산은 풍수지리에서 거북이 모양이어서 거북 혈이라고 하며, 정상부는 길게 누운 임산부의 형상을 하고 있어 아들을 낳으려면 이곳에서 기도하면 된다는 이야기가 전해지니 어느 정도의 과장을 참작하더라도 좋은 기운이 뻗치는 산임에는 틀림이 없나 보다.

지금 서 있는 자리가 산모의 신체 중 어느 부분일까 하는 생각을 하다가 얼른 내려선다. 자칫 태아에게 악영향을 줄까 조심스럽다.

최상의 바위 전망대이지만 바람이 심한 데다 눈보라까지 일고 있어 조망을 즐길 분위기가 아니라 태아 핑계를 대고 하산하기로 한 것이다. 여기서 백운동으로 하산하는 길은 조망이 전혀 없는 가파른 육산이다. 상학마을에서 올라오는 갈림길, 살바위 고개에서 상천리 백운동으로 내려가는 길은 눈까지 쌓여 여간 조심스러운 게 아니다.

그렇게 1.5km 정도를 내려와서야 완만한 등산로로 이어지면서 눈도 털어냈다. 진작 눈을 녹여버린 하산로는 언제 겨울이었는가 싶게 봄기운이 완연하다. 백운동으로 내려서기 전 용담폭포 상부의 햇살 고운 선녀탕에서 휴식을 취하며 계절의 새로움을 느낀다.

이른 새벽 허공 떠돌던 물 알갱이
바위 비탈 잔가지에 들러붙어 꽁꽁 어는가 싶었다.
아침나절 골에 수북이 고인 안개마저
얼음 가지에 얹히더니 볼품없는 바위벽은
눈꽃 밭으로 변한다.
회색 구름 사이 잠시 얼굴 내민 햇살까지 내려앉으니
눈꽃 바위는
봄이 오는 골목길이 된다.

겨울을 지나 봄으로 내려온 약 10㎞ 정도의 산행 중에 가을에 꼭 다시 찾겠노라는 마음이 굳어진 금수산이다. 자연 생태계와 식생의 보전이 잘된 이 산의 가을은 퇴계 선생의 말처럼 수놓은 비단이 곱고도 화려할 것 같아서이다.

오늘 가보지는 못하지만, 금수산에서 발원하여 서북쪽으로 6㎞에 걸쳐 이어지는 능강계곡은 울창한 소나무 숲 사이로 맑은 물이 굽이쳐 흐르고, 깎아 세운 절벽을 타고 쏟아지는 폭포수에 바닥까지 비치는 맑은 담이 절경을 이룬다고 하니 다시 오기에 더더욱 마땅한 곳이란 생각이다.

"멀리 주나라에서도 다녀간 멋진 곳인데 겨우 두 시간 남짓한 곳을 안 와볼 수 있겠나."

때 / 늦겨울
곳 / 상천휴게소 - 백운동 - 용담폭포 - 망덕봉 - 얼음골재 - 늘등 - 살바위고개 - 금수산 정상 - 정낭골 - 선녀탕 - 동문서 - 백운동 - 상천휴게소

서해를 향한 당당한 기품, 서산 가야산과 일락산

풍수에 능하다고 천기까지 내다볼 수는 없었으리라.
그 2대를 마지막으로 500년 조선왕조가
막을 내린다는 걸 예측했더라면
절을 태워가며 이장하지는 않았을지도 모르겠다.

충청남도 예산군과 서산시에 접한 가야산伽倻山은 1973년 덕숭산과 함께 덕산 도립공원으로 지정되었다.

예로부터 갯가에서 바라보이는 가장 높은 산을 '개산'이라고 불러왔다. 이러한 개산이 위치한 지역은 해상교통이 발달하여 불교문화 같은 선진문물이 먼저 유입되었었다.

그 결과 불교의 영향을 받아 석가모니가 깨달음大覺을 얻은 곳, 즉 붓다 가야 근처에 있던 가야산의 이름을 빌어 우리나라의 개산들 역시 불교식 명칭인 가야산으로 표기하게 된다. 불교문화가 융성했던 백제의 중흥기를 말해주듯 백제 땅이었던 가야산에는 개심사, 일락사, 보덕사, 원효암 등 백제 때 사찰이 산재해 있다.

경남 합천의 가야산(해발 1432.6m)이나 전남 나주의 가야산(해발 190m)도 해안가에서 바라보이는 가장 높은 산이며, 충남 서산에 우뚝 솟은 가야산 또한 이 지역 어디에서건 시야에 들어온다. 서산의 개산이 가야산으로 불리게 된 연유라 할 수 있겠다.

생태문화 체험 숲길과 아라메길을 따라

서해를 향해 당당하게 위세를 드러내는 금북정맥 상의 가야산을 가기 위해 서해안고속도로를 탄다. 해미 IC에서 빠져나와 45번 국도를 이용하여 목적지인 덕산면 상가리의 도립공원 주차장에 도착했다. 차에서 내리자 소금기 묻은 봄바람이 상큼한 감촉으로 피부에 와닿는다.

주차장에서 임도를 따라 걸어 오르면 금세 가야산 정상이 눈에 들어온다. 오른쪽으로는 옥양봉도 올려다보이고 조금 더 걸어 충청남도 기념물 제80호인 남연군묘를 보게 된다. 남연군은 조선 16대 왕인 인조의 셋째 아들 인평대군의 6대손이자 흥선대원군의 부친인데 살아서보다 죽어서 자신의 무덤 때문에 유명해졌다.

고종 5년 때인 1868년, 두 차례에 걸쳐 통상을 요구하다 거절당한 독일 상인 오페르트가 남연군의 시신을 담보로 통상을 강요하기 위해 묘를 도굴하려다 발각되어 달아나는 사건이 일어났다. 이 만행으로 국내의 반서양 의식과 대원군의 쇄국주의가 더욱 굳어지는 계기가 되기도 하였다.

가야산 정상이 한눈에 잡히는 이곳은 본래 가야사라는 사찰이 있었는데 대원군이 2대에 걸쳐 천자가 나올 자리라는 풍수가의 말을 믿고 사찰을 태운 뒤 경기도 연천에 있던 부친 남연군의 무덤을 이곳으로 옮겼다고 한다.

"아들 고종에 이어 손자 순종까지 재위했으니 그 풍수가가 용한 사람이네. 물론 대원군이 사찰을 불태울 거라는 것도 예견했겠지."

최적의 위치에 잔디까지 곱게 자란 너른 묏자리지만 그다지 고운 시선으로 보게 되지 않는다. 풍수에 능하다고 천기까지 내다볼 수는 없었으리라. 그 2대를 마지막으로 500년 조선왕조가 막을 내린다는 걸 예측했더라면 절을 태워가며 이장하지는 않았을지도 모르겠다.

또 걸어 물결 잔잔한 상가리 저수지에 가야산이 그대로 잠겨 데칼코마니로 비치는 걸 바라본다. 지역의 진산을 담은 수면이 버거운지 일렁거림을 멈추지 않는다. 저수지 주변의 흐드러진 벚꽃들은 산자락을 타고 오르며 봄기운을 한껏 뿜어내는 중이다.

능선에 이르면서 서해 쪽으로 서산과 태안, 천수만이 펼쳐진 걸 볼 수 있다. 충남 서해안 태안반도 남단에 있는 천수만은 예로부터 민어, 도미, 농어, 숭어 등 고급 어종의 산란장이자 다양한 어류의 서식지였다.

국내에서 가장 큰 철새도래지였던 곳으로 1980년 대규모

간척사업에 따라 총 15500ha에 달하는 간척지가 조성되고 방조제가 건설되었다. 내륙으로는 예당평야가 광활하게 펼쳐졌다. 면적 99㎢에 달하는 평야 대부분을 예산과 당진이 차지하므로 그 이름을 따서 예당평야라 부른다.

충남지역의 해안과 내륙을 번갈아 살피다가 고개 돌리니 활짝 핀 배꽃이 하얀 웨딩드레스의 장식을 떠올리게 하고 노란 민들레가 고개를 쳐들어 제 시절이 왔음을 확인시킨다. 정상이 가까워지면서 오르막 경사가 가파르게 솟구친다. 중계소 아래의 바위 너덜지대에서 우회하여 정상인 가야봉(해발 678m)에 닿았다.

주봉인 여기 가야봉을 중심으로 원효봉, 옥양봉, 일락산, 수정봉 등의 연봉이 이어지고, 연두색 신록 너머로는 서해에 눈을 담글 수 있다.

편서풍을 타고 서해를 스쳐온 기류가 이들 연봉에 깔리는 운해는 가야산 경관 중 최고로 손꼽는다고 한다.

가야산 일대의 예산, 당진, 서산, 홍성 등 열 고을을 일컬어 내포라고 하는데 지세가 산모퉁이에서 멀리 떨어져 있는데다 큰 길목이 아니라 임진왜란과 병자호란 때에도 이곳에는 적군이 쳐들어오지 않았다고 한다. 생선과 소금이 매우 흔하며 땅이 기름지고 넓으므로 여러 대를 이어가는 사대부 집안이 많았던 지역이다.

산 아래로 내려다보면 풍수에 문외한에게도 남연군묘는 명당 중의 명당임을 느끼게 한다. 주변이 평화롭고 아늑하여 죽은 사람은 물론이거니와 산 사람도 편히 쉴 수 있는 푸근한 장소라는 생각이 든다.

"그래도 저 자리에 묘지보다는 절이 있는 게 훨씬 나아."

가야봉을 내려와 석문봉으로 진행하며 해미면 방향으로 산수저수지와 옥계저수지를 구분할 수 있다. 탁 트인 능선을 따라 주봉인 석문봉에서 옥양봉, 수정봉으로 이어지는 경관이 무척 아름답다.

크지는 않아도 까칠해 보이는 599m 봉을 지나고 거북바위, 사자바위를 스쳐 지난다. 돌탑이 있는 석문봉(해발 653m)은 유난히 가야산의 기가 몰려있다고 하는데 그래서인지 많은 등산객이 머물러있다. 석문봉에서 바위 너머로 지나온 가야봉과 그 뒤로 살짝 내려앉은 원효봉을 돌아보니 마음이 차분하게 가라앉는다. 봄이 다감하게 감싸 안은 분위기이다.

내려와 솔숲을 지나 군데군데 색 고운 진달래가 핀 사이고개는 금북정맥 상에 있는 해발 435m의 고개인데 산악자전거를 타고 온 몇몇 동호인들이 땀을 훔치고 있다. MTB 클럽에서 안전 기원비를 세운 것으로 보아 이곳이 산악자전거의 주요 주행코스라는 걸 짐작하게 한다.

황락저수지와 일락사가 있는 산 밑에 눈길을 두었다가 돌탑이 쌓여있는 곳에 이르면 일락산日樂山 정상(해발 521m)이다. 별을 즐긴다는 의미를 지니고 있다. 정상목 옆에 정자가 있는 일락산은 일악산日岳山이라고도 부르는데 행정구역상 충남 서산시 운산면 용현리에 속한다.

여기서 서산과 당진의 넓은 평야를 훑어보고 하산로에 접어든다. 송신 철탑을 지나 전망대가 있는 갈림길에 이르자 내포 문화숲길과 서산 아라메길 안내판이 설치되어 있다.

내포 문화숲길은 현재 충청남도 서산시, 예산군, 당진군, 홍성군의 4개 시·군이 조성하는 생태문화체험 숲길로 충남 최초이자 총길이 330km에 달하는 최대 장거리 트레킹 코스이다. '원효 깨달음의 길', '백제 부흥군길', '내포역사 인물길(동학길)', '천주교 순례길' 등의 숲길 테마로 구성하고 있다.

바다를 의미하는 우리말 '아라'와 산을 뜻하는 '메'를 합쳐 바다와 산을 통해 사람과 자연이 어우러진 대화와 소통의 트레킹 코스라는 의미를 부여하였다. 서산 아라메길은 2010년 1구간이 준공된 이후 현재는 6구간까지 준공되어 있다.

이정표를 보니 지금 이 두 길을 번갈아 걷고 있다는 걸 알게 된다. 산을 다니다 보면 지방자치단체에서 이러한 자연 테마의 숲길을 조성하는 걸 자주 보게 되는데 참으로 고무적인 일이 아닐 수 없다. 생뚱맞은 사견이겠지만 이러한 숲길을 완주하고 명산, 둘레길을 종주하는 이한테는 외부효과적 관점에서 건강보험료 할인 정도의 혜택쯤은 주어져야 하지 않을까 싶다.

"산 다니면서 병원 신세 진 적이 없는데 말이지."

구시렁거리며 개심사 삼신당을 지나 개심사 경내에 활짝 핀 홍매화에 시선을 박게 된다. 왕벚꽃은 만개하려면 조금 더 지나야 할 것 같다. 개심사는 작은 절이지만 충남 4대 사찰에 속할 정도로 고풍스러움이 돋보인다.

백제 의자왕 때 혜감국사가 창건하였다고 전해지는데 덮은 울창한 숲과 기암괴석에 벚꽃까지 만개하여 선경 속의 사찰처럼 착각이 들게 하곤 한다.

상왕산 개심사라고 적힌 개심사 일주문을 지나 시골의 작은 장터처럼 옹기종기 늘어선 가판들이 정겹고 구수하다. 서산시 운산면 신창리에 소재한 개심사 주차장에 닿으면서 서해안 조망 산행을 마무리한다.

때 / 봄
곳 / 상가리 도립공원 주차장 – 남연군묘 – 상가리 저수지 – 가야산 – 석문봉 – 사이고개 – 일락산 – 개심사 – 개심사 주차장

호쾌하게 도드라진 거대한 암벽, 백두대간 희양산

구왕이 사라진 구왕봉에서 고도를 낮춰 지름티재로 가는 길은
밧줄 구간의 연속이다. 희양산의 본모습을 꿰뚫을 수 있는 곳이다.
오르내림의 연속이고 상당히 난도 높은
바위 구간이 긴장을 풀 수 없게 한다.

"사방에 병풍처럼 산이 둘러있으니 봉황이 구름을 치며 날아오르는 듯하고, 계곡물은 백 겹으로 띠처럼 되었으니 용의 허리가 돌에 엎드려 있는 듯하다."

신라 고승 지증대사가 희양산의 중심으로 들어가 지세를 살피고는 이렇게 표현하였다.

예로부터 갑옷을 입은 무사가 말을 타고 진격하는 형상으로 묘사한 희양산曦陽山은 충청북도 괴산군과 경상북도 문경시의 경계인 문경새재에서 속리산 쪽으로 흐르는 백두대간 줄기에 우뚝 솟아있으며 동, 서, 남쪽 3면이 화강암 암벽으로 이루어진 거대한 돌산이다.

우뚝하게 솟아 산 전체가 하나의 바위처럼 보이고 바위 낭떠러지들이 하얗게 드러나 주변 산에서는 물론 멀리 떨어진 산에서도 쉽게 알아볼 수 있다. 눈에 잘 뜨이기에 다녀가고픈 마음이 더 생기는 희양산이다.

호쾌하고 시원한 조망을 즐기며

충북 괴산군 연풍면 주진리에 소재한 은티마을에서 산행을 시작한다. 30여 호의 산간 은티마을은 연풍면 최남단에 자리 잡은 마을이다. 산악회 버스가 정착한 마을 주차장에서 저만치 조령산에 시선을 박았다가 산행 준비를 한다.

은티마을 앞으로 희양산에서 흐르는 개천을 따라 소나무가 군락을 이루고 있다. 큼직한 자연석으로 은티마을 유래비를 세웠고 천하대장군과 지하여장군이 그 옆을 지켜서 있다.

마분봉을 오른쪽으로 두고 왼쪽 길로 들어서서 은티마을 주막에 이르면 등산객들이 리본과 글로 다녀간 흔적을 남겨놓았다. 조금 더 위에 자리한 은티 산장에서 식수를 채우고 시루봉과 희양산 자락을 바라보며 은티 펜션 방향으로 길을 잡는다.

맑은 하늘 아래로 모든 산야가 선명하고 바람까지 불어주어 걸음이 무척 가볍다. 마지막 농경지까지는 무난한 임도가 이어진다. 갈림길에서 호리골재, 즉 구왕봉 쪽으로 길을 골랐다. 희양산 정상은 구왕봉에서 능선을 따라 찍기로 한다. 작년에 왔을 때는 편한 오름길, 희양산 정상 쪽인 지름티재를 통해 올랐었다. 오늘은 그때보다는 다소 긴 희양산 종주로를 택한 것이다.

반듯하고 완만한 힐링 숲길이 걸음을 편안하게 해 준다. 오르막 끝으로 안동 권씨 묘소가 보이는데 여기서 구왕봉 쪽으로 향한다.

층층이 쌓은 바위를 지나고 석문도 지난다. 조망이 트이는 바위에서 바라본 희양산의 화강암 암벽이 위압감을 주는가 싶더니 내려다본 은티마을은 손바닥처럼 자그마하다.

고만고만한 바위 구간을 지나 닿은 구왕봉九王峰(해발 879m)은 특별한 풍경을 보여주지는 않는다. 정상석 뒤쪽의 등산로를 따라가자 희양산 정상 일대가 한눈에 잡힌다. 아래로 봉암사도 눈에 들어온다. 구왕봉은 봉암사를 창건한 지증대사의 설화에서 그 유래가 기인한다.

"안됐지만 너희들이 살던 이 자리는 내가 가져야겠다."

지증대사가 터를 잡은 봉암사에는 원래 큰 연못이 있었다. 지증대사는 신통력을 발휘해 연못에 살고 있던 아홉 마리 용을 내쫓았다. 그래서 구룡봉이라는 다른 이름도 지니고 있다.

"도 좀 닦았다는 스님들은 왜 우리 용들을 못살게 구는 거야? 왜 가는 곳마다 스님들한테 시달려야 하지?"

쫓겨난 용들이 멀리 가지 않고 봉암사와 희양산이 잘 내려다보이는 구왕봉에 자리를 잡고 연못에 살게 해달라고 울부짖었다.

"시끄럽다, 이놈들아. 떼쓰지 말고 딴 데 알아보거라."

지증대사는 아홉 용의 통사정을 들어주려 하지 않았다.

"사정해봐야 소용없겠어."
"바늘로 찔러도 피 한 방울 안 나올 땡중 같아."
"떠나자. 여긴 물도 없고 더워서 못 살겠어."
"치악산으로 가 보자. 거기 큰 연못이 있다는데 거기 가서 자리를 잡아보자."

지증대사의 허락을 받지 못한 용들은 결국 조망마저 신통찮은 구왕봉을 떠났다.

"우리나라엔 용 아홉 마리쯤 살만한 담이나 소가 엄청 많은 곳이니 어디에서든 터를 잡았을 거야."

구왕이 사라진 구왕봉에서 고도를 낮춰 지름티재로 가는

길은 밧줄 구간의 연속이다. 희양산의 본모습을 꿰뚫을 수 있는 곳이다. 오르내림의 연속이고 상당히 난도 높은 암릉 구간이 긴장을 풀 수 없게 한다. 거칠고 험한 산길을 거듭 오르내리다 보니 일본 강점기에 의병들의 본거지였음을 실감할 만하다.

나무로 길게 울타리를 만들어놓은 능선을 걸어 지름티재에 닿자 맺힌 땀방울이 뺨을 타고 주룩 흘러내린다. 희양산 정상까지 1.5km를 남겨놓은 이 지점에 친 울타리는 봉암사에 등산객의 출입을 통제하기 위한 시설물이다.

대한불교 조계종 제8교구 본사인 직지사의 말사 봉암사는 신란 때의 고찰로 지금은 1년에 4월 초파일 딱 하루만 개방한다. 학승을 가르치는 구산선문 중 한 곳으로 많은 고승을 배출한 유서 깊은 사찰이다.

전망 바위에 올라서자 구왕봉이 손에 잡힐 듯 가깝고 악휘봉, 덕가산, 마분봉도 그리 멀지 않게 늘어서 있다. 미로 바위를 지나면서 밧줄이 보이더니 다시 가파른 바위 구간이 시작된다.

밧줄을 붙들지 않고는 오르기가 어려운 험로이다. 유격훈련을 받는 착각에 빠져 길게 이어진 바위길 끄트머리의 직벽을 오르면 바로 정상으로 향하는 바위 능선이다.

정상과 성터로 가는 갈림길에서 정상까지 300m를 갔다가 다시 이곳으로 내려오게 된다. 오면서 보았던 희양산의 벗겨진 화강암들을 속속 밟으며 또 그 자리에서 주변 풍광을 살펴본다. 호쾌하고 시원하다.

원통봉 너머로 멀리 속리산 여러 봉우리가 날카롭게 지붕을 드러냈고 고개를 돌려 군자산, 칠보산과 보배산도 눈 여김을 하게 된다. 백두대간 희양산 정상(해발 999m)에서 주흘산 영봉, 주봉과 황학산, 백화산을 이으니 여간 반가운 게 아니다.

충분한 휴식을 취한 후 갈림길로 내려와 시루봉을 다녀가기로 한다. 성터가 나오고 성터 삼거리에서 왼쪽으로 은티마을 하산로를 접고 곧장 진행하여 시루봉으로 향한다.

시루봉(해발 914m)은 표지석에 전망대라고 적힌 것처럼 조망에 최적인 봉우리이다. 문경새재 위로 주흘산과 조령산, 멀리 신선봉까지 가까이 잡힌다.

"무르팍 잘 관리해서 오래오래 산에 다니시게."

"여부가 있겠습니까. 어르신들도 산불피해 없이 무탈하시기 바랍니다."

지나온 희양산과 구왕봉도 끝까지 안전산행을 기원해주니 감사하다.

은티마을을 내려다보고 하산을 서두른다. 비탈 숲길을 내려서서 야생화 무리에 섞인 털중나리를 보고 잠시 걸음을 멈추었다가 다시 걸어 계곡 물소리를 듣게 된다. 하산 때의 물소리는 여러 감정을 불러일으킨다. 산행을 마치기 직전이라는 안도감이 그렇고, 수고에 대한 보답처럼 느끼게도 한다. 멀리 출장을 다녀왔는데 마중 나온 가족 같은 느낌이 들 때도 있다.

땀을 씻으려 계곡에 들어섰으나 물가에 자리도 잡기 전에 언제 흘렸냐는 듯 땀이 말라버린다. 선선하고 청량하기가 이루 말할 수 없다. 용의 허리가 돌에 엎드린 시원한 계류에 깔끔하게 재계하고 솔숲을 지나 원점으로 되돌아온다.

언제든 외갓집에 들르는 것처럼 마음 내키면 올 수 있는 곳이기에 작별에 큰 아쉬움이 생기지 않는 희양산이고 은티마을이다.

때 / 여름
곳 / 은티마을 - 호리골재 - 구암봉 - 지름티재 - 희양산 - 시루봉 - 원점회귀

억새 물결 일렁이는 서해 밤바다의 등대, 오서산

누군가를 기다리는 양 목을 뺀 천수만과 크고 작은 섬들이
무수히 떠 있음에도 서해는 고독해 보인다.
바다도 가을을 타는가 보다. 그런 서해를 조망하는 매력이 있어
오서산이 더욱 좋아지려 한다.

금북정맥의 최고봉이자 충남 세 번째 고봉이며 보령시에 소재한 오서산烏棲山은 홍성군 광천읍과 경계하여 위치해 있다. 예로부터 천수만 일대를 항해하는 배들에 등대 구실을 하여 서해의 등대로 불려 왔고 산 이름 그대로 까마귀와 까치들이 많이 서식해 까마귀 보금자리로 불리어왔다.

'금강산, 구월산, 묘향산에 버금가는 호서지방 최고의 명산으로 수륙水陸의 기운이 크게 맞닿아 중천中天에 우뚝 여유 있게 솟아있다.'

정암사淨巖寺 중수기에 오서산에 대해 이렇게 적고 있다.

단군조선에서부터 백제로 이어지는 동안 신령스러운 기운이 넘치는 산으로 인식되어 오산 또는 오서악으로 불리던 오서산이었다. 민족의 영산으로서 태양숭배 사상과 산악신앙의 중심이 되어왔으나 일제강점기를 거치며 까마귀산으로

비하되면서 영산의 의미가 퇴색되었다.

어쨌든 지금의 오서산은 정상을 중심으로 약 2km의 주 능선이 온통 억새밭으로 이루어져 억새 산행의 명소이기도 한데다 장항선 광천역에서 불과 4km 떨어져 있어 열차를 이용한 산행 대상지로도 인기가 높다.

주 능선에 이는 은빛 억새 물결

정암사 아래에 위치한 간이주차장에서 우측 정암사를 가리키는 입구 쪽으로 들어섰다. 오서산 들머리는 이곳 정암사로 오르는 길 외에도 내원사, 자연휴양림, 성연 주차장 등이 있는데 오늘은 정암사를 기점으로 한다. 어느 길이든 울긋불긋 화려한 가을이라 추색 완연한 숲길일 것이다.

노랗게 낙엽 깔린 콘크리트 길을 따라 올라가다 상담마을을 지나면서 돌이 많이 깔려 울퉁불퉁한 흙길이 이어진다. 울타리에 수많은 리본이 매달려있다.

첫 방문인지라 너무 늦게 왔구나 싶다. 간이매점과 화장실이 있는 공터에도 자동차 몇 대가 세워져 있다. 내포 문화 숲길이라 표시된 안내판에 오서산을 가리켜 백제의 혼불이라는 수식어를 붙여 설명하고 있다.

정암사와 오서산 정상으로 나뉘는 갈림길에서 정암사를 둘러보기로 한다. 전형적인 시골 절이다. 규모는 크지 않아도 사찰로서의 격식은 제대로 갖춘 것처럼 보인다. 무엇보다 다감해서 좋다. 불자는 아니어도 경내에 들어서면 마음이 편안해지는 절이 있다. 고즈넉하게, 또 꾸밈없이 가을에 흡수된 것 같은 이곳이 그렇다.

정암사의 창건이나 연혁에 대해서는 전혀 자료가 남아있지 않다고 한다. 원효대사나 의상대사가 다녀갔다는 증거는 없어도 분위기만큼은 찾는 신도들이 속세의 번뇌를 떨어낼 것처럼 아늑하고 푸근하다.

정암사 경내 삼신각 뒤로도 옛길 등산로가 개방되어 있지만, 일주문 옆의 1600계단을 통해 오르기로 한다. 긴 계단은 큼직한 바위가 막아서면 살짝 비켜서서 다시 시작되곤 한다. 경사가 심한 계단이 계속되는데 길이 거칠어 계단을 만들기 전에는 꽤나 힘들었을 것이다. 540계단 지점에 홍성군에서 착한 안내판을 세워놓았다.

“무릎에 무리가 가고 옛길이 그리운 분은 계단을 이용하지 마시고 데크로드 옆의 옛 등산로를 이용하세요.”

그렇게 적혀있지만, 나머지 1060계단도 마저 걸어 오르기로 한다. 끝이 없을 것처럼 보이던 계단과 양옆의 숲은 오서정과 아차산으로 나뉘는 갈림길을 지나서야 트인 공간을 제공한다.

전망대에 이르자 서해안으로 펼쳐진 평야와 바다가 한눈에 들어온다. 가히 서해의 등대로 불릴만하다는 생각이 든다. 소나무 숲을 지나 문수골 갈림길을 지나면 우측으로 또 하나의 전망대가 있다. 조금 전 머물렀던 전망대와 그 아래로 아차산이 보인다.

바다는 더욱 낮은 곳에서 해안선을 길게 늘어뜨리고 있다. 누군가를 기다리는 양 목을 뺀 천수만과 크고 작은 섬들이 무수히 떠 있음에도 서해는 고독해 보인다. 바다도 가을을 타는가 보다. 그런 서해를 조망하는 매력이 있어 오서산이 더욱 좋아지려 한다.

다시 정상을 향하니 펑퍼짐한 주 능선에 억새 물결이 인다. 오서산의 일몰 광경을 추켜 꼽는다더니 억새의 일렁임 사이로 떨어지는 해가 바다를 붉게 물들이는 낙조는 직접 보지 않아도 환상적일 게 틀림없다.

더 가까이 다가서자 억새의 흔들림은 반가움을 가누지 못하는 살가운 몸짓이었다. 영남의 신불산이나 강원도 민둥산처럼 광활하지 않아 더 정겹고 더 애틋하다.

덕숭산과 용봉산, 그리고 얼마 전에 다녀왔던 가야산과 눈을 맞추고 정상으로 눈을 돌리면 더욱 너른 억새 무리가 가득 눈을 채운다. 능선을 돌 때마다 억새밭은 또 달라진 풍경을 보여준다. 억새들 틈으로 생긴 길에 또 다른 억새들이 흰 허리를 가누고 한껏 흔들어댄다.

종담마을 갈림길을 지나 넓은 데크에 도달하니 여기가 오서정이 있던 자리이다. 월터 저수지가 발밑에 있고 가까이 오서산 정상 아래로 오색의 내포 문화숲길이 이어지는 걸 볼 수 있다.

전망도 좋고 데크가 넓어 백패킹 장소로 많이 활용되고 있는 곳이다. 오늘 거치는 길은 아니지만, 처녀 능선길이라고도 하는 지척에 바위가 있는데 그 바위에 관한 이야기가 맛깔스럽게 전해진다.

오랜 옛날, 이 산 아랫마을에 홀어머니와 딸, 단 두 모녀가 서로를 의지하며 오순도순 살고 있었다. 딸의 미모가 상당히 출중했었나 보다. 전하는 이야기로는 양귀비보다 예쁘고 마음씨도 비단결처럼 고와 동네 촌닭들이 시도 때도 없이 울어댔다니 말이다. 그런데 어머니가 중풍으로 쓰러지고 말았다.

어머니의 완쾌를 기도하며 수많은 날을 보냈지만, 오히려 병세만 악화하자 처녀는 온갖 산짐승이 우글거리는 오서산으로 약초를 구하러 갔다. 온종일 산을 헤맸어도 약초는 구할 수 없었고, 비를 피해 바위틈에 쪼그리고 앉아 기도를 올렸다.

"산신령님! 우리 어머니 병환을 고칠 수만 있다면, 제 육신을 기꺼이 바치겠사오니 제발 어머니 병환을 낫게 해주세요. 부디 산삼 한 뿌리만이라도 내려주세요."

간절하니 통했을까. 기도 중에 무지개를 보고 그곳을 향해 갔는데 바로 거기 천년 묵은 산삼이 마치 처녀를 기다리고 있는 듯했다.

"아아, 내 기도가 통했어. 정말 대박이야."

기뻐 어쩔 줄 모르다가 조심조심 산삼을 캐려는데 오서산 산신령이 나타났다.

"고약한지고! 웬 처녀가 여기까지 와서 내 보약을 훔치려 드는 것이냐. 고개를 들어라."

처녀가 고개를 들고 산신령에게 절을 올리는 순간 처녀의 미모에 넋이 나간 산신령은 그 자리에 주저앉고 말았다.

"산신령 생활하면서 저처럼 어여쁜 처자는 생전 처음일세. 참으로 절세가인이로다."
"어머니가 촌각을 다투는 위중에 처했습니다. 부디 이 산삼을 제 어머니가 드실 수 있도록 해주세요. 이렇게 간절히

부탁드립니다."

처녀가 어머니의 위중함을 호소하며 두손을 싹싹 빌었다. 이미 처녀의 미모에 넋이 나간 산신령은 청을 들어주는 대신 조건을 제시했다.

"이 산삼을 주면 네 육신을 바치겠다는 약속을 지킬 수 있겠느냐."
"어머니 병만 낫는다면 그러하겠습니다."
"반드시 약속을 지켜야 하느니라."
"원하시면 각서라도 써드릴게요."
"좋다. 널 믿으마. 산삼을 가져가서 장모님… 아니 네 어머니께 달여 드리거라."

산에서 내려온 처녀가 산삼을 달여드리자 어머니는 언제 앓았냐는 듯 벌떡 일어났다. 딸의 지극한 간호와 정성으로 살아났다는 걸 어머니가 모를 리 없었다.

"딸아, 네 지극한 효심이 이 어미를 살려냈구나."
"어머니, 정말 다행이 아닐 수 없어요."
"그래. 고생 많았다. 이제부턴 이 어미가 널 보살펴주마."

"어머니, 전 떠나야해요."

어머니 건강을 확인한 처녀는 산신령과의 약속을 지키기 위해 산삼을 캔 자리로 다시 왔다.

"산신령님! 약속을 지키고자 왔습니다."
"고맙구나. 칼같이 약속을 지켜줘서. 이제부턴 여기가 바로 네가 지낼 곳이다."

바야흐로 처녀는 산신령과 천년 해로를 같이하기 위하여 처녀 바위로 변하게 된다.

"이거야말로 윈윈 아닌가. 어머니도 살고 산신령 신랑도 얻은 데다 산신령은 겨우 산삼 한 뿌리로 최고의 미인을 아내로 맞이했으니."

다소 아쉬움이 고여 처녀 바위 쪽을 바라보다가 걸음을 옮겨 광천시에서 해발 791m 지점에 세운 오서산 안내석을 지나고 다시 평탄한 능선을 걸어 쉰질바위 갈림길을 지난다. 억새와 단풍의 어우러짐이 보기 좋다. 맑은 가을 햇살이 무척 상큼하다.

내원사에서 올라오는 갈림길을 지나고 자연휴양림에서 올라오는 갈림길도 지나 오서산 정상(해발 790.7m)에 닿았다. 보령시에서 정상석을 세웠다. 국내 5대 억새산 중 하나로 꼽힐 만큼 억새밭이 장관을 이루는 오서산은 올라와 보니 만추 산행으로 제격이라는 걸 실감하게 된다.

둘러보면 능선 일대는 온통 은빛 억새 물결이다. 파란 하늘 아래 햇살을 받아 한껏 제빛을 발산하는 중이다. 멀리 홍성, 청양, 보령 땅을 모두 내다볼 수 있다. 서해안을 따라 어디쯤인지 대천과 무창포도 있을 것이다.

붉다 노란 가을 숲의 가파름은 푹신하고 포근하다

하산 길, 정상에서 통신 중계소로 향하는 능선 외길에서도 억새 무리의 배웅을 받는다. 또 지나가면서 아래로 오색 숲 자연휴양림이 보인다. 계단을 내려서고 전망 바위를 지나면서 길이 가파르다. 붉다 노란 가을 숲의 가파름은 봄의 조심스러움이나 겨울 미끄럼과 달리 푹신하고 포근하다.

임도를 건너 넓은 흙길을 지나면서 작은 암자 월정사를 거치게 된다. 대나무 군락을 보게 되고 자연휴양림을 흐르는 명대계곡을 지나 야영장에 이르면서 가을 오서산의 가붓한 탐방이 벌써 저만치 지나가는 계절 흐름과 함께 진한 아쉬움을 남긴다.

달랑 몇 이파리 몸뚱이에 매달렸을 뿐이라고 세월아,
그리 슬퍼 말아라.
저기 바닷바람이 차올라와 흔들어댄다고 가을아,
굳이 소리 내어 울 일까지 있겠느냐.
일진광풍 휘몰아 이 골짜기 휘저은 게 어디
한두 해 일이었더냐.
꼭지 떠난 고엽이 눈발에 휘둘리다 서해에 떨어져
어딘지도 모르고 쓸려가는 건 늘 있던 일 아니더냐.
풍성히 지녀 외려 애환으로 속 태울 때가
더 많지 않았더냐.

낙조보다 더 붉게 자신을 태우고 갈바람에 온몸 던져
훨훨 트인 창공을 향해 연주를 해대지 않았던가.
우레의 폭우를 견디다가 여삼추 붉은 태양에 몸 말린
일들을 매일 단추 끼우듯 반복하지 않았더냐.
다 내려놓고 허허롭게 이 세상에 적응함도
쏠쏠한 행복이라 생각 들지 않는가.
계절의 흐름에 터억 내맡겨놓고 물들었다가, 영글다가
부스럼 떼어버리듯 훌훌 털어내는 것도 거듭나는 기쁨이
라 여겨지지는 않더냐.

슬픔 가리려는 황혼 속 가녀린 흐느낌 같다가도 꺽 꺼억,
통곡하듯 메인 목, 비틀다가도 황홀한 선율로 승화됨이
보이지 않는가.
그래도 싱그럽게 그을렸다 곱게 물들인 피부를 벗겨냄이

쓰라리다면 다시 올 담홍 빛 계절 추억 삼아
닿는 바람을 잊어보자꾸나.
거목을 휘감고 오르다 제풀에 꺾인 넝쿨이 고사한 것도
느긋한 쉼이요,
허옇게 낀 상고대 또한 동면을 취함과 무엇이 다르겠는가.

차고 올라 제시간 채우려는 계절의 움직임은
지당한 윤회의 순리일 뿐.
해거름 붉은 노을 드리운 바다,
그 위 산기슭으로 짙게 번지는 어둠 중에도
초저녁별 미소 띠는 모습이 정겹지 아니한가.

슬픈 여운 가시지 않더라도 촛불 하나 속 깊이 밝혀두면
어느 순간 푹한 정으로 바뀌어 있음을 느끼게 될 걸세.
그 속 귀퉁이에 텅 비워둔 빈 그릇엔 외로움이 벗겨지고
감미로운 달빛이 채워져 있음을 보게 될 걸세.
스산하도록 청아한 산정 억새의 일렁임에서도
훈훈한 온기를 느끼고 말 테지.
그럴 때면 한시도 주춤거리지 말고
이리 구르고 저리 뒹굴며 흥건히 춤이라도 춰보자꾸나.

뒤엉켜 신명 난 춤사위 뒤엔 한 점 아쉬움도
남아있지 않을 걸세.
애태우던 그리움마저 파란 불꽃으로 타올랐다 하얗게
산화되고 말 테지.

풀려다 되레 엉켜진 실타래의 매듭 하나가
툭 풀어지는 소리를 듣게 될 테지.
푸르디푸른 여름도,
붉다 멍들어진 가을도, 그네들은 우리에게
내어줄 걸 모두 내주었지 않았는가.

때 / 가을
곳 / 상담마을 간이주차장 - 정암사 - 전망대 - 오서정 - 오서산 - 통신 중계소 - 월정 사- 오서산 자연휴양림

3도의 화합을 염원하며 폭설 민주지산을 누비다

가야 할 삼도봉 쪽으로는 아직도 눈이 내리는지
여전히 흐릿하다. 진달래의 환영 대신 썰렁한
눈꽃 밭을 지나면서, 대신 막 햇살 받아
투명하게 빛나는 상고대를 즐기면서 석기봉으로 향한다.

서울에서 일찌감치 출발해 충북 영동의 상촌면 물한리까지 왔을 때는 폭설로 시간이 지체되어 11시가 가까워져 오고 있다. 도착해서도 주차하기 힘들 정도로 펑펑 함박눈이 쏟아지는 중이다.

여러 산을 함께 다닌 두 달 먼저 태어난 외사촌 연준과 함께 겨울 민주지산을 택했는데 다행인지, 불행인지 판단이 어려울 정도로 많은 눈이 내린다.

"심하게 퍼붓는데 괜찮겠어?"
"겨울에 눈 내리는 건 당연한 거잖아."

한두 마디의 대화로 판단이 서고 곧바로 실행에 나선다. 충북 영동군과 전북 무주군의 경계에 있으며 다시 경북 김천시에 접하는 민주지산眠周之山은 사방이 급경사의 화강암으로 이루어졌다. 충북에서 소백산 다음으로 높고 옛 삼국

시대에는 신라와 백제가 접경을 이루었던 곳이다. 나제통문이 있는 덕유산이 이곳에서 멀지 않으니 이 지역의 고산들을 경계로 신라와 백제가 서로 견제하고 대치했었다는 걸 유추해 볼 수 있다.

혹한에 떨고 설경에 취하여

오늘 산행의 들머리는 민주지산, 각호산, 석기봉, 삼도봉 등 해발 1100~1200m의 고봉들이 에워싸면서 20여 km의 깊은 골을 만들었는데 바로 국내 최대 원시림 계곡이라고 일컫는 물한계곡이다. 물이 차다는 한천마을의 상류인 물한계곡은 여름이면 많은 인파가 몰려 피서를 즐기는 곳이다.

지금은 꽁꽁 얼어붙어 단단한 얼음 위로 눈이 덮고 있다. 자그마한 사찰 황룡사를 지나 흔들 다리를 건너간다. 잣나무 숲이 황량하게 보인다. 숲에서 오른쪽 길로 들어서면 계곡을 끼고 걷게 된다.

길은 유순하게 완만한데 덮인 눈 아래로 얼음이 언 곳도 있고 발 빠지는 낙엽도 있어 여간 조심스러운 게 아니다. 길게 늘어선 산죽들도 하얗게 덮여 잔뜩 움츠렸다. 좁은 오솔 숲길은 쌓인 눈 때문에 더 좁아졌다.

각호산으로 갈 수 있는 갈림길에서 왼쪽으로 방향을 잡아 곧장 민주지산으로 향한다. 오늘은 임기응변으로 길을 늘릴 수 있는 기상 여건이 아니다.

앞을 분간하기 어려울 정도로 눈발이 날리는데 다행히 대피소가 보인다. 민주지산 정상을 400m 남겨둔 지점이다. 눈발만 심한 게 아니라 보통 강추위가 아니다. 산이 험하고 길었으면 진행이 어려울 정도다.

"조금 쉬면서 더 가야 할지 판단하자."

대피소에서 따뜻한 커피를 한 잔씩 마시며 아예 설경에 취해본다.

"날씨는 고약하지만 기막힌 설경이군."
"그렇지? 제대로 된 겨울을 여기서 보게 되네."

민주지산을 겨울 산이라고 하는 건 오늘처럼 많은 눈이 내리고 설경이 아름답기 때문일 것이다. 눈이 많고 기온이 떨어지면 그만큼 눈꽃이 아름답고 상고대는 더욱 눈부시기 때문이다.

그런 민주지산, 이곳에서 특전사 동사 사고가 있었다. 1998년 4월 1일이면 한파의 기승도 한풀 꺾일 즈음일 텐데, 어쨌든 그날 5 공수 특전여단 흑룡부대는 천리행군 도중 민주지산을 지나가는 중이었다. 이상저온에 체력 고갈로

인한 저체온증이 오면서 대위 한 명, 중사 한 명, 하사 네 명이 사망하였다. 특전사는 보통 한 달여 전술훈련을 하는데 천리행군은 훈련 막바지에 1주일 정도 진행을 한다. 하루 12시간 50km 정도의 행군으로도 2~3kg의 체중이 빠진다니 얼마나 고된 과정인지 짐작이 가고도 남는다.

"여기가 바로 그 자리야."
"묵념이라도 해야겠지?"

국방부에서는 그 이듬해 이 사고를 바탕으로 '아! 민주지산'이라는 제목으로 영화를 제작하였고, 사고가 있던 그 자리에 대피소를 만들었는데 바로 거기서 지금 눈을 피하는 중이다. 오싹한 추위를 느끼며 10여 분을 보내자 조금씩 눈발이 잦아들기 시작한다. 상고대 위로 눈이 엉겨 붙었고 나무에 들러붙었던 적설은 부는 바람에 아무렇게나 흩날린다.

조망이라고는 전혀 없는 민주지산(해발 1241m)에 도착하였다. 정상에 오르면 각호산, 석기봉, 삼도봉을 비롯해 주변의 연봉들을 두루 굽어볼 수 있다는데 전혀 그렇지 못하다. 단지 도마령과 각호산 쪽으로 조금씩 시야가 트이기 시작할 뿐이다.

이 겨울이 지나면 석기봉과 삼도봉으로 이어지는 주 능선은 진달래꽃길이 된다. 다른 산의 진달래가 무리 지어 군락을 이루는 데 반해 이곳은 능선을 따라 도열해 피기 때문에 진달래 무리의 환영을 받으며 행진하는 기분이 들게 한다.

가야 할 삼도봉 쪽으로는 아직도 눈이 내리는지 여전히 흐릿하다. 진달래의 환영 대신 썰렁한 눈꽃 밭을 지나면서, 대신 막 햇살 받아 투명하게 빛나는 상고대를 즐기면서 석기봉으로 향한다. 속새골 갈림길에 다다르면서 눈은 그쳤지만 부족함 없는 심살 산행이다. 석기봉 뾰족지붕이 열리는가 싶더니 길이 거칠어진다.

석기봉을 50m 남겨둔 지점의 경사진 암벽에 삼신 상이 새겨져 있다. 민간신앙의 터전이 되어 전해 내려오는 삼신三神을 여러 산에서 보았으니 산에서만큼은 생명줄을 지켜줄 거라는 믿음이 생긴다.

꼿꼿하게 일으켜 세운 된비알에 설치된 밧줄을 붙들고 올라섰다. 이름처럼 바위 몇 개가 모인 석기봉(해발 1200m)에서 바라보자 1.5km 거리의 삼도봉 가는 능선은 눈에 덮였어도 편안해 보인다. 일직선처럼 이어져 꽤 가까워 보인다. 기상이 좋았으면 조망은 탁월할 장소인데 오늘은 열리거나 막힘이 큰 의미가 없다.

석기봉도 충북 영동군에 속한다. 정상석에 그렇게 적혀있다. 산 아래 내북마을 쪽으로 시야가 트이는 걸 보며 급하게 고도를 낮춰 내려선다. 물한계곡의 은주암골로 내려가는 갈림길을 왼쪽으로 두고 앞으로 나아가서 완만한 눈길을 천천히 걸어 헬기장을 지나 나무계단을 오른다.

"산꼭대기에 이런 걸?"
"썩 보기 좋은 장식품은 아니군."

넓은 데크에 충북, 전북, 경북의 3도를 상징하는 조형물을 거창하게 세워놓았다. 큰 거북 등위에 세 마리의 용이 검은 여의주를 이고 서로 방향을 달리 한 석상이다. 멋지게 보이기도 하겠지만 3도를 아우르는 분수령에 굳이 이처럼 요란한 조형물을 세웠다는 게 긍정적으로 받아들여지지 않는다.
어쨌거나 이곳은 북으로 대덕산, 남으로는 덕유산으로 연결되는 백두대간의 한 구간이다. 삼국시대에는 신라와 백제가 자웅을 겨루던 격전지이자 국경이며, 1414년 조선 태종 때 전국을 8도로 나누면서 충청, 전라, 경상도로 갈라지는 분기점이 되는 곳이다.
불현듯 1979년 10월, 박정희 대통령이 시해되고 그 이듬해 서울의 봄이 오면서 시작된 김영삼, 김대중, 김종필의 이른바 3김 시대가 떠오르는 건 너무 뜬금없다. 1987년 직선제 개헌으로 재야에 은거했던 그들은 다시 정치 일선에 복귀한다.

"거듭된 군사정권이 무너졌지만 다시 지역감정을 부추기기 시작하는 시절이었지."

"정치에 환멸을 느끼기 시작하는 시대이기도 했어."

독재의 사슬에서 벗어났어도 민주주의는 오랫동안 제자리를 못 찾고 갈팡질팡했다. 우리 정치사를 점철했고 한 시대를 풍미했던 그들의 출신지와 일치한다는 걸 알아채면서 회상하기 싫은 과거의 타임머신에 올라타고 말았다. 여기서 삼마 골재로 하산하여 황룡사를 지나 처음 올라온 곳으로 회귀하며 3도의 진솔하고도 영원한 화합을 염원해본다.

혹한의 흔적 들러붙은 시린 바위벽
그러나 벼르고 별러 찾아온 민주지산
거친 눈길 풀잎처럼 가붓이 걸으며
생의 한가운데인 양 옷깃 세웠을 때나
뼈가 삭고 피가 빠져 걸음 내딛지 못할 때라도
풍경마저 얼었는지 고요한 황룡사
원시림 속 물한계곡
다시 봄 맞아 영혼의 맑은 소리
노상 들을 수 있으면 좋겠네.

때 / 겨울
곳 / 물한리 계곡 - 황룡사 - 잣나무 숲 갈림길 - 속새골 갈림길 - 민주지산 정상 - 석기봉 - 은주암골 갈림길 - 삼도봉 - 삼마 골재 - 옥소폭포 - 황룡사 - 원점회귀

황악산, 백두대간 괘방령에서 우두령까지

산에서는 산 이야기뿐이다.
청문회에서 곤욕을 치르는 장관 후보도 거론되지 않고,
미투me too의 대상이 되어 하루아침에 나락으로 떨어진
유명인에게 실망하는 일도 없다.

충북 영동군과 경북 김천시에 접한 백두대간 상에 위치한 황악산黃岳山은 학이 많아 황학산으로 불리기도 했는데 삼도봉, 대덕산과 더불어 소백산맥의 연봉을 이룬다.

아침 7시경에 서울에서 출발한 산악회 버스는 10시경 괘방령 장원급제 길에 도착했다. 북쪽의 괘방령과 남쪽 우두령을 통해 영동군과 김천시를 잇는 906번 지방도로 위로 황악산이 솟아있다.

조선시대 선비들이 한양으로 과거를 보러 갈 때 괘방령을 많이 이용했다. 추풍령은 추풍秋風에 떨어지는 낙엽처럼 과거에 낙방한 것을 연상시키는 반면 괘방령은 방榜을 붙여 과거에 합격하였음을 알린다는 속설이 있었기 때문이다.

추풍령은 공무를 수행하는 관로官路였으므로 죄지은 게 없는 나그네들도 관리들이 들끓는 역로를 피해 한가한 샛길을 찾게 마련인지라 이래저래 괘방령은 추풍령보다 한결 사람들이 몰렸던 고개이다.

“괘방령 옛길의 의미를 되살려 이야기가 있는 관광자원으로 개발하겠습니다.”

김천시는 조선 시대에 과거시험을 보러 가던 괘방령에 이 이야기를 바탕으로 한 장원급제 길을 2021년 말까지 조성한다고 밝혔다.

장원급제 기원 쉼터, 장원급제 광장, 주막촌 등을 지어 괘방령 옛길의 의미를 되살리고 합격 기원탑, 기원나무, 장원급제 포토존, 금의환향 길 등을 만들어 대입 수능시험 등을 앞둔 수험생과 학부모가 행운과 힐링의 공간으로 이용하도록 한다니 지역발전을 위한 지방자치단체의 무수한 노력을 여기서도 보게 된다.

산에서는 산 이야기뿐이다

고도 293m의 괘방령 들머리 옆으로 돌탑이 쌓여있고 이곳이 충북 영동군임을 표시하였다. 여기부터 완만한 등로를 오르게 되는데 통행이 잦지 않아 곳곳 거미줄과 접촉하며 걷게 된다. 주로 백두대간 종주 코스로 활용하는 길이다.

길 찾을 수고로움은 없다. 등산로도 선명하고 리본도 많이 달려있다. 백두대간 등산로라고 적힌 첫 이정표에 여시골산과 황악산이 한 방향임을 가리킨다. 통나무 계단이 이어지다가 여시골산을 오르기 전에 잠깐 경사가 급해진다.

출발 후 30분도 채 지나지 않아 여시골산(해발 620m)에 닿았다. 눈에 담을 만한 것은 별로 없다. 여기서 조금 내려가면 팻말에 귀여운 여우 캐릭터가 그려져 있다. 여우굴이 있음을 표시한 팻말이다.

여시골산의 대표적인 여우굴로 예로부터 여우가 많이 출몰하여 여시 골짜기라 불렸으며 그로 인해 여시골산이라 부른다고 적혀있다. 울타리에 밧줄을 쳐놓은 바위굴은 꽤 깊어 보인다. 겉으로 보기에는 종갓집 여우 식구들이 모두 모여 살아도 될 만큼 깊고 큰 동굴처럼 느껴진다.

여우굴을 살피다가 허리를 펴니 우리나라 산에도 많은 여우가 있었으면 하는 생각이 든다. 좋은 토양의 우량한 생태계에서 여우뿐 아니라 다양한 동식물들이 자유롭게 생존하기를 바라는 마음이 강하게 드는 것이다.

"호랑이나 늑대까지 바라는 건 욕심이겠지만……."

그리 가파르지 않은 육산 등산로를 오르다 보니 함께 온 우리 일행만 없었다면 이곳에서 움직이는 건 바람뿐일 것이었다. 여시골산에서 또 30분가량 지나 정상석 하나를 보게 되는데 운수봉(해발 740m)에 다다른 것이다.

괘방령에서 3.1km를 지나온 거리이다. 올라온 이들의 수고로움을 덜어주려 벤치를 여럿 만들어놓았다.

운수봉에서 내려가면 금세 직지사로 빠지는 하산로가 있다. 이곳 삼거리 안부에서 일행 중 컨디션 난조를 보이는 일부가 직지사 쪽으로 빠지고 남은 인원들은 처음 정한 목적지를 향해 힘차게 움직인다.

걷기 편한 흙길이 계속된다. 암봉이나 절벽이 없고 비교적 평평하며 수림이 울창하다. 간간이 나무들 틈으로 김천시 일대가 내려다보인다. 황악산과 거리가 좁혀지면서 조금씩 고도가 높아진다.

멀리 유난히 솟구친 금오산에 눈길을 두며 더위를 식히고 갈증을 해소한다. 아래로 직지사가 보인다. 대한불교 조계종 제8교구 본사인 직지사直指寺는 절 이름에서처럼 손가락이 창건 유래의 주요 테마이다.

신라 때 아도화상이 멀리 황악산을 손가락으로 가리키면서 저곳에 절을 지으라고 해서 직지사 터를 잡았다는 설이 있고, 고려 시대에 능여대사가 이 절을 세울 때 자尺를 사용하지 않고 직접 자기 손으로 측량하여지었다는 설이 있다.

어찌 되었든 신라불교의 발상지라고도 할 수 있는 직지사가 손가락 힘이 크게 작용하여 세워진 절인 건 분명한 것 같다. 직지사에서 서쪽으로 조금 떨어진 천룡대로부터 시작되는 능여계곡은 봄에는 산 목련과 진달래가 무성하고 가을에는 단풍이 계곡을 붉게 물들인다. 사명대사가 즐겨 찾았다는 사명폭포도 멀지 않다.

직지사와 그 주변 풍광에서 눈을 거두고 다시 걸음을 높여 걷는다. 심한 굴곡은 아니지만 오르내림에 땀을 흘리면서 황악산 정상(해발 1111m)에 닿았다. 널찍한 터에 세워진 정상석과 삼각점, 그리고 돌탑에 백두대간 해설판 등이 왠지 산만하게 배열된 것처럼 보인다.

민주지산, 수도산과 가야산을 볼 수 있고 동쪽으로 금오산에 시선을 두었다가 일행 열댓 명이 모여 바리바리 싸 온 먹거리를 풀어놓고 점심을 먹는다.

"지리산 칠선계곡을 다녀왔는데 너무 좋았어요."

"설악산 대청봉에서 얼마나 비를 맞았는지 초여름인데 얼어 죽는 줄 알았다니까요."

산에서는 산 이야기뿐이다. 청문회에서 곤욕을 치르는 장관 후보도 거론되지 않고, 미투me too의 대상이 되어 하루아침에 나락으로 떨어진 유명인에게 실망하는 일도 없으며, 전 남편을 살해한 파렴치한 여편네를 입에 올리지도 않는다. 촛불시위와 태극기 시위로 서로를 갈라 세우다가 느닷없이 덩샤오핑의 백묘 흑묘론으로 모두를 싸잡아 탓하는 이들이 없어 좋다.

그렇게 다녀온 산을 칭송하고 추억하며, 과일도 먹고 차도 한잔 마시고 나서 바람재 쪽에 눈길을 담갔다가 그쪽으로 행로를 잡는다. 형제봉(해발 1010m)을 지나고 신선봉으로 갈라지는 삼거리에서 오른쪽 내리막길로 방향을 튼다.

황악산 정상에서 2.3km를 걸어와 너른 초원지대 바람재(해발 810m)에 닿았다가 여기서 700m 떨어진 바람재 정상까지 이르렀다. 울타리를 넘어 확인해보니 바람재 정상에는 이동통신의 수신을 위한 시설물이 설치되어 있을 뿐이다. 정상이라고 표기는 했지만 오르는 곳이라기보다는 그저 지나가는 곳이다.

울타리 앞의 이정목이 가리키는 대로 진행하여 여정봉(해발 1030m)에 도착한다. 여기도 벤치가 있어 편하게 앉아서 신발 끈을 고쳐 매고 바로 행보를 잇는다.

백두대간 상의 고만고만하고 비슷한 능선을 따라 삼성산 정상(해발 986m)을 거쳐 가게 되는데 여기도 길만 보고 걷다 보면 모르고 지나칠 듯하다. 몇 번 같이 산행했던 윤 대장이 오늘은 유난히 열성적으로 인도해주어 감사함을 느끼는 중이다.

삼성산에서 우두령 가는 길도 특별히 난해하지는 않다. 평지에 그늘로 이어져 일행 모두 밝은 표정이다. 경사진 내리막 끝에 도로까지 내려서자 흰색의 우람한 소 한 마리가 거기 서 있다.

이 고개로 이어지는 능선의 생김새가 소머리와 유사하여 이름 지어진 우두령牛頭嶺(해발 720m)이고 상징물로 큼직하게 소 석상을 세워놓았다. 대간은 여기서 석교산, 밀목령을 지나 삼도봉으로 이어진다.

백두대간의 한 구간인 우두령에 도착하여 대기하고 있던 산악회 버스에 오르면 한나절 동반했던 이들은 오랜 동지이자 산우가 된다.

때 / 여름
곳 / 괘방령 - 여시골산 - 운수봉 - 직지사 삼거리 - 황악산 - 형제봉 - 바람재 - 여정봉 - 삼성산 - 우두령

콩밭 매고 눈물 심는 만물의 7대 근원지, 칠갑산

지금 내 곁에 있음에도
어머니가 그리운 것은
내가 나이를 먹어서가 아니라
어머니가 늙어가기 때문이다.

동족상잔의 비극이 끝난 1950년대 후반 충남 청양에 열여섯 먹은 딸과 함께 가난하게 살아가는 48세 된 미모의 미망인이 있었다.

이 당시 칠갑산 너머 마치마을에는 70대 부자 노인이 아내와 사별하게 되었는데 마을 사람들은 오지랖을 펼쳐 노인과 미망인의 중매를 섰다.

"나이는 쉰을 바라보지만, 아직 미모가 출중합니다요."

"그려? 그럼 그 과부는 네가 데리고 살아. 내는 그 집 딸내미한테 맘이 동혀."

"그럼 어르신이 제 사위가 되는뎁쇼."

"그래도 괜찮여. 장인으로 잘 모실 테니 딸내미를 나랑 어떻게 되게끔 혀봐."

노인은 중매를 서려는 이들에게 미망인의 열여섯 살 딸을 주선해달라고 했다. 노인은 매파를 통해 딸을 자기한테 시집보내면 잘 먹여주고 엄마인 미망인에게도 충분한 양식을 주겠다며 어르고 달랬다.

"노망이 단단히 들었구먼유."

엄마는 어린 딸을 영감한테 시집보낼 수 없다고 버텼지만, 노인의 집요하고 끈질긴 회유와 너무나 어렵고 힘든 형편에 불쌍한 딸이라도 배불리 먹게 해줄 요량으로 결국 딸을 시집보내게 된다.

"엄니! 잘 드시고 잘 살아야 해유."
"아이고, 내 팔자야. 미안하다. 딸아!"

노인의 마당쇠가 딸을 데리고 가던 날 엄마는 콩밭에 앉아 하염없이 눈물 흘리며 딸의 뒷모습만 바라볼 뿐이었다.
눈물이 앞을 가려 콩밭을 매는 둥 마는 둥 서러움을 곱씹고 있었다.

"콩은 뒷전이고 슬픔에 가득 젖어 있군요. 무슨 일이 있으신가요?"

그때 이곳을 지나던 나그네가 사연을 물었지만, 그녀는 아무런 답변 없이 눈물만 쏟아냈다.

"그냥 가던 길이나 가셔유. 남의 일에 콩 놔라 팥 놔라 하지 말구유."

하지만 나그네의 끈질긴 캐물음으로 그간의 사연을 듣게 된다.

콩밭 매는 아낙네야 베적삼이 흠뻑 젖는다
무슨 설움 그리 많아 포기마다 눈물 심누나

시인이자 작곡가 조운파는 그녀에게 들은 애절한 사연을 노래로 만든다.

"그 나그네가 바로 조운파 님이셨지요."

청양의 전재천 문화해설사가 소개하는 대중가요 칠갑산七甲山의 탄생 비화이다.

충남 청양군에 소재한 칠갑산은 대중가요로 잘 알려져 왔다. 칠갑산은 명승지와 문화유적 등이 많아 이 일대가 1973년 칠갑산도립공원으로 지정되었고 지천천과 잉화달천의 지류들에 의해 형성된 맑은 계곡이 주위의 기암들과 어울려 지천9곡의 경승지를 이룬다.

만물의 7대 근원인 지, 수, 화, 풍, 공, 견, 식地水火風空見識의 칠七자와 싹이 난다는 의미의 갑甲자를 써서 생명의 시원始源 칠갑산으로 명명하였다. 또 일곱 장수가 나올 명당의 산이라고도 전한다.

충남의 중심부인 청양은 칠갑산을 비롯하여 동쪽으로 두솔성지와 도림사지, 남쪽의 금강사지와 천정대, 서쪽의 장곡사가 모두 연대된 백제의 얼이 담긴 천년 사적지이다. 백제는 한성에서 사비(지금의 부여)로 천도하면서 사비성 정북방에 있는 칠갑산을 진산으로 여겨 때마다 제천의식을 행하였다.

맵고 빨간 청양고추 일색의 산길을 따라

주차장에서 상가지대를 지나 출렁다리 입구로 향하는 중에 콩밭 매는 아낙네 상을 보게 된다. 그녀의 표정에 먹고 사는 이유로 어린 딸을 노인에게 시집보내는 엄마의 심정이 그대로 묻어난다.

호미를 쥐고 있지만, 콩밭 매는 일은 건성인 것처럼 보인다. 아낙네의 속은 자기 자신에 대한 원망과 세상에 대해 한스러움으로 늘 침침하였을 것만 같다.

"그리 오래 살지 않았을 노인한테 유산이라도 너끈히 받았으면……"

재차 아낙네 상을 보며 그런 생각이 든다는 게 황당하면서도 힘들여 콩밭 매는 일이라도 그만두었으면 하는 생각으로 이어지고 만다.

가을이 물들기 시작해서 더 그럴 것이다. 천장호 출렁다리 입구까지도 관광객들이 꽤 많다. 오랜 가뭄 탓으로 천장호에는 예전에 왔을 때보다 물이 줄었다. 천장호 물 위에 설치한 출렁다리는 2009년 7월에 개통되었는데 길이 207m, 높이 24m로 준설 당시에는 국내 최장이며 동양에서 두 번째로 긴 다리였다.

다리 끝에 세계에서 제일 큰 고추와 구기자조형물이 설치되어 있다. 청양은 칠갑산을 중심으로 배수가 잘되고 일교차 큰 기후조건 등으로 고추재배의 호조건을 갖추고 있어 고품질의 청양고추가 생산된다. 또 기후와 토양환경이 구기자재배에 적합한 전국제일의 구기자명산지로 알려져 있다.

출렁다리를 건너 일명 잉태바위라고도 하는 칠갑산 소원바위에 대한 팻말에 구체적 날짜까지 적어놓은 잉태사례가 실감 난다.

이 지역 목면에 사는 유兪 씨 할머니는 아들이 44살이 넘도록 아기를 얻지 못하자 날마다 이 바위에서 소원을 빌어

결혼 7년 만인 2013년 10월 29일에 건강한 손자를 보게 되었단다. 한술 더 떠 소원바위 아래 천장호는 여성의 자궁 형상으로 임신과 자손의 번창을 상징한다는 어느 풍수사의 이야기도 있어 소원성취의 명소로 알려졌다고 한다.

팻말에서 우측으로 360m 떨어졌다는 소원바위는 필요성 여부를 따져보다가 그냥 지나치기로 한다. 많은 조형물을 만들어 설치한 칠갑산이다. 용과 호랑이의 커다란 조형물을 보고 경사진 계단을 오른다.

완급이 거듭되는 경사의 오르막을 거쳐 전망대에 이르러 내려다보는 천장호와 출렁다리가 멋지다. 천장호를 고루 살펴보지만, 도무지 풍수사가 말한 형상을 그려낼 수가 없다. 그저 짙은 푸름을 비집고 가을이 제 색을 드러내는 중이라 눈에 비치는 것마다 계절 변화에 적응하는 모습뿐이다.

진달래 철쭉 진즉 지고
골짜기 짙게 드리운 녹음까지
새 옷 갈아입히려
하늘은 높아지고
구름은 엷어지네.
이른 가을 햇살 딛고 오른 칠갑산에
서해에서 불어왔을 하늬바람 멈추더니
나무도, 바위도, 봉우리까지도
홍조 띤 새색시처럼
수줍음 그득하네.

밧줄을 이어 등로를 정비하기도 했고 데크와 정자 등을 설치해 탐방객들을 배려한 흔적이 역력하다. 이정표의 방향 표지판은 모두 빨간색 고추 모양을 본떠서 만들었다.

여름 산행에 적합한 산이라더니 역시 그늘숲이 많은 등산로를 따라 걷게 된다. 제 시절이 지나는 게 안타까운지 매미울음이 귀를 울릴 정도로 크다. 칠갑산 애매미 외에도 간간이 여름 곤충들의 흔적을 보게 된다.

슬그머니 가파른 구간도 있으나 시설이 잘 되어있어 산책하듯 편안한 기분으로 칠갑산 정상(해발 591m)에 닿았다. 크게 힘들이지 않고 올랐지만, 칠갑산은 충남의 알프스라 불릴 정도로 전 사면이 급경사를 이루어 산세가 제법 험한 편이다.

정상 일대는 작은 공원처럼 꾸며놓았다. 그늘을 피할 수 있도록 정자도 설치했고 긴 의자도 여럿 만들어놓았으며 헬기장도 있다.

산정에서 방사상으로 뻗은 능선이 청양군 대치면, 정산면, 장평면의 면 경계를 이룬다. 북쪽으로 한티고개를 지나 대덕봉(해발 472m), 동북쪽으로 명덕봉(해발 320m), 서남쪽으로 정혜산(해발 355m)과 이어진다.

사방에 전 세계와 국내 각 도시의 방향을 표시한 안내판을 보며 잠시 휴식을 취하고 길고도 경사 급한 계단을 내려선다. 육각 또는 팔각이 아니 칠각으로 지은 자비정이 거기 있는데 백제 무왕이 축성했을 것으로 추정하는 칠갑산의 자비성을 기념하기 위해 만든 정자라고 한다.

'지금 내 곁에 있음에도 어머니가 그리운 것은 내가 나이를 먹어서가 아니라 어머니가 늙어가기 때문이다.'

어머니 길이라고 명명한 곳부터는 넓고 평탄한 길이 이어진다. 내가 나이를 먹으면 어머니는 더욱 늙어간다는 안타까움을 그리움으로 표현한 글을 읽으며 고개를 끄덕이게 된다. 다시 등로로 접어들고 피부에 닿는 바람이 제법 선선해졌다는 느낌을 받으며 산책로인 듯 숲길인 듯 편안한 길을 걷다가 천문대에 이른다.

칠갑산 스타파크 천문대를 지나 청양군 출신 호국영령들을 기린 충혼탑도 보게 된다. 참 많은 시설을 해놓은 산이다. 어머니 길을 지나 다시 콩밭 매는 아낙네와 만난다.

"그녀의 말년은 어땠을까."

슬픔이나 회한이 없는 편안한 말년이었길 바라면서 칠갑산과 콩밭아낙네를 뒤로한다.

때 / 초가을
곳 / 칠갑산 주차장 - 천장호 출렁다리 - 전망대 - 칠갑산 - 자비정 - 스타파크 천문대 - 원점회귀

계룡산, 3사 5봉 섭렵하며 계룡 8경에 스며들다

자연성릉 너머 주 능선이 이어지는 천황봉까지
계룡산은 야무지고도 아름다운 명산임을 재차 각인시킨다.
걸음 멈춰 곳곳을 바라보노라면 눈을 뗄 수 없어
마냥 멈춰 서있게 된다.

충남 공주시, 계룡시, 논산시와 대전광역시에 접하는 계룡산鷄龍山은 지도상으로 대전, 공주, 논산을 연결하여 세모꼴을 그리면 그 중심부에 위치한다.

1968년 지리산에 이어 두 번째로 국립공원으로 지정되었고 공주와 부여를 잇는 문화 관광지에 유성온천과도 연결되는 대전광역시 외곽의 자연공원으로 자리 잡은 곳이다. 서울, 부산 등 전국 대도시 어느 곳에서든 1일 탐방이 수월하고 다양한 탐방로와 수려한 산세로 연중 탐방객의 발길이 끊이지 않는다.

주봉인 천황봉에서 연천봉과 삼불봉으로 이어지는 능선이 마치 닭 볏을 쓴 용의 형상이라 하여 붙여진 이름이다. 계룡산 최고봉인 천황봉(해발 845.1m)은 군사시설 보호구역으로 입산이 금지되어있으며 한국통신 중계탑이 세워져 있다. 대전을 비롯해 공주, 논산 일원의 산야가 한눈에 잡히는 천황봉에서 떠오르는 해를 바라보면 얼마나 경이로울까만 계룡 8경의 제1 경이라는 천황봉 일출은 결국 화중지병인 셈이다.

한때 전국 각지에는 계룡산에서 도를 닦은 도사임을 자처하는 무속인들이 비일비재하였다. 사주, 팔자에 관상을 봐주며 사람들의 미래를 쥐락펴락한 이들도 꽤 많았다.

19세기 말엽부터 전래 무속신앙과 각종 신흥종교가 번성하여 계곡 곳곳에 교당과 암자, 수도원들이 들어섰는데 1980년대 이후 종교 정화 운동으로 시설물들이 철거되고 주변을 정리한 상태이다.

계룡 8경을 속속 이어가며

여러 차례 계룡산을 탐방했는데 그때마다 가려던 곳을 다 가지 못하고 발 돌리는 느낌이 들었다. 계룡산은 그런 산이다. 주봉인 천황봉을 위시한 20여 개의 연봉이 일렬이나 종횡이 아닌 마구잡이로 솟아있어 들르지 못한 봉우리의 여운이 진하게 남는다.

이번에는 계룡산을 대표하는 사찰인 갑사, 신원사, 동학사와 장군봉, 신선봉, 연천봉, 관음봉, 삼불봉의 다섯 봉우리를 연계하는 일명 계룡산 3사 5봉 코스에의 유혹에 넘어갔다. 계룡산의 개방된 정규 등산로를 한 번에 모두 탐방할 수 있는 코스인지라 산행 후 아쉬운 앙금은 남지 않을 거였다. 거기 더해 절정으로 단풍 물든 완연한 가을이다.

좋은 산의 좋은 코스는 초콜릿처럼 늘 달콤한 유혹이다. 거리도 적당하고 산행 당일에도 특별한 선약이 있지 않아 참석에 아무런 문제가 없다.

아침 9시쯤 충남 공주시 반포면 학봉리의 박정자 삼거리라는 곳에 도착하였다.

"박정자가 누구지? 연극배우 박정자? 할매보쌈의 원조라는 그분?"

학봉리는 뒷산에 밀양 박씨 박수문의 선대 3묘가 자리 잡고 있다.

"범과 용의 형체를 갖춘 명당의 묏자리이긴 하나 앞쪽이 허하여 장차 커다란 수해를 입을 것이다."

풍수지리에 능통한 이가 묘의 위치를 보고는 이렇게 말해서 밀양 박씨 후손들이 이곳에 느티나무를 심었다고 한다. 18세기였던 그 이후 350여 년의 세월이 지나면서 거목으로 자라 길손의 쉼터가 되었다.

사람들은 박 씨들이 삼거리에 정자나무를 심었다면서 이 자리를 박정자라 부르게 된 것이다. 와보니 정자는 없고 큰

나무와 함께 사람들에게 쉴 공간을 제공하는 평상을 만들어 놓았다.

실제 1980년도 학봉리 지역에 역대 최대의 장맛비가 내렸는데 박정자는 인근 지역의 피해를 막는 데 큰 역할을 했다. 그때의 장맛비로 10여 그루가 유실되고 현재 두 그루만 남아있다.

현재 박정자 삼거리는 공주시와 대전광역시 그리고 계룡시와 논산시를 이어주는 교통 요지이자 계룡산국립공원과 학봉리 동학사로 들어가는 관문이기도 하다.

여기서 이정표가 가리키는 대로 들머리인 병사골 탐방로로 향한다. 임도를 따라 걷다가 장군봉 쪽으로 길을 잡아야 한다. 올라오다 돌아서서 내려다보면 산들이 둘러싼 박정자 삼거리는 분지처럼 아늑한데 장군봉 오르는 숱한 계단은 처음부터 숨을 몰아쉬게 한다.

탐방안내소에서 1km의 거리인 장군봉까지 힘겹게 올라 마을 우측으로 치개봉과 황적봉, 그 우측 너머로 천황봉, 쌀개봉, 관음봉을 바라보며 숨을 고르다가 다시 행보를 잇는다. 아무래도 오늘 산행은 쉼표를 줄여야 할 것이다. 호락호락 만만한 코스가 아닌지라 자칫 시간을 넘겨 완주에 차질을 빚을 수도 있다.

계단을 내려서고 암릉을 올랐다가 또다시 오르락내리락 굴곡진 경사 구간이 반복된다. 왼쪽으로 치개봉을 가깝게 보면서 봉우리 하나를 넘게 되는데 지나고 보니 임금봉이다. 암릉 밧줄 구간도 더러 있지만, 조망이 트여 걸음걸이의 무거움을 덜어준다.

갓바위 삼거리를 지나고 큰베재를 바로 통과하며 남매탑 고개에서도 쉼 없이 추켜올린다. 5층과 7층 두 개의 석탑이 나란히 선 남매탑(해발 615m)에 이르러 예전에 왔을 때 탑돌이를 하며 정성스레 소원을 빌던 아낙네들 모습을 떠올리게 된다.

충청남도 지방문화재 제1호인 남매탑은 두 탑 모두 보물로 지정되어 있다. 5층 석탑은 보물 제1284호, 7층 석탑은 보물 제1285호이다. 오뉘탑이라 부르기도 하는데 이 두 기의 탑에도 그럴듯한 유래가 전해 내려온다.

"스님! 저 좀 살려주세요."

신라 성덕왕 때 상원 조사가 이곳에 암자를 짓고 불공을 드리고 있는데 호랑이가 찾아와 입을 벌리고 우는 소리를 내었다.

"이놈이 잡아먹을 줄만 알았지, 씹어먹는 건 모르는 모양이구나."

스님은 호랑이의 목에 걸린 큰 뼈다귀를 빼주었다.

"고맙습니다. 이 은혜는 꼭…"

호랑이는 고맙다는 인사를 하고 사라졌다가 얼마 후 다시 나타났다.

"스님, 얼른 제 등에 올라타세요."

호랑이는 스님을 태우고 어디론가 달려갔는데 거기에 실신한 처녀가 있었다.

"너, 119 구조 대원이냐?"
"그건 아니지만, 처녀가 너무 예뻐서 스님께 신세도 갚을 겸해서요."

스님이 그 처녀를 암자로 데리고 와서 정성껏 간호하자 얼마 지나지 않아 정신이 돌아왔다.

"저는 상주에 사는 임 진사의 딸인데 혼인날 호랑이가 나타나 그만 기절을 하고 말았습니다. 그런데 제가 왜 이곳에 와있는 거죠?"

"그게, 그러니까… 119 구급 대원이… 아니 호랑이란 놈이 느닷없이…"

스님이 호랑이와 있었던 일을 이야기하며 가까스로 처녀를 이해시켰다.

"이건 필시 부처님이 맺어준 부부의 연일 것입니다. 저는 스님의 아내로 살겠습니다"

처녀는 이렇게 말하며 집으로 돌아가지 않았다.

"정녕 나를 시험에 들게 하는구나."

상원 조사는 미색에 흔들리지 않고 수도에 정진하였다.

- 아, 이분은 비구승이시길 고집하는구나, 정녕 부부의 연이 아니라면….

그 후 스님과 처녀는 의남매를 맺고 불도를 닦으며 일생을 보냈는데 후에 상원 조사의 제자 회의 화상이 두 개의 불탑을 세워 그 뜻을 기리며 오뉘탑이라 불렀다고 한다.

부부가 될 뻔했다가 남매가 되는 난해한 상황을 멋대로 추론해보며 남매탑에서 시선을 떼지 못한다. 십오야 밝은 보름달이 남매탑의 그림자를 길게 늘어뜨리는 모습이 그려진다. 불현듯 계룡 8경 '오뉘탑의 명월'을 눈에 그리다가 다음 행선지로 걸음을 옮긴다.

삼삼오오 짝을 지어
오르는 산길
가을이 익은
산의 품속은 아늑하다.
천인단애 단풍 곱게 물든
계룡의 계곡에서 울리는 메아리
하늘은 호수가 된다.
멀리 시공으로 손바닥만 하게
한밭 시가가 열리고
호연지기 마시는 바람
혈맥을 흐른다.
골짜기마다 타오르는 불꽃
흐드러진 가지가지
무상의 잎을 달고
남매탑을 지난다.

- 계룡산에 올라 / 신익현 -

너른 공터에 헬기장이 있는 금잔디고개를 지나 신흥암에 눈길만 던지고는 용문폭포로 와서 바위에 걸터앉았다. 물은 많지 않지만, 계곡의 시원한 바람이 다소나마 강행군의 피로를 덜어준다. 잠시 쉬었다가 눅진한 몸을 일으켜 대성암을 통과하고 갑사까지 내려온다.

갑사에서 연천봉 딛고 신원사로, 그리고 또 관음봉으로

노송과 느티나무 숲이 우거진 갑사는 언제나처럼 아늑하고 수수하다. 갑사의 가을은 참으로 아름답고 고즈넉하여 그 계절에 여기 오면 가을 남자가 되고 만다.

춘 동학 추 갑사라는 말처럼 갑사계곡의 가을 단풍은 말할 것도 없거니와 갑사에서 금잔디고개로 오르다 보면 몸과 마음이 붉게 물들어질 정도로 추색이 고운 곳이다. 갑사계곡의 단풍은 그래서 계룡 8경에 꼽는다. 계룡갑사라는 현판이 걸린 갑사 강당이 그렇듯 법당 대다수가 화려함을 추구하는 건축 기교를 없앴기에 더욱 웅장하고 숙연해 보인다.

통일신라 화엄종 10대 사찰의 하나였던 갑사는 하늘과 땅과 사람 가운데 가장 으뜸간다고 하여 갑사로 명명했으니 이름대로라면 첫째가는 절인 것이다.

조선 세종 때의 사원 통폐합에서도 제외될 만큼 명망이 높았던 절이었으며, 1459년 조선 7대 왕 세조는 부친인 세종의 '월인천강지곡'과 자신이 지은 '석보상절'을 합편한 불교 서적 월인석보月印釋譜(보물 제745호, 보물 제935호)를 이곳 갑사에서 판각하게 하였다. 그 목판 중 일부가 갑사에 소장되어있다.

그런 갑사를 둘러보았으니 세 개의 사찰 중 첫 사찰을 접수한 셈이다. 갑사에서 식수를 보충하고 2.2km 거리의 연천봉으로 올라간다. 물기 없는 갑사계곡을 통과하고 원효대를 지난다. 바윗길과 경사 심한 계단을 반복해 올라 연천봉고개에 다다르니 여기서도 거친 숨을 몰아 쉬게 된다. 헬기장을 지나 천황봉이 좀 더 가까워진 연천봉에 이르렀을 때는 머리에서 뜨끈한 땀방울이 주르륵 흘러내린다.

갑사계곡과 신원사 계곡 사이의 계룡산 줄기에 솟은 연천봉(해발 738.7m)은 계룡 8경인 연천봉의 낙조로 유명한데, 저녁나절 산야를 붉게 물들이고 멀리 은빛으로 반짝이는 백마강 물줄기의 아름다운 낙조를 볼 수 있는 계룡산 연봉의 하나이다.

이성계는 여기에 제단을 차려놓고 이곳에 왕도를 세울 수 있도록 기도를 드렸다고 한다. 이곳에 신도를 정하기로 하고 공역을 시작했는데 꿈에 나타난 신선이 도읍을 한양으로 정하라고 일러주는 바람에 한 해 동안 이어진 공사를 멈추면서 이 지역을 신도내新都內라고 부르게 되었다.

그 바람에 서울은 인구 1000만 명이 넘는 인구 초밀도 지역이 되고 말았다. 설화는 그러하지만, 역사학자들은 계룡산이 동쪽, 서쪽과 북쪽의 3면과 너무 떨어진 남쪽에 치우쳐 도읍으로서의 부적합한 위치 탓으로 옮겼을 것으로 판단하고 있다.

구한말부터 유포된 정감록鄭鑑錄이 계룡산 밑에 새 왕조가 도읍할 거라고 예언하면서 계룡산 일대에 수많은 종교인이 모여들었다. 불교, 유교, 기독교, 단군, 도교, 무속 등의 집단 종교단체가 우후죽순 퍼졌으며 이후에도 계룡산은 신도내를 중심으로 신흥종교들이 진을 치기에 이르렀고 가히 무속인들의 천국으로 터를 다져나가기도 했다.

그런 내력을 떠올리며 사위를 둘러보니 절로 도가 닦여지는 느낌도 들고, 생생한 에너지가 충만한 기분으로 연천봉에서 동운암과 보광원을 지나니 힘도 덜 부치는 듯하다.

그렇게 두 번째 사찰인 신원사로 내려왔다. 대한불교 조계종 제6교구 본사 마곡사의 말사인 신원사는 동학사, 갑사와 함께 계룡산 3대 사찰이자 동서남북 4대 사찰 중 남사南寺에 속한다.

충청남도 유형문화재 80호로 지정된 대웅전에서 50m 떨어져 충청남도 유형문화재 7호인 계룡산 중악단中嶽壇이 있다. 본래 계룡산의 산신 제단으로 계룡단으로 불렸었는데 묘향산에 상악단, 지리산에 하악단을 두고 있었으므로 조선 말엽부터 중악단으로 고쳐 불렀다고 한다.

우리나라 산악 신앙 제단으로 중요한 의미를 지닌 중악단의 경계구역은 612㎡로 둘레에 축담을 둘렀고 전면에 이중의 내외문內外門이 있다.

신원사에서 나와 고행 구간으로 알려진 연천봉 고개로 향한다. 내려온 만큼 다시 올라가는 고행의 노선이다. 체력의 급격한 소모를 느끼기에 보폭과 속도를 조절하며 걷게 된다. 극락교를 지나 고왕암에 이르러 갈증을 씻는다.

신라 김유신과 당나라 소정방이 합세한 나당연합군이 백제를 공격했을 때 백제의 태자 융隆이 7년간이나 이곳의 융피굴에 피신해 있다가 잡히면서 이름 붙여진 암자이다. 고왕암에는 백제 시조인 온조왕부터 마지막 의자왕까지 31대 백제왕의 신위가 모셔져 있다.

연천봉 고개까지 참으로 버겁고 고된 1.1km 구간을 융 태자의 힘든 은신 생활을 떠올리며 올라선다. 설악산 서북 능선의 귀때기청봉을 연상하게 할 정도의 거친 바윗길을 지나는데 오를수록 체력소모가 크다. 더 많은 힘을 쏟아 연천봉 고개에 다다르자 연천봉에서 관음봉 쪽으로 많은 등산객이 몰려든다.

관음봉을 100m 남겨두고 다시 급경사의 오르막이다. 나무 평 마루에 잠깐 앉았다 일어서는 거로 숨을 돌리고 계룡산 최고의 조망 장소인 관음봉(해발 766m)에 닿았다.

아래로 동학사 계곡, 고개 들어 천왕봉 능선을 보면서 육체적으로 버거운 감각까지 일시에 일으켜 세워졌다면 과장일까. 많은 풍광 가운데 자연성릉은 보는 이를 끌어당길 정도로 멋진 암릉 길임을 여실히 보여준다.

공주 10경에도 포함된 관음봉에서 하늘을 떠다니는 구름을 보면 신선이 된 기분이 든다고 하여 관음봉 한운 역시 계룡 8경으로 꼽는다. 머리 위의 조각구름을 올려다보고 다시 자연성릉의 웅장한 자태를 마주하며 긴 계단을 내려선다.

자연성릉은 말 그대로 자연이 만들어낸 성스러운 걸작이다. 바위 능선과 여기서 보이는 속리산 곳곳의 정경이 계룡산을 장대하고 강하게 각인시킨다. 수직에 가까울 만큼 속도감 있게 내리뻗은 산자락들은 보는 이로 하여금 강한 기를 심어준다.

당대의 베스트셀러 '시크릿'에서 언급한 것처럼 우주의 기를 쓸어 담아 원하는 바를 성취할 장소로 적합하단 생각이 드는 것이다.

삼불봉으로 향하면서 그 자체로도 나무랄 데 없이 고고하고 멋진 자연성릉이 자꾸만 고개를 돌리게 한다. 0.8km 길이의 자연성릉을 지나자 삼불봉까지도 0.8km가 남았다. 또 숱한 철제 계단을 오른다.

고난도의 세 구간을 버겁게 통과하고

여보게 계룡산이 어떠하던가
산에는 단풍이요 들에는 곡식
그림을 보기만도 눈이 바쁜데
벼 향기 무르녹아 코를 찌르네

- 계룡산 / 노산 이은상 -

동학사와 갑사가 내려다보이는 삼불봉(해발 775m)은 계룡산 연봉 중의 하나로 세 개의 봉우리가 세 부처의 형상을 닮아 그렇게 부른다. 눈꽃 만발한 삼불봉의 겨울 설화 또한 계룡 8경 중 하나이다.

자연성릉 너머 주 능선이 이어지는 천황봉까지 계룡산은 야무지고도 아름다운 명산임을 재차 각인시킨다. 걸음 멈춰 곳곳을 바라보노라면 눈을 뗄 수 없어 마냥 멈춰 서있게 되는 곳이다.

삼불봉에서 철제 계단과 돌계단을 딛고 다시 남매탑으로 내려간다.

신선들이 폭포의 아름다움에 반해 오래도록 머물렀다는 동학사 계곡 상류의 은선폭포는 절벽과 수림이 어우러진 절경으로 특히 안개가 자욱할 때의 풍광이 압권이라 계룡 8경으로 추리고 있다.

거리를 두고 수풀 사이로 바라보는 폭포의 긴 물줄기가 아련한 감성을 불러일으킨다.

폭포 위에서 아래까지 가느다란 실이 한 올 한 올씩 풀어지는 듯하다.

동학사 계곡에 이르러 크게 숨을 들이마셨다가 길게 뿜어낸다. 피톤치드의 청량감에 상쾌하고 힘든 여정을 무사히 마친 통쾌한 기분에 굳었던 근육이 느슨하게 이완된다.

동학사 계곡은 자연성릉과 쌀개봉 능선, 장군봉 능선, 황적봉 능선 등 계룡산을 대표하는 능선들 사이에 깊게 패어 있는 계곡으로 수림이 매우 울창하다.

지금 한껏 물든 단풍도 곱지만, 특히 신록의 동학사 계곡을 걷노라면 나이와 관계없이 젊음을 느낄 수 있을 것이라 하여 여기 동학사 계곡 신록도 계룡 8경으로 꼽고 있다.

돌길을 밟고 작은 현수목교를 지나 포장도로에 이른다. 대한불교 조계종 제6교구 본사인 마곡사의 말사이자 비구니들의 불교 전문 강원講院인 동학사東鶴寺는 이 절 동쪽에 학의 모양을 한 바위가 있어 그렇게 이름 지었다고 한다.

고려 때 여기 동학사에서 고려 3은으로 칭하는 포은 정몽주, 목은 이색과 야은 길재의 초혼제를 지냈으며 단을 쌓아 삼은단三隱壇이라 하고 전각을 지어 삼은각三隱閣이라 하였다.

조선 세조 때는 삼은단 옆에 단을 쌓아 사육신의 초혼제를 지내고 단종의 제단을 증설하였다.

다음 해에는 세조가 동학사에 와서 제단을 살핀 뒤 단종을 비롯하여 정순왕후, 안평대군, 김종서, 황보인 등과 사육신, 그리고 조카 단종을 폐위시킨 자신의 왕권 찬탈로 인해 원통하게 죽은 280여 명의 성명을 비단에 써주며 초혼제를 지내게 한 뒤 초혼각을 짓게 하였다.

"사후약방문이야, 뭐야?"

그들의 영혼이 돌아온들 원통함이 사그라질 거란 생각이 들지 않는다. 벌겋게 달아있는 솥에 몇 방울의 물을 떨어뜨린다고 솥이 식을 리 있겠는가. 당대의 막강 지존이었던 세조도 자신의 사후 그들과의 조우가 두려웠던 건 아닌지 모르겠다.

박정자에서 동학사에 이르는 계룡산 3사 5봉의 종주를 마무리했음에도 오늘 걸었던 고행 구간을 복기하니 다시 무릎이 저린다.

들머리 병사골 탐방센터에서 장군봉을 오르는 초반 1km 구간, 갑사에서 연천봉까지의 2.2km, 신원사에서 연천봉 고개까지의 1.1km에 이르는 고난도의 구간을 떠올리며 바라보는 계룡산은 그래도 다감하여 언제든 다시 오겠노라는 생각을 떨구지 않게 한다.

때 / 가을
곳 / 박정자 삼거리 - 병사골 탐방안내소 - 장군봉 - 임금봉 - 남매탑 - 신선봉 - 금잔디고개 - 갑사 - 연천봉 - 신원사 - 연천봉 고개 - 문필봉 - 관음봉 - 자연성릉 - 삼불봉 - 남매탑 - 동학사 - 동학사 계곡 - 무풍교 - 동학사 주차장

바람처럼 대자유인이 되어 청화산에서 조항산으로

멀리 작약산이 보이고 아래로 옥빛의 의상저수지가
전체 드러났다. 갓바위 없는 갓바위 재에서 잠시
날 선 바윗길을 통과하고 고도를 높이면 또 다른
전망장소가 나타난다. 조망만큼은 끝내주는 산이다.

충북 괴산군은 소백산맥의 영향으로 군 지역 대부분이 산지로 이루어진 데다 남부지역은 속리산 국립공원에 해당한다. 괴산군을 행정구역으로 하는 청화산青華山은 속리산 능선에 이어 북으로 향하면서 암릉 구간이 시작되는 백두대간의 줄기로 괴산의 35 명산 중 한 곳이다. 백두대간 상의 속리산을 부지런히 걸어 늘재로 내려섰다가 다시 이어가면 청화산과 조항산이다.

"우복길지가 청화산에 있다. 청화산은 뒤에 내외의 선유동을 두고 앞에는 용유동에 임해 있어 앞뒷면의 경치가 지극히 좋음은 속리산보다 낫다."

주변 산세가 빼어나 택리지에 그렇게 저술한 조선 후기의 실학자 청담 이중환은 이곳 우복동의 산세에 반해 '청화산인'으로 자처하며 1년 이상 기거했다고 한다.

화양동 계곡과 용유동 계곡을 거느린 겨울 청화산

오늘은 백두대간의 한 구간인 청화산과 조항산을 잇기 위해 낙동강과 한강의 분수령인 늘재로 왔다. 친구 병소, 동익이와 함께 B 산악회 버스를 이용하였다.

늘재는 충북 괴산군 청천면과 경북 상주시 화북면을 연결하는 32번, 49번 국도가 지나는 해발고도 380m의 고개이다. 우리나라의 고개 중 진고개 혹은 진재가 긴 고개를 의미하는 데 반해 늘티, 늘고개, 늘재라 함은 고갯길이 가파르지 않고 평평하게 늘어진 고개라는 뜻이다.

이곳 늘재에 어마어마하게 커다란 백두대간 돌비석이 세워 있고 몇몇 등산객들이 그 앞에 모여서 백두대간 인증사진을 찍고 있다.

"속세에 지친 나그네 길손들이여, 이곳 성황당에 마음 비우고 구름처럼 바람처럼 대자유인이 되소서."

내부가 비어있는 허름한 성황당에 이렇게 쓰인 벽보가 붙어있다. 슬쩍 성황당을 들여다보니 대자유인이 되려 비워낸 속마음들이 수북하다.

구름 되고 바람 되어 훨훨 자유로워진 그들을 부러워하며 성황당과 서낭당 유래비 사이의 산길로 들어선다. 이곳 들머리부터 청화산 정상까지 2.6km의 거리이다.

"우리도 자유로운 영혼이 되어 훨훨 날아보자."

때 이른 춘풍으로 이미 나뭇가지에 걸렸던 눈들이 후드득 떨어진다.

"살살 날아. 겨울 흔적들이 깜짝깜짝 놀라잖아."

첫 조망이 트이는 곳에서 처음으로 속리산과 인사를 나눈다. 그리고 좀 더 고도를 높이면 상학봉 쪽 바위들이 모습을 드러내기 시작한다.

늦겨울 눈길에 바위와 어우러진 소나무들의 환영을 함께 온 우리 일행들이 독차지한다. 소나무 울창한 숲길에서 푹신한 솔잎을 밟으며 걷는다. 처음 와본 청화산은 숲이 우거진 계절보다 속살이 다 보이는 겨울이 제격일 듯싶기도 한데 소나무와 산죽 군락이 많아 눈이 오지 않으면 겨울철에도 푸름이 가득하다고 한다.

조금 더 올라가자 정국기원단이라고 적힌 비석이 세워져 있다. 정국靖國? 잘 사용하지 않는 용어인데 나라를 평안하게 한다는 뜻인 듯하다. 개인이 세운 돌비석에 민족중흥, 백의민족, 삼파수 등의 글귀가 새겨있다.

“이 자리에 이런 비석을 왜 세운 거지?”

동익이의 의문에 고개를 갸웃거리면서 비석과 소나무가 있는 앞쪽으로 다가선다. 속리산이 가득 펼쳐졌기 때문이다.

“여기서 기원하면 무어든 이뤄질 것 같기는 하다.”

괴산, 보령, 상주 지방도 하얗게 덮여 봄은 아직 가깝지 않았다고 일러준다. 관음봉, 상학봉과 묘봉도 대책 없이 찬 바람을 맞으며 겨울 부스러기가 남은 몸을 그대로 방치하고 있어 스산한 기분이 든다. 형제봉 너머 구병산 줄기까지 눈길을 머물렀다가 행보를 이어간다,

좁은 바위를 틈 비집고 올라서서 능선으로 이어가는데 여전히 속리산은 자리를 뜨지 않고 이웃 산의 산객들임에도 행여 넘어질세라 보살펴준다. 같이 출발했던 일행들은 많이 흩어졌다. 각각의 보폭과 산행 스타일이 다르므로 긴 길을 모두 모여 걷게 되지 않는다.

은적암 지붕을 내려다보고 청화 농원 쪽의 파란 지붕들에 눈길을 준다. 헬기장을 거쳐 갈색으로 비치던 청화산(해발

970m)에 이르러 바위에 세운 정상석 옆에 앉아 인증을 받는다. 일어나 화양동계곡과 용유동 계곡을 내려다보니 두 계곡이 하나로 이어진 것처럼 보인다. 산정에 머물러 이곳저곳 바라보고만 있기에는 바람이 무척 차다.

"바로 움직이자. 멈추니 춥네."

건너편의 백악산과 늘재에서 밤티재를 잇는 대간을 둘러보고는 조항산과 시루봉 갈림길에서 조항산으로 방향을 잡았다. 독특한 형상의 시루봉 정상이 자꾸 눈길을 잡아끈다. 충북 괴산군과 경북 문경시 사이에 있는 백두대간 상의 조항산鳥項山은 등산로가 다듬어진 지 얼마 지나지 않아 길이 거칠고 인적이 드물다.

왼쪽 밑으로 보이는 의상저수지는 달빛 머금은 풍광이 아름답다는 곳이다. 고개를 드니 대야산에서 조항산, 희양산, 둔덕산 등 충북 괴산과 경북 문경 일대의 명산들이 횡으로 펼쳐졌다. 산죽 길을 따라 바람이 더욱 세차게 불고 북사면 쪽인지라 아직 수북한 눈이 그대로 쌓여있다.

북풍한설 모진 비바람에
깊은 생채기 쌓인 채 얼어붙었어도
어둠보다 무섭고,

추위보다 감당키 힘든 건 휑한 외로움이라
삭풍에 날리다 떨어지는 한 톨 꽃씨
슬며시 지르밟아 위안 삼는다네
하얗게 창백했다가 노랗게 빛 발하는
인동초로 거듭나야겠기에

조항산에서 용송의 전설을 찾아 내려서다

청화산이 저만치 멀어졌다. 청화산에서 조항산 가는 길로 조금씩 고도를 낮춰가자 속리산 주릉이 아스라하고 대야산의 중대봉과 상대봉이 가까워진다. 여전히 경북 상주까지 산들이 첩첩 이어지는 중이다.

963m 봉에서 고도를 낮춰 883m 봉 바윗길을 지나면서 길이 미끄러워 걸음이 더뎌진다. 가까워진 조항산에서 찬찬히 내리 뻗은 산자락 아래로 몇 가구의 마을이 보인다. 급하게 경사진 비탈 내리막을 조심스럽게 내려서서 801m 봉 절벽 조망터에 이르렀다.

희양산이 모습을 드러내고 소백산의 긴 능선도 만나게 된다. 멀리 작약산이 시선에 잡히고 아래로 옥빛의 의상저수지가 모두 드러났다. 갓바위 없는 갓바위재(해발 769m)에서 잠시 날 선 바윗길을 통과하고 고도를 높이니 또 다른 전망 장소가 나타난다.

“험하긴 해도 조망은 끝내주는 산이네.”
“이중환이 반할 만한 산이야.”
“속리산의 전신을 볼 수 있다는 게 큰 매력일세.”

조항산鳥項山 정상(해발 951m)에 이르자 하늘에 올라선 기분이다. 가까이 조항산 정상으로 이어지는 암릉과 그 우측으로 시루봉과 연엽산이 따라붙었다. 그 아래 산자락에 옹기종기 모인 상농 마을이 정겹게 눈에 들어온다. 충북 괴산군과 경북 문경시에 접해있는 조항산도 괴산에서 선정한 35 명산에 해당한다.

북쪽으로는 대야산과 둔덕산 줄기 너머로 군자산 장성봉과 희양산이 우뚝하고 그 너머로 월악산과 주흘산 등 서로 명함을 주고받은 산들과 인사를 나눈다.

의상저수지 쪽으로 하산로를 잡고 부지런히 내려오니 임도가 나타난다. 내려와서 본 의상저수지는 생각보다 넓고 꽤 깊어 보인다. 둥근 보름달이 잠기는 심야의 물빛을 상상하면서 2km는 족히 넘을 저수지 둘레길을 돌아 옥양교에 이르렀다.

여기 옥양교에서 저수지 물길 건넛마을과 들길을 따라 조금 걸어 소나무 군락지까지 왔다. 높이 14m, 둘레 5m에 수령 600년 정도로 추정하는 왕소나무를 보기 위해서이다. 그런데 이 왕소나무는 2012년 여름 태풍 볼라벤에 의해 쓰러져 고사한 채 누워있었다. 용송이라고도 불리는 이 소나무와 용을 의인화한 전설에 귀를 쫑긋하게 된다.

이 소나무 옆의 계곡에 사는 이무기가 이 용송을 좋아하여 수백 년간 서로 교감하며 지내오고 있었다. 세월 흘러 이무기가 점차 용으로 변해가면서 소나무도 줄기와 가지가 용처럼 변하고 껍질은 용의 비늘을 닮아 붉은빛을 발해 마을 주민들은 용송이라 부르고 신목으로 모셔왔다.

이제 용으로 변한 이무기가 승천할 때가 되어 하늘로 타고 오를 등룡풍을 기다리던 중 2012년 8월에 천둥과 폭풍우를 동반한 거센 바람이 몰아쳤다. 지축을 울리는 소리에 놀란 사람들이 나와 보니 신비한 기운이 숲을 감싸고 하얀 등룡운이 하늘까지 이어졌다고 한다.

이때, 용과 함께 살면서 용의 정기를 나누던 용송은 용이 승천하는 충격으로 쓰러져 이별의 슬픔과 그리움으로 홀로 2년을 시름겨워하다 끝내 소생하지 못하고 말았다.

이를 안타깝게 여긴 주민들이 용송을 잘 보존하고 용이 쓰러진 날이면 나무의 영혼을 위로하며 마을의 안녕을 기원하는 고사를 지낸다고 한다.

"이무기와 소나무의 사랑이라."
"견우와 직녀의 멜로보다 더 드라마틱하군."

고사한 왕소나무 옆에는 마을에서 후계목으로 지정한 소나무가 튼실하게 자라는 중이고 또 다른 여러 소나무가 군락을 이루고 있다.

때 / 늦겨울
곳 / 늘재 - 청화산 - 갓바위 고개 - 전망봉 - 조항산 - 의상저수지 - 옥양교

조령산 연봉의 이음, 연어봉, 할미봉, 신선봉, 마패봉

알게 모르게 산으로부터 모성을 느끼게 된다. 멀리서 바라보건
그 품에서건 바라보는 이, 안긴 이를 아늑하게 감싸준다.
산이 좋아 들어섰건, 무언가를 피해 산에 왔건
그 안에서는 생각까지 맑게 한다

이번에도 괴산으로 향한다. 충북 괴산군은 단일 군 단위의 지역으로는 유독 명산이 많은 곳이다. 화양구곡을 끼고 속리산과 월악산에 근접한 데다 괴산 35 명산이라는 브랜드를 지녀 자주 찾게 된다.

이번에는 연어봉을 올라 신선봉과 마패봉을 거쳐 조령산 자연휴양림으로 내려와 휴양림에서 야영 중인 일행들과 합류하기로 한 것이다. 괴산군 연풍면에 국민 생활 증진을 목적으로 조성되어 피크닉장, 산책로, 간이 운동시설 등을 갖추고 수옥정 관광지, 조령 3 관문, 조령산 자연휴양림 등이 인접한 연풍 레포츠공원을 오늘 산행의 출발지로 정했다.

조령산 자연휴양림 내에 야영지를 잡고 한 친구가 내비게이션에 찍힌 괴산군 연풍면 원풍리 168의 주소에 내려준다.

"다녀올게."

"조심해서 다녀와."

수안보를 들러 휴양림으로 다섯 명이 야영을 왔다가 혼자 산행하고 내려오겠다니 표정들이 밝지는 않다. 그래도 어쩌랴. 낮은 곳에 앉아 즐기기보다는 높이 올라 고행하는 것이 더 끌리는걸. 더더욱 기암 즐비한 암릉 산행에 조경수 버금가는 멋진 소나무들이 많다는 걸 알고는 등산화 끈을 조여매지 않을 수 없었다.

하늘 용궁의 수장, 연어봉에서 할미봉으로 건너뛰다

충북 괴산군 연풍면과 경북 문경시 문경읍 경계에 있는 조령산은 다녀왔지만, 그 자락으로 이어진 연어봉, 할미봉, 신선봉과 마패봉 등은 오늘 처음 오르게 된다. 뾰족봉과 할미봉을 전면에 올려다보고 레포츠공원 옆 시멘트 포장길을 따라가면 서너 가구가 모여 사는 민가가 있다. 맨 끝 집 밭 옆에 연어봉으로 향하는 표지판을 세워놓았다.

잡목 숲 아래 덩그러니 놓여있는 복돼지 닮은 바위의 측면이 검게 그을어있는데 마을에서 치성을 드리는 바위처럼 보인다. 바짝 메마른 개울을 건너면서 제대로 산행을 시작하게 된다.

흔들바위처럼 암벽 난간에 얹혀있는 바위도 보게 되고 물고기 형상의 바위들도 보며 걷다가 소조령에서 이어지는 산줄기와 합류하는 능선 삼거리에 이른다. 신선 지맥이 합류

되는 곳이다. 듣던 대로 멋진 소나무가 곡선미를 뽐낸다.

바위에서 잠시 쉬며 오른쪽으로 연어봉과 그 뒤로 신선봉을 바라본다. 초여름의 진초록과 어우러진 암릉은 발광하는 햇빛에 더더욱 조화롭기 마련이다. 바위 구간에 설치된 밧줄을 잡고 오르자 수안보 온천지대가 보인다. 조망은 막힘없어 다소 힘들어도 가슴이 후련하다.

고래바위를 보고 더 올랐는데 고래보다 더 큰 연어가 아가미를 벌리고 있다. 바위 봉우리인 연어봉(해발 611m)이다.

주변의 명품 소나무들이 봉우리를 둘러싸 연어는 마치 하늘 용궁의 수장처럼 떠받친 모습이다. 기암절벽의 절대적 풍광은 소나무가 없었더라면 아마도 미완의 풍치로 남았을 것이다.

연어봉에서 방아다리 바위로 이어지는 능선을 내다보고 바로 길을 이어간다. 상당히 가파른 바위지대를 내려섰다가 다시 바위를 타고 올라선다. 곳곳에 밧줄이 설치되어 있고 분재처럼 아름다운 소나무들이 유독 많은 구간이다.

할머니처럼 주름 가득한 바위가 있어 그렇게 부른다는 할미봉(해발 775m)에 이르렀다. 지도상 방아다리 바위에서 이어지는 것으로 표시되었는데 표시된 것만이 등산로가 아니었다. 빠른 샛길로 할미봉에 닿은 것이다. 고사리 주차장과 수옥정 관광지가 내려다보이고 오른쪽으로 눈을 높이면 조령산 자락이 멀지 않다. 디딜방아의 발 디딤대처럼 끝이 갈라진 바위에 방아다리 바위라고 표식을 걸어놓았다.

전면에 우뚝 솟은 930m 고지의 삼각 봉우리에 더욱 가깝게 다가섰다. 봉우리 자락 아래로 깎아지른 바위 절벽은 병풍바위라고 부른다.

신선봉은 그 뒤에 있어 여기서는 보이지 않는다. 방아다리 바위에서 신선봉으로 이어지는 능선은 사면이 경사여서 소나무들이 비스듬히 기울어져서 자란다.

직벽 바위 구간에 설치된 밧줄을 붙들고 오르기도 한다. 더욱 고도를 높이니 눈 아래로 방아다리 바위에서 연어봉으로 이어지는 능선이 멋지다. 깃대봉에서 뻗어 나간 조령산 마루금도 길게 이어지다가 흐릿해진다.

여기서 두루 산의 이어짐을 보노라니 금강산 그늘이 관동 팔십 리라는 속담이 뇌리를 스친다. 산은 산으로 이어져 멀리 세상과 연결되며 넓게 퍼져간다. 산이 깊으니 골도 깊어 산에 들어오면 그 품이 얼마나 깊고 넓은지 비로소 깨닫게 된다.

알게 모르게 산으로부터 모성을 느끼게 된다. 멀리서 바라보건 그 품에서건 바라보는 이, 안긴 이를 아늑하게 감싸준다. 산이 좋아 들어섰건, 무언가를 피해 산에 왔건 그 안에서는 생각까지 맑게 한다. 그래서 산은 선善의 공간이자 회개와 용서가 이루어지는 평화의 장소이다.

이렇게 산을 떠받들어 칭송하지만 직접 몸소 느끼게 되면 그 칭송이 절대 과하지 않음을 알게 된다. 종일 그 산의 품에 안겼다가 떠날 즈음이면 흐릿하나마 파란 선의 실루엣이 따라붙는 걸 경험하게 된다. 그 실체는 방금까지 머물렀던 산이며 거기서 파생된 그리움이란 걸 느끼게 된다.

조령鳥嶺, 문경새재는 과거부터 영남사람들이 서울로 넘어가는 주요 관문이다. 동쪽으로 조령천을 따라 세 개의 관문, 조령 제1, 2, 3 관문이 있다. 박달나무가 많아 박달재라고도 불렸고 박달나무로 만든 이곳의 홍두깨가 전국으로 팔렸다고 한다.

신선봉, 마패봉을 찍고 문경새재 과거 길로

930m 봉에 힘들게 올라섰는데도 신선봉이 아직 저만치 높이 솟아있다. 흐르는 땀만큼 물을 마시게 된다. 남은 물이 귀하게 여겨져 물이 바닥나기 전에 산행을 마쳐야겠다는 생각이 든다.

가파른 암릉은 굴곡까지 심해 오르내리기가 만만치 않다. 더위 때문에 체력소모가 빨리 온다는 걸 몸이 먼저 느낀다. 호흡을 가다듬고 안부를 지나 신선봉(해발 967m)에 도착하니 옅으나마 산바람이 땀을 식혀준다. 괴산군 연풍면과 충주시 상모면이 여기 신선봉을 경계로 분기된다.

내장산의 신선봉, 소백산의 신선봉이 그러하듯 여기도 이름에 걸맞게 신선이 노니는 장소처럼 풍광이 뛰어나다. 신선봉 정상 석 너머의 암반에 올라서서 일망무제로 펼쳐지는 풍광에 한동안 넋을 놓고 만다. 괴산의 명산들과 준봉들을 건너뛰고 월악산 영봉까지 넘보게 되어 감개가 무량하다.

"다신 보기 어렵겠지?"

마패봉으로 이어지는 능선에서 뒤돌아본 신선봉이 손을 흔들며 씁쓸한 질문을 던진다. 아직도 가보지 못한 산이 많아 또 오겠노라고 섣불리 대답할 수 없어 고개만 숙인다.

"대신 오래 기억에 담아두지요."

많은 산을 가보았기에 많은 작별을 하였고 또 많은 이별을 해보았다. 위로받아야 할 쪽은 떠나는 이가 아니라 남겨지는 쪽이라는 걸 안다. 다녀가면 거기엔 길만 남게 된다. 길만 남겨두고 빠져나오는 것이다.

"그대 신선봉도 파란 그리움으로 따라붙겠지."

앞으로도 얼마나 더 많은 작별을 하고 다시 만나지 못할 이별을 하게 될지. 그러나 더 숱하게 그런 경험을 하고 싶어 진다. 아직도 다녀가지 못한 길, 못 가본 산이 너무나 많으므로. 능선 위의 926m 봉에 이르러 주흘산과 부봉을 바라보고 그 우측의 풍채 좋은 조령산을 눈에 담으며 두 산의 연계 산행을 염두에 둔다.

배걸이바위를 지나 줄을 잡고 내려섰다가 오르기를 반복해 신선 지맥 분기점인 마패봉(해발 920m)에 닿았다. 암행어사 박문수가 세 관문 위의 봉우리에 마패를 걸어놓고 쉬었다고 해서 붙은 이름인데 지도상에는 대개 마역봉으로 표기되고 있다. 백두대간 상의 마패봉은 신선봉에서 건너와 아래로 조령 3 관문을 거쳐 조령산, 희양산, 대야산, 속리산까지 길게 이어진다. 이들 마루금을 눈여겨보다가 마패봉을 내려선다.

조령 3관문으로 이어지는 백두대간 능선의 산성 흔적을 보고 걸음을 빨리하여 제3 관문인 조령관을 통과한다. 여기서 제1 관문까지의 산책로도 트레킹 코스로 그럴듯하게 조성해 놓았다. 문경새재 과거길이라고도 하는데 '한국의 아름다운 길 100선'에도 선정되었다.

오늘, 네 봉우리를 잇는 산세는 험준한 편이지만 산행에 무리를 줄 정도는 아니다. 또 잘 알려진 곳은 아니어도 무척 수려한 풍광을 지닌 명산이라고 치켜세우는 데 주저하지 않는다. 미리 산을 평가하고 그 산에 가지 않게 되면 참으로 좋은 산을 놓쳐버리고 만다. 산을 다니면서 지니게 된

지론 중 하나이자 습성이다.

문경새재 3관문 아래 수림 우거진 자연휴양림은 통나무집, 야영장, 캠프파이어장 등을 두루 갖춘 천혜의 관광지이면서 동시에 휴식 공간이다. 여기서 일행들과 만나 하룻밤을 야영하니 산행의 피로는 더욱 가중되고 다음 날 상경하는 길은 몹시 고단해지고 말았다.

"신선도 속세에 어우러지면 더는 신선이 아니야."

때 / 초여름
곳 / 연풍 레포츠공원 - 고래바위 - 연어봉 - 방아다리 바위 - 신선봉 - 926m 봉 - 마패봉 - 산성터 - 조령 3 관문 - 조령산 자연휴양림

구병산과 속리산 관통, 암릉 길 충북알프스 종주

버거운 속세에서의 피난처는 안락한 휴식처가 아닌 보다 힘든
곳이었음 싶었다. 진정한 결핍을 겪었을 때 비로소 삶을 전환할 수 있는
에너지를 얻게 되는 걸까. 처한 현실에 다시는 나빠질 일이
없어 보이므로 불가능하다 싶은 일을 해내려 하는 건지도 모르겠다

버겁고 피폐한 삶에서의 모진 일탈

충청북도 보은군은 그 지세가 대부분 산지를 이루는데 동쪽은 소백산맥이 이어져 높고 험준하며, 서쪽은 노령산맥이 뻗어있으나 대체로 낮은 지세를 형성하면서 중앙으로 평야가 전개되어있다.

예로부터 보은에서는 속리산 천왕봉을 지아비 산, 구병산을 지어미 산, 금적산을 아들 산이라 하여 이들을 3산으로 일컬어왔다니 이들 세 산이 두루 보은군을 휘감고 있음의 표현일 것이다.

보은군에 자리한 구병산九屛山은 구봉산九峰山으로 불리기도 하는데 속리산에서 떨어져 나와 웅장하고 수려한 아홉 개의 봉우리가 병풍을 두른 듯 동서로 길게 이어졌으며 그 능선이 내속리면과 경북 상주시 일대까지 뻗어있다.

속리산의 명성에 가려져 유명세에서 많이 밀리고 있지만

1999년 보은군에서 속리산과 구병산을 잇는 43.9km 구간을 특허청에 충북알프스로 출원 등록하여 널리 홍보하면서 등산객들이 몰리고 있다. 산객들 사이에 구전으로 전해져 하나의 고유명사처럼 부각된 영남알프스나 호남 알프스와 달리 충북알프스는 기존 등산로를 잇고 또 개설해 상품으로 특화한 것이다.

경남의 1000m 고지가 넘는 일곱 개의 산을 태극 모양으로 이은 종주 코스 영남알프스는 광활한 고원의 억새 지대를 특징으로 하며, 지리산과 덕유산의 주 능선을 바라보면서 100리를 넘게 걷는 호방한 산길 호남 알프스는 육산과 바위산을 고루 느낄 수 있는 묘미가 있다. 충북알프스는 다양한 바위로 이루어진 출중한 바위 봉우리와 암릉 산행이 매력적인 곳이라고 정리할 수 있을 것이다.

"거기 산을 이어 길을 터주었으므로 감사한 마음으로 그곳을 걷게 된다."

그렇게 부러 산을 연계시키며 그 산들을 찾지만 결국은 겨운 삶에서의 일탈이다. 버거운 속세에서의 피난처는 안락한 휴식처가 아닌 보다 힘든 곳이었음 싶었다.

진정한 결핍을 겪었을 때 비로소 삶을 전환할 수 있는 에너지를 얻게 되는 걸까. 처한 현실에 다시는 나빠질 일이 없어 보이므로 불가능하다 싶은 일을 해내려 하는 건지도 모르겠다.

이즈음의 산행은 길고, 멀고, 험한 곳을 택하곤 했는데 극한적으로 피폐하고 비루해졌다고 자인했기에 오히려 편안한 상태에서 새로운 세계를 만나려 했던 거였는지도 모르겠다.

비우고 또 비워 더는 비울 게 없으면 그 사람은 이미 성자요, 부처일 것이다. 누군가를 증오하고 무엇엔가 분노하는 것은 아직 다 비워내지 못했기 때문이다. 절대 긍정적인 현상이랄 수는 없지만 무언가 색다른 리듬을 추구하고 싶은 모진 일탈이 어느 때부터인가 삶의 한 부분이 되고 말았다. 그 한 부분을 채워주는 충북알프스에 감사한 마음이 든다.

구병산으로 올라 속리산, 상학봉으로 이어지는 충북알프스의 숱한 바위 구간을 무박으로 단번에 종주하기는 여러모로 녹록지 않다.

지리산이나 설악산처럼 산장이 있는 것도 아니고 교통도 무척 불편하다. 산행 거리 약 24km 지점 피앗재 아래에 피앗재 산장이 있어 검색을 통해서 거길 예약할 수 있었다. 두드리니 열리고 가고자 하니 길이 생긴다.

혼자라서 더욱 조심스럽다

주말 새벽 첫 고속버스를 타고 보은으로 가서 예정대로 장

안면 서원리의 서원교에서 산행을 시작한다. 충북알프스 시발점이란 팻말을 보니 자치단체에서 애쓰는 노력이 충분히 느껴진다. 역시 감사하다. 결과적으로 산객들에게 편의를 주고 탐방 욕구까지 채워주는 게 아닌가.

안내판 옆의 나무계단을 오르며 긴 여정의 첫 단추를 끼운다. 늘 그랬듯 40km가 넘는 여정의 첫걸음은 들뜬 마음과 긴장감이 마구 버무려지면서 내디뎠고, 혼자일 땐 두려움도 없지 않았었다. 다섯 혹은 여섯 개의 산을 무박으로 홀로 종주하면서도 두려움을 떨쳐 냈었는데 오늘은 두려움조차 무뎌지고 있는 것 같아 자신을 추스른다.

그건 위험스러운 징조일 수 있다. 아예 긴장감이 없다는 건, 두려움이 솟지 않는다는 건 훨씬 큰 위험을 자초할 수 있다. 출발 전의 혼란을 털어버리고 나무계단을 오른다. 들머리 오르막부터 급경사의 계단이다.

30여 분 꾸준히 오르다가 올라온 길을 돌아보니 시골 마을 보은의 소담한 가옥들과 전답이 산과 산 사이에 빼곡하게 이어진다. 날씨도 쾌청하고 바람도 적당히 불어주어 초반 산행은 상쾌하게 시작하고 있는 편이다.

속리산 주 능선이 한눈에 보이는 곳에서 첫 휴식을 취한다. 오른쪽 천왕봉부터 비로봉, 입석대, 신선대, 문장대에 이어 관음봉까지 왼쪽으로 줄줄이 펼쳐졌다. 볼 때마다 장쾌하여 눈을 치뜨게 하는 풍광이다.

구병산은 남쪽 경사면이 절벽이고 북쪽 사면이 육산이라 등산로는 거의 북사면으로 우회하여 이어지는데 어쩔 수 없이 바위지대를 타고 오르는 길이 많다. 그래서인지 곳곳에 밧줄이 흔하다. 칼바위 능선도 자칫 주의력이 흐트러지면 위험을 초래할 소지가 다분한 구간이다. 혼자라서 더욱 조심스럽다.

백지미 재를 지나 삼가저수지와 구병산으로 갈라지는 삼거리에서 또 줄을 붙들고 바위를 오른다. 아래로 네모나게 각진 삼가저수지가 조그맣게 보인다.

바람 굴, 여름에도 늘 서늘한 바람이 불어 나오는 산기슭의 구멍이나 바위틈새를 풍혈風穴이라 하는데 구병산 풍혈은 여름에는 냉풍이, 겨울에는 훈풍이 솔솔 불어 나온다. 구병산 정상에서 서원계곡 방향으로 약 30m 지점에 지름 1m의 풍혈 한 개와 지름 30cm 풍혈이 세 개 발견되었다.

2005년 1월 보은군 문화관광과 직원들이 충북알프스 등산로 정비를 위해 왔다가 발견했다는데 직접 보니 충분한 포상금을 받을만한 대발견이란 생각이 든다.

구병산 풍혈은 전북 진안의 대두산 풍혈, 울릉도 도동의 동래 폭포 풍혈과 함께 우리나라 3대 풍혈이라고 적혀있다. 풍혈 중심에 손을 대니 자연 에어컨처럼 시원한 바람이 나온다. 참으로 오묘하다. 상식적인 논리로는 이해되지 않는 대자연의 섭리에 고개만 끄덕일 뿐이다.

충북알프스는 종주 구간의 거리상 크게 구병산, 속리산과 묘봉의 세 구간으로 구분하기도 한다. 첫 구간인 구병산 정상(해발 876m)은 그리 넓지 않지만 멋진 고목 한 그루가 곡예하듯 매달려 있고 동서남북 사방을 시원하게 바라볼 수 있다.

서원계곡, 만수계곡, 삼가저수지 등이 자리 잡은 구병산은 기암절벽과 어우러진 단풍이 장관이라 가을 산행지로 적격인 편이다. 서원계곡 진입로 주변에 속리산의 정이품송을 닮은 큰 소나무가 있는데 정이품송의 부인이라 불리는 암소나무로 수령 250년이 넘은 충청북도 지정 보호 수이다. 따로 떨어져 있는데 부부라니 아마도 한때 부부였다는 얘기인지도 모르겠다.

장거리 종주를 하면서 가야 할 길을 내다보면 자칫 움츠러들 수 있다. 끝도 없이 멀기 때문이다. 그러나 가야 한다.

"속리산에 위축되지 말고 어깨를 활짝 펴세요."

"너나 잘하세요."

곧 이르게 될 백운대와 아득하게 멀어 보이는 853m 봉을 가늠하고는 진솔한 충고에 익숙지 않은 구병산을 떠난다. 정상을 내려서면 바위의 연속이다. 우회로가 있긴 하지만 암릉의 오르내림을 반복하지 않을 수 없다. 아직 한 명의 산객도 만나지 못했다.

옅은 속옷 같은 흰 구름과 가끔 들리는 새소리가 적적함을 달래준다. 날아가는 게 힘겨워 억지로 날갯짓하는 연미색 나비 한 마리한테서 지난 세월의 데자뷔 deja vu를 경험하는 듯하다.

삶의 흔적을 남기려는지 있는 힘 모두 실어 날개 퍼덕이건만 저 약한 기운으로 무후한 꽃술 중 단 하나에라도 끝을 남길 수 있을까. 어스름 노을은 한창때와 달리 마구 무너져 내리고, 평화와 고혹이 공존하며 여유로움으로 무한할 것만 같던 숲은 한계에 다다라 우울한 적막에 덮여있구나.

맨홀처럼 퀭한 어둠 속에서도 아직 숨결 남아있지만, 생채기투성이 나래는 더 힘을 싣지 못한다. 그저 타오르는 숨결을 찾아 헤맬 뿐이다. 결국, 더 높이 솟구치지도 못하고 낮은 솔가지에 제 몸뚱이를 얹은 나비를 빤히 관찰하다가 처진 어깨를 곧추세운다.

"이 세상을 잘 마무리하고 떠나거라."

바위를 타고 올라 853m 봉에 이르렀다. 돌탑이 쌓여있고 나뭇가지에 무수히 많은 리본이 달려있다. 여기서 목을 축이고 바로 방향을 잡아 적암리 방향으로 내려가는 갈림길에 닿는다. 구병산만 단일 산행한다면 신선대를 둘러보고 다시 돌아와 하산할 수 있는 길이다.

외갓집 같은 피앗재 산장에서 여장을 풀다

충북알프스 시발점을 통과한 지 4시간 30분 여가 지나 신선대(해발 820m)에 다다랐다. 여기서 형제봉까지도 먼 길인지라 걸음을 재촉한다.

신선대를 내려와 갈림길부터는 형제봉 방향으로 능선이 이어진다. 산행로는 헬기장까지 무난하다. 헬기장에서 바라본 속리산 천왕봉의 삼각 봉우리가 유난히 뾰족하다. 다시 좌측으로 내려서서는 리본을 유심히 찾게 된다.

산객들의 발길이 뜸해서인지 길이 흐려져 등산로를 놓칠 우려가 없지 않다. 묘지도 지나게 되고 낙엽송 조림지를 거치면서 장고개로 내려선다. 2차선 차량 도로인 장고개에서도 차량은 보지 못하고 통과한다.

흐르는 땀을 훔치며 올랐다가 헬기장에서 다시 내려서며 잘록한 안부에 이르렀고, 여기서 허름한 시멘트 가옥을 만나게 되는데 율령 산왕각이란 팻말이 걸려있다. 산신각인 것 같은데 밤에 혼자 지나치면 율령 산왕이 불러 세울 것처럼 스산하다.

열심히 걸어 백토재를 지나고 또 꾸준하게 걸어 못재에 도착한다. 장고개와 백두대간 비재로 갈라지는 구간이다. 못재에서 땀 흘리며 갈령재 삼거리를 지나고 비재 삼거리에 도달해서야 형제봉까지 700m 남았다는 이정표를 접한다.

백두대간 상의 형제봉(해발 832m), 아무리 둘러봐도 형제인 듯한 봉우리가 하나 더 있지는 않다. 아무튼, 여기까지 걸어온 길이 길고도 지루하지만 여기서도 바로 움직인다.

오늘 산행의 종착지라 할 수 있는 피앗재에서 1.2km 내리막 지점에 하룻밤 묵어갈 피앗재 산장이 있다. 걸음이 빨라진다. 눅진한 피로가 몰려들어 쉬고 싶은 마음이 앞서기 때문이다.

만수리 쪽으로 1km가량 내려가니 임도로 이어지고 그 앞으로 물 좋은 계곡이 보인다. 그리고 10여 분 더 지나 피앗재 산장에 당도하자 어릴 적 외갓집 싸리문을 열고 들어서는 기분이다. 충북알프스 중간지점이며 산 꾼들의 쉼터라고 적혀있다.

백두대간과 충북알프스를 걷는 산객들이 주로 이용하는 산장이라 리본도 많이 달려있다. 저렴한 가격으로 저녁과 아침 식사에 숙박, 게다가 점심 도시락과 식수를 보충할 수 있으니 든든한 지원센터가 아닐 수 없다.

산등성 녹음 내 가슴 깊이
햇살처럼 번지니
향수에 젖어 고향 그리는 시
푸른 그림자 번진 저 하늘에 쓰리라

떠나는 이 애달파하다
미처 못 한 이야기
타는 가슴 누르는 애절한 시
진홍 립스틱 찍어 물드는 노을 위에 쓰리라

어느덧 계절 바뀌어
피앗재에 알록달록 단풍 들면
낙엽 부스러지는 슬픈 시
애잔한 맘 찬찬히 문지르며
흐르는 계류 은빛 여울 위에 쓰리라

그리움 다시 새겨 짙은 감성
눈물 흐를 듯 설운 바이브레이션
그렇게 갈잎 노래 부르리라

이른 새벽, 다시 혼자다

둘째 날, 새벽 4시에 일어나 5시에 아침밥까지 먹으니 어제의 피로가 싹 가셔져 무척 상쾌하다. 산장에서 함께 머문 몇 명의 등산객들과 길을 나선다. 속리산 천왕봉까지는 동행이 될 것이다.

안개 뿌옇게 낀 이른 새벽 바윗길에서도 싱그러움을 느낀다. 생태계 보호를 위해 출입을 금지한 한남금북정맥 구간에서 방향을 틀어 속리산 최고봉인 천왕봉(해발 1058m)에 이르자 속리산 주 능선을 따라 왼쪽 끝으로 문장대가 선명하게 시야에 잡힌다.

"안전 산행하세요."

잠깐 함께 걸었던 일행들은 반대 방향으로 간다. 다시 혼자다. 수차례 속리산을 왔었다. 법주사에서 문장대로 올라와 천왕봉까지 왔다가 원점 회귀한 적이 있었는데 오늘은 그 길을 역으로 걸으며 속리산을 파고든다.

장각동 갈림길 헬기장에서 신선대와 문장대로 이어지는 암릉 군의 민낯들이 산뜻하다. 종종 느꼈듯 이른 아침에 바라보는 바위 봉우리는 화장기 없이 비누 내음 가득한 여인의 얼굴처럼 싱그럽다.

"이게 얼마 만인가, 다들 잘 지냈지?"

원숭이바위와 거북바위를 다시 만나자 이만저만 반가운 게 아니다.

"지도 잘 있었구먼유."

이어 곰바위도 얼굴 잊지 않고 아는 체해준다. 그리고 우뚝 세워진 입석대를 마주한다.

1618년인 조선 광해군 10년에 25세의 충민공 임경업은 무과에 급제하였다. 임경업 장군에 대한 야사 혹은 전설은 전국 여러 곳에서 전해지는데 여기 입석대와 경업대도 그의 기개와 용맹에 대한 설화를 지니고 있다.

임경업 장군이 불과 7일 만에 입석대를 세워 수련을 연마했다고 전해 내려온다.

"겨우 7일? 7개월이나 7년이 아니었을까."

걸음 멈춰 입석대를 바라보며 크기와 무게를 가늠하니 그 과장됨을 조금만 줄였으면 하는 생각이 들기도 했지만 존경하는 장군의 역발산기개세에 인식을 고정한다.

경업대 역시 장군이 무술 연마를 위한 수련 장소로 삼아 그의 이름을 따서 지었다. 경업대에서 다섯 걸음 떨어진 곳에 있는 뛸금바위는 임경업 장군이 바위를 뛰어넘는 훈련을 하였다고 하며, 장군이 머물며 공부하던 토굴 밑의 명천약수는 장군이 마시던 물이라 하여 장군수라 부른다는데 경업대를 찾는 이들이 즐겨 마신다고 한다.

훗날 정조대왕은 당대의 화백 김홍도에게 자신이 특히 존경했던 임경업 장군의 초상화를 새로 그리게 시켰다고 하니 입석대와 경업대의 모양이 새롭게 각인된다. 속리산의 명물들을 두루 만나고 내처 걸어 신선대(해발 1026m)에 이르렀다. 신선대 휴게소에서 냉커피 한 잔을 마시고 곤두박질하듯 내려섰다가 가파르게 솟구친 문장대에 다다른다.

문장대(해발 1054m)는 휴일을 맞아 산객들로 장사진을 이루고 있다. 속리산 최고봉인 천왕봉보다 문장대가 인기는 훨씬 많다.

단종을 시해하고 왕위에 오른 세조가 불치병에 걸렸는데 신하들과 산을 찾아 삼강오륜을 논하면서 병을 고쳤다는 곳이 여기 문장대이다. 철제 계단에 올라서서 둘러보는 칠형제봉과 우측 끝으로 천왕봉까지 다양한 화강암 암릉과 단애의 멋진 풍광을 다시 보게 되어 감회가 새롭다.

다소 뿌옇던 연무가 말끔히 걷히자 늘재에서 조항산과 희양산을 잇는 백두대간 마루금이 선명하다. 오늘 걸어온 천왕봉부터 곧 마주할 관음봉을 살펴보고 문장대를 내려선다. 여기서부터는 다시 초행길이다. 묘봉까지 4.9km, 온통 암릉 구간이다.

가도 가도 제자리 같았다

삼각 형태의 근육질, 관음봉이 다가갈수록 위압감을 준다. 바위를 꺾어 돌고 휘어 감으며 오르내리길 반복하여 올라가서 세로로 갈라진 거대한 바위 꼭대기에 심어놓은 관음봉 정상석(해발 985m) 앞에 섰다. 밧줄도 없는 최정상까지 간신히 올라 인증을 하고 둘러보는데, 이곳이야말로 최고의 전망장소라는 걸 실감하게 된다.

첩첩 골골, 겹겹 산봉…… 과연 충북알프스란 말이 무색하지 않다는 걸 느끼게 된다. 나희덕 시인의 '속리산에서'에 평탄한 길은 가도 가도 제자리 같았다는 구절이 떠오른다. 가도 가도 제자리를 배회하는 것만 같은 산길이다.

가파른 비탈만이
순결한 싸움터라고 여겨 온 나에게
속리산은 순하디 순한 길을 열어 보였다

산다는 일은
더 높이 오르는 게 아니라
더 깊이 들어가는 것이라는 듯
평평한 길은 가도 가도 제자리 같았다

아직 높이에 대한 선망을 가진 나에게
세속을 벗어나도
세속의 습관은 남아있는 나에게
산은 어깨를 낮추며 이렇게 속삭였다
산을 오르고 있지만
내가 넘는 건 정작 산이 아니라

산속에 갇힌 시간일 거라고
오히려 산 아래서 밥을 끓여 먹고살던
그 하루하루가
더 가파른 고비였을 거라고

속리산은
단숨에 오를 수도 있는 높이를
길게 길게 늘여서 내 앞에 펼쳐 주었다

가도 가도 나아가지 못하는 삶, 시인은 바로 어제부터 마냥 걷는 내게 충언해주고 응원을 보내주려 이 시를 지었나 보다. 세속의 숱한 경쟁에서 밀리고 넘어지다가 찾은 산에서도 스스로 경쟁을 자초하는 걸 지적해주는 듯하다.

나무마다 가늘게 휘어졌고 고개 젖혀 바라보면 눈길 닿는 곳마다 주름졌다. 굽은 산등성이, 허리 굽혀 오르는 산길. 불의와 비리에 물든 세상, 고개 돌려 외면하는 비틀림. 굽은 인생, 휜 처세……

"세상도 삶도 곧은 걸 찾기가 쉽지 않아."

관음봉을 내려와 다시 능선을 걸어 여적암과 미타사로 갈라지는 북가치에 이르고 600m를 더 걸어 묘봉(해발 874m)에 도착하였다. 관음봉에서 여기 묘봉까지 거친 암릉은 없지만 굴곡이 심하다. 배낭을 풀고 정상석 옆에 앉으니 이마에 맺혔던 땀이 턱밑까지 흘러내린다.

"여기는 정상! 더 이상 오를 곳이 없다."

이곳 묘봉에는 산악인 고상돈을 기리는 표지목이 세워져 있다. 1977년 9월, 세계 최고봉 에베레스트(해발 8848m)를 등정한 최초의 한국인으로 고상돈에 의해 우리나라는 세계에서 여덟 번째로 에베레스트를 등정한 국가가 된다. 세계 최고봉의 정상에서 무전을 통해 더 오를 곳이 없다고 소리친 그의 목소리가 생생하다.

1979년 북아메리카 최고봉인 알래스카산맥의 매킨리산(해발 6191m) 원정 대장으로 정상 등정에 성공하고 하산하던 중 안타깝게도 웨스턴 리브 800m 빙벽에서 이일교 대원과 함께 추락해 사망하였다. 그의 묘소는 죽어서도 산악인임을 강조하듯 한라산의 해발 1100m 고지에 있다. 표지목을 어루만져보고 여정을 이어간다.

가야 할 상학봉까지도 멀지는 않지만 길이 곱지 않아 보인다. 역시 쉽지 않다. 숱한 오르내림을 거듭하게 된다. 석벽에 가라진 틈새, 바위가 막아서고 그 틈으로 비좁게 길을 내준다. 밧줄이 지겨울 때쯤 되어서야 상학봉(해발 834m)에 다다랐다.

묘봉에서 상학봉까지 겨우 1km인데 훨씬 긴 길을 온 것처럼 버겁고 시간도 오래 걸렸다. 상학봉에서 어제부터의 행로를 되짚어본다.

"다시 그 길을 반복하라면?"

절대 못 할 거란 생각이 든다. 군대를 두 번 가라는 거나 다름없다. 크게 심호흡을 하고는 전역, 아니 하산을 준비한다. 100리가 넘는 종주 중 가장 반가운 구간이 더는 고도를 높이지 않는 최종 봉우리일 것이다. 물론 그 지점에서 이미 뿌듯한 성취감을 느끼고 있다.

신정리와 활목재 갈림길에서 신정리로 방향을 잡는다. 좁은 바위굴을 통과하고, 암봉 사면을 조심조심 올라섰다가 밧줄을 잡고 내려서며 길을 줄여나간다. 그리고 최종 날머리에 도착하면서 긴장이 풀어지고 다리에 근근이 남아있던 근력도 풀어지는 걸 느낀다.

충북알프스. 1박 2일의 대장정을 마치고 아무 데나 털썩 주저앉았는데 평소 느끼지 못했던 묘한 감정이 마구 솟구친다. 얼른 손등으로 눈가를 훔친다. 왜 눈물이 맺히는 걸까. 누가 볼세라 생각보다 손이 앞선다.

다소 암울한 마음을 지니고 찾아왔던 산에서 무언가를 덜어냈나 보다. 그래서 감사한 마음이 일었던 듯하다.

"죄송합니다. 진심으로 사죄합니다."

내려온 산을 올려다보며 진정 뉘우치게 된다. 원怨은 잘못된 상황을 남에게서 찾아 풀고자 함이며, 한恨은 잘못된 처지를 제 스스로에게 돌리는 비애라 했던가. 자기 자신을 증오하고 학대하며 맺힌 한을 풀겠다는 것은 빈 곳에 욕구를 채우려는 이기에 다름아니기에, 그런 마음으로 찾아온 속리산과 구병산에 죄책감이 들고 말았다.

툭툭 엉덩이를 털고 도로를 걷는데 산길을 닦아 혼자서도 안전하게 하산할 수 있도록 해 준 충북 보은군에 보은 하고자 하는 마음이 절로 생긴다.

때 / 늦봄
곳 / 서원리 - 백미지재 - 구병산 - 신선대 - 장고개 - 동관음고개 - 못재 - 갈령재 - 피앗재 - 피앗재 산장 - 속리산 천왕봉 - 신선대 - 문장대 - 관음봉 - 북가치 - 묘봉 - 상학봉 - 신정리

전란 3국의 각축장, 태화산에서 만난 온달 장군

정상에 이르는 산행 중에도 태화산은
그저 그럴 정도로 밋밋하고 완만하여 험하다는
느낌을 받지 못했지만, 전체적으로는 산세가 험해
전 사면이 급경사를 이루는 곳이다

단양팔경의 명승으로 이름을 알리고 고수동굴, 온달동굴, 천동동굴 등 동굴지대로 유명한 충청북도 단양군은 2012년 개장된 아쿠아리움 다누리센터가 주요 관광지로 자리 잡았다. 민물고기 생태관인 다누리 아쿠아리움에는 국내 어류 63종 2만여 마리, 해외 어류 87종 1600여 마리가 있는데 수족관은 단양팔경을 테마로 꾸며 다양하고도 아기자기한 볼거리를 제공한다.

소백산, 금수산과 용두산이 있어 단양과 친근감이 있었는데 이번에는 태화산을 탐방하기 위해 단양을 찾게 되었다.

'남한강 굽이도는 북벽', '상 2리 느티'

두 개의 자연 석비가 나란히 세워진 곳에 버스가 섰고 그곳에서 스무 명의 일행이 모두 하차하였다.

북벽은 온달산성, 다리안산, 칠성암, 일광 굴, 금수산, 죽령폭포, 구봉팔문과 함께 제2 단양팔경에 속하는데 그중 제1경으로 영춘면 상리 느티마을 앞으로 흐르는 남한강 변에 깎아지른 듯 병풍처럼 늘어선 석벽을 말한다.

봄 철쭉과 가을 단풍이 특히 아름다운 곳으로 당시의 태수 이보상이 이 절의 벽면에 북벽北壁이라 암각 한 후 지금까지 그렇게 불려 오고 있다.

삼국의 각축장이자 온달 장군이 전사한 태화산

충북 단양군과 강원도 영월군에 걸쳐 남한강 유역에 솟은 태화산太華山은 이곳 상리교차로 옆의 상리 농장 쪽으로 들어서자마자 오른쪽으로 진행하며 산을 오르게 된다.

오르면서 보면 남한강을 끼고 왼쪽으로 늘어선 마을 풍경도 한산하고 오른쪽으로 솟은 산들도 묵묵히 정적인 분위기를 자아낸다.

커다란 느티나무를 지나면서 고도가 높아진다. 소나무 숲을 지나 지능선에서 완만한 사면을 걸으면 화장암이 눈에 들어온다. 등산로 표지가 가리키는 곳으로 따라가면 임도에 이르게 되고 다시 등산로를 거슬러 올라 휴석동 갈림길에서 태화산 방향으로 직행한다.

지도상 세이봉이라고 표기된 899m 봉에서 나무 사이로 보이는 소백산 자락은 떠오를 때마다 눈꽃 핀 주목 군락, 철쭉 만발한 고원이 생생하다.

잡목 우거진 숲길 능선을 따라 1022m 봉에 이르자 정상까지 10분 남았다는 표시가 있다. 우측으로 그쯤 되는 거리에 정상이 보인다. 단양과 영월로 갈라지는 삼거리에서 약간의 산길을 오르내린 후 태화산(해발 1027m)에 다다랐다.

단양군과 영월군에서 각각 정상석을 설치했다. 충청북도와 강원도가 만나는 2도 봉인 셈이다. 정상에 이르는 산행 중에도 태화산은 그저 그럴 정도로 밋밋하고 완만하여 험하다는 느낌을 받지 못했지만, 전체적으로는 산세가 험해 전 사면이 급경사를 이루는 곳이다.

단양의 파란만장한 역사를 되짚어보면 태화산이 얼마나 험준한 요새지였는지를 짐작하게 한다. 삼국시대에 일시 백제에 속했으나 곧 고구려에 복속된 단양은 신라 진흥왕 때 백제와 신라가 연합하여 신라의 영토로 만든다. 이때가 서기 551년이었는데 통일신라 시대를 거쳐 후삼국 시대에는 태봉국의 영역이 되기도 하였다.

"넌 울보라 귀한 사람의 아내는 못되겠다. 아무래도 바보 온달한테 시집보내야겠다."

평원왕은 평강공주가 울 때마다 그렇게 놀리곤 하였다.

“왕께서 거짓말을 하신다면 누가 왕명을 따르오리까.”

후에 평강공주가 결혼할 나이가 되자 평원왕은 공주를 상부上部 고 씨에게 시집보내려고 했는데 평강공주는 예전에 아버지에게 들었던 농담을 들먹이며 온달에게 시집가겠다며 고집을 부렸다.

화가 난 평원왕은 공주를 궁 밖으로 내쫓았는데, 이때 공주는 금팔찌 등의 패물을 잔뜩 가지고 나와 온달에게 시집가서 가난에 시달리던 온달의 집안을 일으켜 세웠으며, 온달에게 무술과 병법을 가르쳐 온달을 훌륭한 장수로 성장시킨다.

또 평강공주는 비루먹은 말을 한 마리 사 와서는 잘 보살펴 훌륭한 말로 키웠고 온달은 이 말을 타고 사냥대회에 나가서 많은 산짐승을 잡아 우승하였다.

평원왕은 평강공주가 시집갔다던 온달이 엄청나게 성장하여 나타나자 매우 놀랐으며 중국 후주가 침략했을 당시 온달이 크게 전공을 세워 비로소 평원왕으로부터 사위로 인정받게 되었다는 게 바보온달과 평강공주 설화의 줄거리이다.

단양에는 고구려, 백제, 신라의 삼국이 각축전을 벌였음을 알려주는 크고 작은 성들이 많이 있는데 특히 영춘에는 고구려의 온달 장군이 축조했다는 성산고성(일명 온달성)이 있다. 남한강이 내려다보이는 성산의 정상 일대에 돌로 쌓은 산성(사적 제264호)으로 삼국사기에 신라가 침입해 오자 고구려 평원왕의 사위 온달 장군이 이 성을 쌓고 분전하다가 전사하였다고 한다.

온달의 죽음을 슬퍼한 고구려인들은 그의 시신을 거두어 장사 지내려 하였는데 시신을 담은 관이 땅에 붙어 움직이지 않았다.

"삶과 죽음은 이미 정해졌으니 이제 편안히 가시옵소서."

평강공주가 온달의 관을 어루만지며 이렇게 위로하자 관이 움직였다고 두 사람의 설화가 마무리된다.

영춘면 하리 남한강 변에 있는 총길이 800여 m의 석회암 동굴이 1400여 년의 세월이 흘렀음에도 불구하고 원형이 거의 그대로 보존된 온달 굴(천연기념물 제261호)이다. 온달 장군이 수양하였다는 전설이 남아있는 온달 굴에서는 매년 10월 온달문화축제가 열리기도 한다.

설화는 그렇더라도 실제로는 평원왕이 귀족세력들을 견제하기 위해 한미한 집안 출신들을 등용하는 차원에서 자신의 딸을 유력한 신흥세력이었던 온 씨 집안에 시집보냈다는 게 일반적인 해석이다. 다만 이 신흥세력이 하급 귀족 출신인지 아니면 지위 자체는 높지만, 기존 세력과 대립하던 세력인지에 대해서는 해석이 분분하다.

바보온달과 울보 평강공주가 혼례를 올리고 온달이 문무를 익혀 장군이 되고 고구려 영웅으로서 전사하기까지의 역사를 되짚어보다가 하산 길로 내려선다.

“평강공주는 어떻게 되었을까.”

평강공주의 최후에 대한 기록은 없으나 연개소문이 반란을 일으켰던 642년에 즈음하여 생존했었다면 당시 고구려왕이던 영류왕과 남매이기 때문에 연개소문 측근에 의해 변을 당했을 거라는 설이 제기되기도 한다.

이제 온씨 가문에서 고씨 가문의 이야기로 넘어간다. 정상에서 조금 내려서면 바위 경사가 나타나고 정상에서 600m 지점에 고씨굴과 큰골이 나뉘는 갈림길이 보인다. 여기서 5.1km 거리 표시가 되어있는 고씨굴로 향한다.

바위가 있는 조망터에서 북벽과 그 아래로 굽이쳐 흐르는 남한강 줄기에 시선을 담갔다가 팔괴리 갈림길에서 고구려 때의 토성인 태화산성 터를 지난다. 줄곧 나타나는 이정표상의 고씨굴 방향으로만 내려선다.

하산 직전 전망대 아래로 남한강이 유유하게 흐름을 이어간다. 여기서 일행들과 합류하여 고씨굴교를 건너 고씨굴에 이르렀다. 임진왜란 때 고 씨 일가가 숨어 살았다고 하여 이름 지어진 고씨굴(천연기념물 제219호)은 4억 년 전부터 형성된 석회암 동굴로 길이는 6.3km에 달한다. 아주 오래 전에 와보았던 곳이라 굴에 들어서서도 당시 기억은 없다.

동굴 안에는 온갖 형태의 종유석과 호수, 10여 개의 폭포 및 광장이 천연의 조화를 이루고 있다. 또한, 24종의 동굴 미생물과 박쥐 등이 서식하고 있다.

고씨굴을 둘러보고 나와 남한강 물길을 굽어보다가 주차장에서 대기 중인 버스에 탑승한다.

때 / 늦여름
곳 / 북벽 주차장 - 세이봉 - 1022m 봉 - 태화산 - 큰골 갈림길 - 태화산성 터 - 고씨굴교 - 고씨굴 - 고씨굴 주차장

한국전쟁의 격전지, 금산고원의 주봉, 서대산

허름한 바위 앞에 을씨년스럽게 서대산 전적비가
안내문도 없이 세워져 있다. 삼국시대 때 신라와 백제의
접전지역이었던 서대산 일대는 동학혁명 때
관군을 피해 농민군들이 숨어들었던 곳이다

남한의 중앙부에 있는 충남 금산군은 동쪽으로 충북 영동군, 서쪽으로 전북 완주군과 접하고, 남쪽은 전북 무주군과 진안군, 북쪽은 대전광역시 및 충북 옥천군과 접하니 4개 광역단체에 고루 접하고 있는 셈이다.

노령산맥과 소백산맥 두 산지 사이의 산간 분지로 형성되어 서대산, 대성산, 천태산, 대둔산과 마이산 등의 산악군을 형성하며 도내에서 가장 고도가 높은 지역에 해당한다.

금산은 잘 알려진 것처럼 인삼의 고장이다. 세계 최대의 인삼과 약초상이 밀집한 인삼, 약초 타운을 중심으로 금산 인삼 축제가 열린다. 금산의 주요 문화행사로 대통령 수상작인 금산 좌도 풍물놀이, 살무사 농요를 비롯하여 인삼의 신비가 서려 있는 진악산 산신제와 금산인의 숭고한 희생정신을 기린 전국 최초의 환상적인 촛불잔치가 열려 금산 특유의 볼거리를 제공한다.

바로 그곳, 금산에 있는 서대산西臺山은 충남에서 가장 고

지대인 금산고원의 주봉으로 충남에 소재한 산중 최고봉이다. 높이에 비해 산세가 온후하고 아름다우나 원추형의 암산을 이루고 있어 암벽등반을 즐기는 산악인들이 많이 찾는 곳이다.

땅속에서 그대로 솟아오른 것처럼 보이는 서대산은 산맥으로 이어지지 않고 따로 떨어져 독립된 비래산에 가까운 형태라 하겠다. 동북으로 옥천읍에 가깝고 서쪽으로 금산읍에 접하여 완사면은 금산 인삼재배에 활용도가 높다.

생기 가득하여 여유롭고 풍요 충만한 서대산에서의 조망

드림리조트 주차장에서 조금 걸어 서대산 들머리에 세워진 산행 안내판을 보니 1코스부터 4코스까지 네 군데의 등산코스로 구분해 놓았다.

리조트로서의 활용도는 떨어진 듯 보이는데 계단 옆으로 빨간 지붕의 몽골식 가옥들이 늘어서 있다. 몽골촌이라 이름 지은 곳이다. 몽골촌 삼거리에서 좌측으로 돌아 1, 2 등산로와 3, 4 등산로로 길이 갈라진다. 1, 2 등산로 쪽으로 방향을 잡고 삼거리에서 좌측 1코스로 향한다.

다녀간 적이 있어서 기억에 남아있다. 우측 2코스도 주 능선에 합류하게 된다. 주 능선까지 다소 급한 경사길이지만 여유롭게 천천히 걸음을 옮긴다. 거리가 그리 길지 않아서이다. 주 능선에서 다시 내려와 정상 쪽으로 고도차가 거의 없는 육산의 헬기장을 거치고 흥국사 갈림길을 지나면서 바위 봉우리를 크게 돌아 우회한다.

정상 일대에는 강우 레이더 기지가 있다. 항시 개방하는 듯 문이 열려있고 레이더 기지에 필요 물품을 실어 나르는 삭도가 있다.

돌탑이 쌓인 서대산 정상(해발 904m)에서 대둔산과 계룡산을 두루 둘러보다가 멀리 대전시가지에서 좁혀 들어와 금산군 일대를 내려다본다. 파란 하늘, 아직 무성한 푸름 아래로 마을과 그 주변에 생기가 가득하다. 여유롭고 풍요 충만한 광경이다.

파스텔톤 하늘, 창창한 푸름
노상 수려한 환상만 좇았다면
어찌 되돌아와 만날 수 있었을까
현기증 노랗게 일으키도록 햇빛 찬연한 건
산이 있고 구름이 있고
거기 고혹한 안개가 있었기 때문이지
침침하게 주름져 헐거운 속살 드러낸들
결코, 외면 않는 그대이기에
애절하도록 숨찬 속 가다듬고
예 왔음이지
허한 육신 더 지탱해 비록
오래 머물지 못할지언정

손 뻗으면 하늘 닿을 산정에서 노래 부름에
겨운 행복 아무리 해도
감출 수 없음이지

여기 서대산에 오기 전에 들렀던 추부면 요광리 방향으로 시선을 모은다. 금산의 명물이며 천연기념물 제84호인 금산 행정 은행나무가 있는 곳이다. 수령 1000년 이상으로 추정하는데 어찌나 크고 우람한지 나무 옆의 행정헌杏亭軒이라는 정자가 아주 작아 보였다.

무더운 여름밤 나무 밑에서 개를 데리고 잤는데 호랑이가 다가왔다가 거목의 형체에 겁을 먹고 도망쳤다는 전설이 있고, 이 나무에 치성을 드리면 아들을 낳는다고 하며 잎을 삶아 먹으면 노인의 해소병에 효험이 있다고도 한다.

원줄기가 성하게 자랐다면 용문사 은행나무보다 컸을지도 모르겠다. 재난이 닥칠라치면 큰소리로 미리 알려주어 지역민을 보호해 주는 신목으로 여겨 해마다 음력 정월 초사흘 자정에 마을 사람들이 모여 치성을 드린다.

잎은 무성하지만, 아직 제대로 물들지 않아 신성이 덜한 행정 나무를 새기다가 이곳 정상 아래에 있는 옥녀 탄금대가 어디쯤인지 가늠해본다. 거기엔 영험한 샘이 있는데 일곱 번 이상 샘물을 마시면 아름다운 미녀가 되어 혼인길이 열리고 첫아들을 낳는다고 한다. 서울 강남의 내로라하는 성형외과를 가기 전에 먼저 옥녀 탄금대를 찾아볼 만할 것이다.

머리가 하얘지는 전설을 되뇌다가 정상에서 내려선다. 장군바위라 명명한 커다란 바위에서 돌아서면 레이더 기지 일대의 풍광이 그런대로 볼만하다. 바위를 돌아 능선을 따라 걸으면 사자를 닮지 않은 사자바위에 이르는데 여기도 좋은 조망 장소다.

덕유산과 민주지산, 대둔산과 계룡산으로 이어지면서 굽이치는 마루금을 눈에 담을 수 있어 휴식처로서도 그만이다. 기암괴석이라고까지 표현할 수는 없지만, 하산로 군데군데 바위들이 숱하게 널려있어 눈길을 스치게 한다.

용바위 위쪽으로 길이 10여 m쯤 되는 굴이 있는데 굴 아래쪽에 시멘트로 만들어놓은 용은 부식되어서인지 머리가 보이지 않는다.

허름한 바위 앞에 을씨년스럽게 서대산 전적비가 안내문도 없이 세워져 있다. 삼국시대 때 신라와 백제의 접전지역이었던 서대산 일대는 동학혁명 때 관군을 피해 농민군들이 숨어들었던 곳이다.

한국전쟁 당시에는 중공군의 참전으로 1·4 후퇴를 하게 되면서 옥천지역에서 크고 작은 전투를 치렀는데 서대산에 은거하던 빨치산들과 싸움이었다.

정규군끼리의 대규모 전투는 없었지만, 빨치산들과의 비정규전으로 옥천읍 내 행정관서와 주요 기관이 불에 타는 등

폐허를 경험하였다. 이래저래 전적비가 세워질 만한 서대산이다.

등로를 모두 벗어나면 산신각이 나타난다. 가뭄에도 물이 마르지 않는다는 개덕폭포는 서산대사가 기도하여 득도한 곳이라고 전해진다. 최근에 서대폭포로 명칭을 바꾸었다.

서대산은 입구에서 바라보면 거대한 매머드가 엎드려 있는 형상으로 개덕사는 매머드의 번식을 위한 생명줄인 생산을 하는 자리에 있다고 한다. 고려 때 창건된 것으로 추정되나 내력이 전하지 않아 절의 역사는 알 수 없다.

이곳 개덕사 앞 무료주차장에 주차하고 이곳을 들머리로 하여 산을 오르는 이들도 많다. 아담한 사찰 개덕사를 둘러보는 것으로 서대산 탐방을 마친다.

산에서 내려와 금산군 금성면에 소재한 칠백의총七百義塚(사적 제105호)을 들러본다. 임진왜란 당시 의병장 조헌 선생과 의승장 영규대사가 이끄는 700여 명의 의병이 조국강토를 지키기 위해 1만 5천여 명의 왜적과 싸우다 모두 순절하자 그분들의 유해를 함께 모셔놓은 곳이다.

조헌 선생의 제자 박정량과 전승업은 싸움이 있은 나흘 후 칠백의사의 유해를 이곳 무덤에 모시고 칠백의총이라 명명하였다.

칠백의총 앞의 종용사에 의병들의 위패가 모셔져 있다. 여기서 칠백의사 순의탑까지 갔다가 돌아 나오면서 금산과 서대산에서의 하루를 마무리한다.

때 / 초가을
곳 / 드림리조트 주차장 - 제1 산행로 - 흥국사 갈림길 - 강우 레이더 기지 - 서대산 - 장군바위 - 용바위 - 개덕사

홍성의 작은 거인, 바위산의 숨겨진 카리스마, 용봉산

수백 장의 한국화를 보듯 시시각각 풍경이
바뀌는 것이 용봉산의 특징이란 말을 실감한다.
경사 급한 돌계단 길이 많아 높지 않은 정상까지
금세 닿을 것도 같은데 걸음이 빨라지지 않는다.

충청남도 도청소재지인 홍성군은 서쪽 해안으로 천수만과 접해있고 동·남·북 쪽은 크고 작은 산으로 둘러싸여 있다. 홍성 8경 중 1경이자 1991년 자연휴양림으로 고시된 용봉산龍鳳山은 용의 몸집에 봉황의 머리를 얹은 형상이라 그렇게 이름을 붙였다고 한다.

홍성 주민들은 방문하는 사람들에게 용봉산을 내세울 만큼 큰 자랑으로 여기고 있다. 그도 그럴 것이 국내의 많은 산 중에는 1000m가 넘는 고산 못지않게 절경인 산들이 있는데 그중 하나가 용봉산이다.

작년에 일이 있어 충남 예산에 왔다가 잠깐 짬을 내어 근처의 용봉산을 찾았다.

그런데 산을 오르다 보니 그렇게 짧은 시간에 후닥닥 인연을 맺을 산이 아니라는 걸 깨달았다. 그냥 걷는 거로 마치는 단순한 산세가 아님을 알고 벼르다가 오늘 친구 노천이를 대동하고 다시 찾게 된 것이다.

발 닿는 곳마다 기암 묘봉의 파노라마를 연출

용봉산 자연휴양림 주차장에서 좌측으로 길이 나 있는 시멘트 임도를 따라 걷다가 입장료 1000원을 내고 휴양림 매표소를 통과한다.

"자연휴양림?"

산에 가면 자연휴양림이란 곳을 많이 보게 된다. 산림문화·휴양에 관한 법률 제2조에 자연휴양림에 대해 정의해 놓았다.

국민의 정서 함양·보건 휴양 및 산림교육 등을 위하여 조성한 산림으로 휴양시설과 그 토지를 포함한다. 다시 말해 국가, 지방자치단체 혹은 민간차원에서 하이킹, 캠프, 산림욕, 레저 등 자연에서의 관광이나 숙박을 위해 조성한 종합시설이다. 관광객 유치에 크게 일조를 하고 있다.

휴양림 내부 도로에서 왼편의 운동장 쪽으로 가면 우측에 돌계단이 보인다. 용봉산 들머리이다. 삼거리에서 최영 장군 활터를 가리키는 좌측으로 간다.

바위산답게 돌계단과 바위 오르막이 이어진다. 바위가 있는 곳은 거의 조망이 트였다. 내포신도시가 시야에서 벗어나지 않는다.

오를수록 제2의 금강산이니 충남의 금강산이란 수식어를 붙인 게 마냥 부풀린 것만은 아니란 생각이 든다. 가야산, 도봉산, 월출산 등 수많은 바위 명산들이 있지만 여기 용봉산은 그 산들의 축소판 같은 모습이다.

수백 장의 한국화를 보듯 시시각각 풍경이 바뀌는 것이 용봉산의 특징이란 말을 실감한다. 경사 급한 돌계단 길이 많아 높지 않은 정상까지 금세 닿을 것도 같은데 걸음이 빨라지지 않는다.

기묘하게 생긴 바위들이 눈길을 잡아끌고 주변 산세가 걸음을 더디게 한다. 그렇게 두루두루 둘러보며 팔각정에 이르렀다.

"내가 화살을 쏠 거여. 네가 빠르면 엄청 후한 상을 주고 화살이 빠르면 네 목을 칠 거여. 할 거여, 말 거여?"

소년 최영은 애마의 능력을 시험하기 위해 위험한 내기를 걸었다.

"히히힝."

최영의 애마가 하겠노라고 대답한다. 말에 올라탄 최영은 건너편 5km 지점의 은행정 방향으로 시위를 당겼다. 동시에 최영을 태운 말이 쏜살같이 달렸다.

단숨에 목적지에 도착했는데 화살이 보이지 않았다. 최영이 애마를 칼로 내리침과 동시에 피융 하며 화살이 지나가는 것이었다.

“내가 경솔했구먼. 미안혀.”

최영은 자신의 경거망동을 후회하며 뜨거운 눈물을 흘리고 만다. 나라를 위해 큰일을 함께 하고자 했던 애마를 그 자리에 묻어주었다. 홍성읍 국도변 은행정 옆의 금마총이란 곳이 최영 애마의 무덤이다.

최영 장군 활터. 바로 여기서 최영 장군이 무술을 연마하고 활을 당겼던 곳이란다.

“최영은 삼국지도 읽지 않았나?”

조조의 군사에게 패해 죽임을 당한 여포의 적토마를 조조는 관우를 회유하기 위해 주었고, 관우는 적토마를 타고 오관 돌파를 하며 무수한 영웅담을 만들지 않았던가.

"쯧쯧, 적토마에 뒤지지 않을 말이었을 텐데."

"그 말만 안 죽였어도 이성계한테 고려를 넘기지 않았을 텐데."

"최영의 애마도 승부사 기질이 있었네."

"그 마부에 그 말이었어."

옹고집 노인네 최영은 어린 시절부터 올곧은 기질이었기에 이런 설화가 전해 내려왔을 것이다.

조선 선조 때 "누구를 섬기든 임금이 아니랴."라는 주장을 펴고 대동계를 조직했다가 모반에 휩쓸린 기축옥사의 주인공 정여립도 최영과 똑같은 설화의 중심에 있다. 정여립 역시 자기 소신에 철두철미한 왕조시대의 공화주의자로 대변되는 인물이기에 자신의 애마를 죽인 설화에 등장하는 것으로 판단된다.

용봉산 정기를 이어받은 충절의 고장답게 주변 10km 내외에서 최영 장군뿐 아니라, 사육신의 한 사람인 성삼문, 만해 한용운, 독립운동가 김좌진 장군, 윤봉길 의사 등 수많은 충신열사가 탄생하였다고 한다. 이들의 생가와 9백의총 등 위인들 삶의 흔적과 백제 부흥의 마지막 보루였던 임존성 등 많은 역사유적지가 곳곳에 남아있다.

활터에서 주 능선에 이르자 흙길이 반질반질하게 굳어있다. 그만큼 많은 이들이 걷는다는 걸 보여준다. 험해 보이는 산세와 달리 크게 가파르지 않아 힘이 들지는 않는다.

용봉산 정상(해발 381m)의 좁은 정상 석주 변으로 많은 이들이 에워싸고 있다. 여기서 오른쪽에 노적봉을 보고 왼쪽의 악귀봉을 둘러본다. 역시 바위 봉우리다.

다음 행로도 암릉 구간은 안전시설이 잘되어있어 불편함 없이 걸을 수 있다. 곳곳마다 바위 봉우리들이 파노라마를 연출하여 여전히 눈은 호강한다.

노적봉(해발 350m)에서 면면이 새로운 형상의 주변을 살펴보고 다시 좁은 바위틈을 내려간다. 바위 위에 돌을 던져 올려놓으면 행운이 따른다는 행운 바위를 지나면서 흙길을 걷게 된다. 암릉 산행이 좋아 찾았지만, 바윗길만 걷다 보니 짧은 흙길이 반갑다.

다시 바위를 딛고 도착한 악귀봉(해발 369m)도 바윗덩어리다. 시설이 정비되어있지 않았으면 악귀처럼 험난한 길이라 그렇게 이름 붙였을 거란 생각이 든다.

악귀봉을 내려서서 튼실하게 잘 만든 다리를 건너고 또 바위를 내디뎌 용봉산 전망대에 닿았다. 전망대답게 눈에 들어오는 면면들이 내로라하는 명산들을 조금씩 옮겨놓은 것처럼 다양한 풍광을 보여준다.

2013년 충남도청이 대전에서 홍성으로 이전함으로써 앞으로 충남의 행정 중심이 될 내포신도시가 드넓게 펼쳐져 있다. 주변에 홍성온천, 덕산온천, 수덕사, 간월, 남당항 등 관광유원지까지 많은 지역이라 혼잡한 대도시가 될 날도 머지않을 것이다.

다시 걸음을 옮겨 물개바위를 지나고 이어 용바위 삼거리에서 300m 떨어진 병풍바위를 들러본다. 모양에 따라 명찰을 붙인 바위들이 많아 자꾸 이름과 생김새를 비교하며 웃음도 흘리고 고개를 갸우뚱거리기도 한다.

전망대를 지나면서 수암산 자락에 접어들었다. 내포 문화숲길로 명명한 능선을 따라 홍성군에서 예산시로 넘어가게 되는 것이다. 장군바위라고 적힌 명찰과 바위를 번갈아 살펴보고 붉은 풍차를 지어놓은 수암산 데크전망대에 이르니 아래로 개발단계의 토지가 넓게 펼쳐져 휑한 느낌을 준다. 그 너른 땅 위로 구름이 뗏목처럼 맑은 하늘을 가볍게 얹고 흐르는 중이다. 높고 엷은 하늘엔 어젯밤 머물던 자국처럼 희뿌연 보름달이 떠 있다.

가을을 보내며 울긋불긋 절정의 색감을 잃어가는 시간의 변화 때문인지 무언가를 잃는 느낌이 들고 누군가로부터 소외되는 느낌까지 든다. 가는 계절을 심하게 아쉬워하고 있음이다.

아직 아무것도 그려 넣지 못한
백지 그대로인데
지난밤 살 섞어 더욱 섹시한 여인

언제 그런 일 있었느냐며
차갑게 등 돌리듯
붉게 물들어 더욱 황홀한 가을이여!
벌써 떠나려 하느냐

다시 평탄한 오솔 숲길을 걸어 자그마한 정상석이 있는 수암산(해발 280m)에 닿는다. 수려한 암봉을 뜻하는 명칭이라 한다. 여기서 편안하게 나무계단을 내려서고 개울가의 아기자기한 돌다리를 건너 덕산온천 지구에서 산행을 마친다.

때 / 늦가을
곳 / 용봉산 자연휴양림 - 최영 장군 활터 - 용봉산 - 노적봉 - 악귀봉 - 용봉산 전망대 - 수암산 - 덕산온천 지구

고행의 낙, 편안함의 낙을 두루 취하는 도락산

얼마 지나지 않아 고사할 것만 같은 나무들이 듬성듬성 서 있는데
아직도 팔팔하다는 양 뻗은 가지에 힘이 들어가 있다.
죽어서도 살아있는 듯, 죽음에 이르러서도 기운을 뿜어내는 건
자연에서나 볼 수 있는 의연함이다

충청북도 단양군 단성면에 소재한 도락산道樂山은 소백산과 월악산 사이에 형성된 바위산으로 현재 일부가 월악산 국립공원에 포함되어 있다.

"깨달음을 얻는 데는 나름대로 길이 있어야 하고 거기에는 필수적으로 즐거움이 있어야 한다."

조선 후기의 문신이자 정통 성리학자인 우암 송시열의 철학에 의미를 부여하여 산 이름을 지었다고 전해진다.

퇴계 이황도 감탄한 절경

서울에서 아침 일찍 출발한 버스가 도락산 단양 탐방안내소에 도착한 건 세 시간쯤 지나서였다. 모교 동기생 32명이 내리자 주차장은 시끌벅적하다. 봄 산행으로 도락산을 찾은

이들은 우리 말고도 상당히 많았다. 이들과 함께 하는 단체 주말 산행에서 깨달음을 얻지는 못하더라도 안전하고 즐거운 길이 되었으면 하는 마음으로 들머리를 찾는다.

마을을 지나자마자 보이는 갈림길에서 왼쪽 제봉으로 향하는 길이 아닌 오른편 검봉 쪽으로 방향을 잡는다. 도락산은 등산로 양옆과 앞뒤로 아기자기한 바위들이 병풍처럼 이어지기 때문에 조망이 매우 좋은 편이지만 예전에 왔던 코스의 반대편으로 오름길을 택한 건 오르면서 볼 때 그 바위 절벽들의 풍광이 더 뛰어나다고 판단해서이다.

콘크리트 진입로를 올라 흙길 등산로에 접어들면서 곧바로 고도가 높아지기 시작한다. 천천히 사진을 찍으며 유람하듯 오르는 친구도 있고, 초반부터 숨을 몰아쉬는 친구들도 있다. 작은 선바위를 지나고 큰 선바위에 이르자 친구들은 반으로 줄었다. 1970년대 말 중국 개혁과 개방을 강조한 덩샤오핑이 흑묘백묘黑猫白描의 논리로 경제철학을 표방한 바 있다. 검은 고양이든 흰 고양이든 쥐만 잘 잡으면 되듯, 자본주의든 공산주의든 인민을 잘살게 하면 그게 최상의 정책이라는 것이다.

이 상황에 그 논리를 패러디하는 게 생뚱맞기도 하지만 처음부터 각자의 체력에 맞춰 산행코스를 정했으므로 전체가 일괄되게 걸음을 맞출 수는 없다. 그저 각자의 패턴대로 오늘 하루 안전하고 즐거우면 그만이다.

구름이 낮게 드리워 산 중턱부터 가려진 몇몇 봉우리들은 섬처럼 떠 있어 운해의 묘미를 맛보게 한다. 습한 오전이라 진달래도 축축하게 젖어 금세라도 꽃잎이 질 것만 같다.

바위 구간은 소나무 조경수 전시장이다. 암릉 바위틈에 솟은 청송은 숲을 배경으로 하여 멋진 산수화를 그려낸다. 몸을 비틀어 바위로 뿌리를 뻗은 건지 아니면 바위를 뚫고 줄기를 솟구친 건지 유연함과 강인함의 양면을 보여준다.

암벽과 암벽을 잇는 데크와 오름 계단이 거듭 이어진다. 빛 가림이 부실해 땀도 나고 힘이 들지만 반면에 조망은 일품이다. 월악산 국립공원 일대와 소백산이 분간하기 어려울 정도로 이리저리 겹쳐있다.

얼마 지나지 않아 고사할 것만 같은 나무들이 듬성듬성 서 있는데 아직도 팔팔하다는 양 뻗은 가지에 힘이 들어가 있다. 죽어서도 살아있는 듯, 죽음에 이르러서도 기운을 뿜어내는 건 자연에서나 볼 수 있는 의연함이다.

널따란 마당바위에 서자 소소히 바람이 불어 힘들게 올라온 수고로움을 씻어준다. 먼저 도착한 친구들과 과일을 나눠 먹고 커피도 한잔 마시니 소모된 에너지가 재충전된다.

채운봉(해발 864m)에서 조망을 즐기며 잠시 기다리자 절반이 조금 넘는 18명이 왔고 도락산 삼거리에서 13명이 더 올라가기를 멈춘다.

“나름대로 깨달았으니 이쯤에서 멈출래.”
“점심시간 지났어. 일단 허기를 채우자.”
“그래, 여기서 먹고 쉬고 있어. 얼른 다녀올게.”

산행보다는 피크닉 위주의 모임인지라 정상 바로 아래의 삼거리까지 온 것도 대단한 거였다. 처음부터 정상을 염두에 두었던 세 명의 친구, 병소, 태영, 한수와 함께 네 명만 신선봉에 닿는다.

도락산에서 전망만큼은 으뜸인 신선봉은 거대한 암반에 노송들이 솟아있고 정면에 월악산이 버티고 서있다. 황정산, 작성산과 용두산이 연이어 높이를 다투고 있다.

조금 더 진행하여 도락산 정상(해발 964.4m)에 올랐다. 북으로 사인암과 서쪽으로 상선암, 중선암, 하선암의 단양팔경 중 4경이 인접해 있어 주변 경관이 더욱 아름다우니 단양군수를 지낸 퇴계 이황도 절경에 감탄했을 법하다.

이황처럼 의젓하게 정좌하여 절경에 도취하자 청아하게 귓전 울리며 봄 오는 소리가 멜로디처럼 퍼진다. 꽃샘바람 물러가지 않고 풀 깨우고 나무 깨워 새롭게 희망 안아 식는 사랑 다시 펼치라며 사방팔방 분주히 넓은 오지랖을 펼치는 게 그려진다. 부쩍 푸르러진 하늘빛 뚫고 내리 뿜는 햇살은 더욱 너른 마음 지녀 모든 사물을 보듬으라는 전령이 된다.

사색이었는지 오수였는지 잠깐 감았던 눈을 뜨고 정상에서 내려선다. 삼거리에서 잔류한 친구들과 챙겨 온 먹거리를 풀어놓으니 상차림이 입맛을 돋운다.

“다음에는 계곡이 있는 곳으로 가자. 물 없는 산은 처음 본다.”

산행만으로는 즐거움의 도락을 느끼지 못하겠다며 한 친구가 투덜댄다. 물 흐르는 계곡이 없어 여름엔 탐방객이 많지 않을 수도 있겠다. 바위산이라 조망은 트였어도 더위를 감수해야 하는 단점까지 있어 초보 산객들한테는 다소 버거운 산일 것이다.

사람 인人변에 계곡 곡谷자가 붙어 세상 풍속俗을 즐기게 되는 것이거늘. 초록 그늘이 태양을 가려주고 땀을 식혀주는 산중의 색다른 미각을 알려주기엔 친구의 입맛이 까다롭거나 내 요리 솜씨가 형편없이 부족하다.

“최대한 조심해서 내려가자.”

즐겁고 안전하면 최상 아니겠는가. 제봉을 지나 암릉 구간도 모두 무사히 통과하자 한결 마음이 놓인다. 하산로도 조망이 트였고 다양한 소나무들이 눈길을 끌어당긴다.

지능선 갈림길에서 통나무 계단을 내려가고 돌길과 흙길을 지나니 주차장 버스 옆에서 쉬고 있는 친구들이 반긴다.

때 / 초봄
곳 / 상선암 주차장 - 작은 선바위 - 큰 선바위 - 범바위 - 검봉 - 채운봉 - 형봉 - 신선봉 - 도락산 정상 - 제봉 - 상선암 - 원점회귀

청주의 진산, 도심의 숲, 우암산, 망산, 상당산

살갗 타들어 갈 만큼 뜨거운 뙤약볕 쪼이며
오래도록, 모처럼 아주 오래도록 당신 곁에 엎드려
눈이 퉁퉁 붓도록 울고 싶다. 유월은
그렇게 슬퍼해도 괜찮을 만큼 하늘빛 서러우니까

갑자기 어머니 생각이 났다. 뙤약볕 강하게 내리쪼이는 한여름이면 가끔 돌아가신 어머니가 떠오르곤 한다. 아침 일찍 음성의 선산에 들렀다가 청주로 왔다. 어렸을 적 청주 외삼촌 댁에 왔다가 어머니와 우암산에 갔던 기억이 났다.

"한번 가볼까."

그렇게 청주의 진산珍山으로 알려진 우암산으로 차를 몬다. 검색해보니 망산과 상당산이 같이 이어져 있다. 진산이란 크게 국가부터 작게는 한 마을에 이르기까지 산에 대한 신앙의 두터움을 의미한다고 할 수 있다.

우리 민족은 삼국시대부터 국가의 대소사와 관련하여 자주 제사를 지냈는데, 백제나 신라에서는 국가의 진산으로 삼산三山 또는 오악五嶽을 지명하여 나라의 태평성대를 기원해 왔었다.

진산은 대개 그 지역의 북쪽에 자리 잡아 함부로 침범하지 않았기 때문에 경계와 신성의 장소로서, 서로 다른 이질적 문화를 조화시켜주는 역할도 하였다.

충북 청주시 청원구 우암동, 명암동, 내덕동, 수동 등에 걸쳐있는 우암산牛巖山은 와우산臥牛山이라는 별칭처럼 소가 누운 형상을 하고 있다. 산자락에 들어서서도 내딛는 곳이 소의 어느 부분인지는 판단하기가 어렵다.

인위적으로 자연을 거스르니 재해로 이어지도다

“오등은 자에 아 조선의 독립국임과 조선인의 자주민임을 선언하노라.”

충북 청주시 상당구 수동의 수암골 벽화마을에서 산책로를 따라 내려오다 보면 우암산 우회도로에 자리 잡은 삼일 공원에 들르게 된다. 3.1 운동 독립선언에 참여한 의암 손병희, 우당 권동진, 청암 권병덕, 동오 신흥식, 은재 신석구 선생 등 충청북도 출신 민족대표 다섯 명의 동상이 공원 안에 세워져 있다.

1919년 3월 2일, 청주에 독립선언서가 전달되어 여러 차례 시위를 시도하였으나 계속 저지당하다가 3월 19일 괴산

장터에서의 만세운동을 시작으로 4월 19일 제천, 송학까지 번져나갔다고 한다.

청주에서는 3월 10일 청주농업학교 학생들의 시위를 시작으로 4월 6일까지 청주 전역으로 펼쳐졌는데 다른 지역에서의 만세운동과 달리 봉화 시위를 주도하였다. 조선 때의 봉화에 착안하여 태성리 산마루에서 봉화를 피워 이후 여러 지역으로 봉화가 동시에 타오르게 한 것이다.

안부에 올라 청주랜드로 빠지는 갈림길에서 능선을 따라 정상으로 향한다. 다시 청주향교에서 올라오는 삼거리를 지나 광덕사 사거리도 지난다. 도심의 공원으로 조성된 산이라 올라오는 길이 많은 편이다.

낙엽송을 비롯해 다양한 수종이 고루 우거진 도심의 숲 속 공원이다. 자연학습 관찰로라고 팻말이 붙은 길에서 송신탑이 세워진 생활체육 광장으로 올라서자 많은 운동기구와 체력단련 시설이 마련되어있다. 무척 더운 날이라 운동하는 사람들은 보이지 않는다.

고씨 샘터 갈림길을 지나 조금 후 정상석이 놓여있는 우암산(해발 348.4m)에 이른다. 여기까지 올라왔던 기억은 있는데 낯설다. 우암산에는 장군의 혈에 대한 설이 전해지고 있다. 조선 선조 때 토정 이지함이 우암산의 지세를 살피다가 황소 기질처럼 강인한 기운이 솟는 명당 혈을 발견한다.

우암산이 전체적으로 소가 앉은 형상이라 배 부분에 해당하는 혈을 확인하였다. 이지함은 이곳이 장군에게 적합한 곳이니 범하지 말라는 푯말을 세우고 떠났다.

그 뒤 진천의 한 풍수가 이곳에 이르러 푯말을 뽑아버리고 조상의 묘를 이전하려 하자 요란한 천둥소리와 함께 황소울음소리가 나고 짙은 안개가 시야를 가리더니 가묘는 검은 바위로 변했고 풍수의 눈도 멀어버렸다고 한다.

지금도 그 화석 묘化石墓로 추정되는 바위가 보현사 뒤편에 두 군데 뚜렷하게 남아있는데 어느 것이 전설과 관련된 화석 묘인지는 확실하지 않다. 인위적으로 자연을 거스르면 재해로 이어진다는 진리를 깨우쳐주는 설화겠지만 개인의 안위만을 위한 욕심에 일침을 가하는 것처럼도 들린다.

가장 쉽게 살 수 있는 길이 가장 잘 사는 길이라면 그건 모순이지 않겠는가. 결과만을 염두에 두고 수단에 구애받지 않는 자가 행복한 삶의 앞 서열을 차지하고 있다면 너무 불공평하지 않겠는가. 풍수는 욕심에 급급해 자신의 지식을 지혜로 승화시키지 못하고 결국 명당을 보는 시력마저 잃고 말았다.

우암산 정상에서 각종 운동기구가 설치된 능선 분기봉 직전의 체육 쉼터 갈림길로 올라선다. 와우산성이라고도 불리는 우암산성과 당산 토성의 흔적이 남아있다.

청주시 기념 유적 제16호인 우암산성은 산기슭을 따라 토루土壘로 축조되어 있으며 배후에 상당산성이 있다. 나성羅

城 구조로서 내성과 외성이 하나로 연결된 성곽이다.

외성의 동쪽 성벽은 당산 토성까지 연결되다가 끊어졌고, 외성의 서쪽 성벽은 지금의 3·1 공원 지점에서 단절되어있다. 대규모의 포곡식 산성包谷式 山城으로서 큰 성벽을 가지고 있었으나 평지 부분의 성벽이 유실되어 원형을 알 수 없다.

잔존하는 성벽의 길이와 유실된 부분을 연장해보면 대략 7~8㎞ 이상이었을 것으로 추정된다. 백제 토기 조각, 통일신라 시대의 기와 조각 및 도기 조각과 고려시대의 기와 조각 등 발견된 유물을 통해 우암산성이 백제, 신라, 고려시대에 사용되었음을 알 수 있다.

능선 분기봉을 넘어 침목 계단을 내려서서 소나무 숲 길을 따라가면 야생동물의 이동통로이면서 쉼터인 우암산 생태터널 상단부에 이른다. 계속 정비가 잘된 주 능선을 따라 산책하듯 진행하여 육각 정자를 지나 망산(해발 348.4m)으로 올라선다.

전국에 같은 이름의 망산이라는 지명은 대개 망을 보던 지역이거나 혹은 사방이 산으로 둘러싸여 있고 옥토끼가 보름달을 바라보고 있는 옥토 망월玉兎望月 형상의 산으로 해석되는 것으로 볼 때, 이 산의 지명도 멀리 바라볼 수 있는 곳이라는 뜻에서 유래되었을 거로 추정된다. 여기서 약수터로 내려섰다가 상당산성에 도착하게 된다.

사적 제212호인 상당산성은 둘레 4.2km, 높이 3~4m, 내부 면적 72만㎡가 넘는 거대한 포곡식 석축산성이다. 최초의 축성 연대는 정확하게 추정할 수 없으나 현재 동문(진동문), 서문(미호문), 남문(공남문)의 3개 대문과 동암문, 남암문의 2개 암문이 있다.

긴 길이 아니었음에도 아까부터 자꾸만 갈증이 인다. 목을 축이고 목책 계단을 올라 상당산성의 넓은 성곽에 이르자 청주시 일대가 한눈에 들어온다.

한때 이 지역이 백제와 고구려의 국경지대였으며 한남금북정맥의 자락임을 알리는 팻말을 읽게 된다. 백두대간의 속리산 천황봉에서 갈라져 충청북도 북부를 동서로 가르며 안성의 칠장산까지 이어지고 서북쪽으로 김포 수산까지의 한남정맥과 서남쪽으로 태안반도 안흥까지의 금북정맥으로 이어지는 산줄기를 말한다.

충청북도의 도청소재지이기도 한 청주는 그런 물리적 측면을 떠나 어려서부터 특별하게 인식되어온 도시이다. 오늘 굳이 청주에 들러 산 셋을 탐방하는 건 그래서인 면이 강하다. 어머니한테 찾아왔다가 여기서 어머니를 가까이 느끼려 했는지도 모르겠다.

벌컥벌컥 들이켠 물로 다소 시원해진 입안에 또 다른 갈증이 고인다. 구불구불 이어진 성곽에서 어머니의 주름진 삶을 보았기 때문이다.

음력 유월 초, 당신의 생신이 바로 이즈음이라 미지근해진 물로는 쉬이 갈증이 가시지 않는다.

유월은 그렇게 슬퍼해도 괜찮을 만큼 하늘빛 서러우니까

음성 소학교를 일 등으로 졸업하며 꿈의 도회지 청주로의
유학에 부푼 소녀에게 펜 대신 주걱이 쥐어졌다.
이모 집으로 가출해 펑펑 울다 돌아온 소녀는 등 뒤로 하
얀 옷깃 늘어뜨린 교복이 아닌 행주치마를 걸쳐야 했다.
자고로 여자란 집안일 잘하다가 시집가면……
충북 음성 땅 대지주인 외할아버지는 외동 장녀인 어머니
를 봉건적 여자의 틀에 가두고 만다.
훗날 삼남 일녀 앉혀놓고 막걸리 한잔 취기에 얼굴 붉어
지셔서 절대 추억으로 남지 않았을 당신 소녀적 시절의
단 한 번 회고, 원망을 담고 살기가 버거우셨던 걸까.
어머니의 당신 친정아버지에 대한 언급은 그게 처음이자
마지막이었다. 어머니를 바라보며 코흘리개 둘째 아들은
가슴이 먹먹해졌다. 아주 오래도록 어머니가 측은했다.
골수 봉건 주의자, 꼴통 노인네…….
한 번도 뵌 적 없는 외할아버지를 얼마나 원망했던가. 음
력 유월생이신 어머니의 여름, 팔십 평생 어머니의 세월은
그 후로도 그다지 행복스럽지 못했다. 그래서 여름은 녹음
우거지고 하늘 창창해도 어딘가 슬픈 빛이 고여 있다.
넌 사내애답지 않게 손이 고와 펜대 잡고 살 거야.

그윽하지만 허망한 눈빛으로 이 땅 내려다보실 어머니와 눈 마주치기 두려워 엉뚱한 곳으로 고개 돌리게 된다. 어머니의 소녀 시절처럼 삶과 씨름하는 모습을 감추고픈 오늘, 공허하고도 비애스런 느낌이 가슴 깊이 스며드는 건 아마도 유월에 들어서서 일 게다.
이달, 어머니가 태어나신 유월엔 당신 무덤 앞에 막걸리 가득 부어놓고 살갗 타들어 갈 만큼 뜨거운 뙤약볕 쪼이며 오래도록, 모처럼 아주 오래도록 당신 곁에 엎드려 눈이 퉁퉁 붓도록 울고 싶다. 유월은 그렇게 슬퍼해도 괜찮을 만큼 하늘빛 서러우니까.

성곽에서 내려와 개축이 잘된 산성의 서문을 지나다가 눈자위 축축해지는 걸 의식하여 마주 오는 이들의 시선을 피해 비켜서서 걷는다.

휴양림 갈림길에서 성곽 옆의 능선을 따라 올라 상당산(해발 491.4m)으로 올라섰는데 상당산성 제모습 찾기의 일환으로 발굴조사 작업이 진행되는 북포 루터라는 곳이다. 여기서 성곽과 숲길을 번갈아 걸어 동암문을 지나고 소나무 숲 길을 따라 동문에 이른다.

동문과 남문 사이 큼직한 정자의 명칭이 보화정輔和亭이다. 산성의 동장대였던 이곳은 모든 주민이 화합하여 지킨다는 의미라고 한다. 보화정을 지나 마을로 내려섰다가 청주의 진산을 올려다보았는데 어머니가 연하게 미소를 머금고 계신다.

때 / 여름
곳 / 삼일 공원 - 고씨 샘터 갈림길 - 우암산 - 우암산성 - 생태통로 - 망산 - 상당산성 - 상당산 - 보화정 - 저수지 주차장

박달재의 애절함 더듬으며 천등산, 인등산, 지등산으로

초가을 엷은 햇살이 이 산, 나무들에 의해
정교하게 조각된다. 아직 물들지 않은 수림에서,
바위벽 비틀린 틈으로 가을빛은 조각되고
또 잘게 부서져 은색 물결을 이룬다

봉우리가 하늘을 찌를 것처럼 높이 솟아있어 이름 붙여진 천등산天登山은 전라남도 고흥, 전라북도 완주, 경상북도 안동에도 있는데 충청북도 충주시 산척면과 제천시 백운면에 걸쳐있는 천등산과 인등산, 지등산의 이른바 삼등산을 가기로 하였다.

"천등산 박달재를 울고 넘는 우리 님아 물항라 저고리가 궂은비에 젖는구려."

이 지역에는 가요 '울고 넘는 박달재'로 더욱 유명한 박달재(해발 453m)가 있다. 충청북도에서 가장 높은 고갯길이다. 또 지등산과 인등산도 인근에 함께 있어 천天, 지地, 인人의 3태극이 모두 갖추어진 곳이다.

이들 삼등산은 천동, 지동, 인동이라는 세 신동이 등장하는 설화에서 그 이름이 유래되었다고 한다.

고려를 침범한 거란군이 파죽지세로 남진하였는데 1216년 김취려 장군이 박달재의 지형·지세를 십분 활용하여 격퇴하면서 국가 전란을 수습하는 전환점이 되었다. 이러한 전적지를 기리기 위하여 김취려 장군 전적비가 세워져 있다.

또 1268년에는 고려의 이 고장 별초군도 몽고 군사를 막아냈다. 이처럼 전적지로서의 자취 외에도 박달재는 노랫말처럼 영남 땅의 박달 도령과 이 고개의 아랫마을 처녀 금봉낭자의 애절한 사랑 얘기가 전해 내려오는 곳이기도 하다.

제천시 봉양읍과 백운면을 갈라놓으면서 충주로 이어지는 박달재는 터널로 인해 도로로서의 이용 가치는 떨어졌어도 박달재 옛길이라는 관광 상품으로 유지, 관리되고 있다.

조선 중엽까지 이등령으로 불리던 박달재는 아득한 옛날 우리 민족의 시원과 함께 하늘에 천제天祭를 올리던 성스러운 곳이다. 천등산이 울고 넘는 박달재의 노래로 유명세를 타고 있으나 실제 박달재가 있는 산은 시랑산(해발 691m)이다. 천등산은 박달재에서 약 8㎞ 떨어진 다릿재와 연결되어 있어 그곳을 들머리로 잡는다.

천하명당은 이산 어디에 있는고

박달재를 거쳐 인근 충주시 산척면 광동마을 회관 앞에 산악회 버스가 멈추자 후덕한 품새의 천등산이 바로 외지 손님들을 반겨준다.

산악 대장의 안내를 듣고 마을 도로를 따라 사기막이라고 표시된 방향으로 걸어 올라간다.

"도토리묵을 싸서 허리춤에 달아주며 한사코 우는고나 박달재의 금봉이야"

박달재를 지나와서 그런가 보다. 저도 모르게 울고 넘는 박달재가 흥얼거려진다. 조선 중엽 경상도에 사는 박달 도령이 과거시험을 치르러 한양으로 가던 도중 박달재 인근 마을에 사는 금봉 낭자를 만나 서로 반해 백년가약을 언약하고 한양으로 향한다.

"가시면서 드세요."

금봉 낭자는 도토리묵을 쑤어 박달 도령의 허리춤에 달아주며 먼 길에 요기하게끔 하였다.

"내 반드시 과거에 급제하여 낭자를 데리러 오겠소."

박달은 다시 금봉이를 끌어안은 양팔에 힘을 주었다.

"기다릴게요, 도련님!"

금봉이는 그 후 매일 촛불을 켜놓고 박달 도령의 장원급제를 빌고 또 빌었다.

"아아, 어찌해야 좋은가. 글씨는 사라지고 책 속에 그녀가 들어앉았구나."

과거시험을 위해 책을 펼쳐도 박달 도령의 눈에는 금봉이의 모습만 아른거리더니 결국 낙방하고 말았다.

"보고 싶지만 내 꼴이 이러니 어찌 그녀를 볼 수 있을꼬."

고향에 돌아와서도 면목이 없어 전전긍긍하다가 겨우 금봉 낭자를 찾아갔으나 기다리다 지친 금봉 낭자는 사흘 전에 죽고 말았다.

"말도 안 돼. 이럴 수는 없어. 난 어떡하라고."

떠난 사람보다 남아있는 이가 더욱 애절한 마음을 지니는 게 이별일까.

"낭자! 어디로 가는 것이요. 내가 이렇게 왔는데… 왜 달아나는 거요?"

슬픔에 젖어 식음을 전폐하던 박달 도령은 박달재를 오르는 금봉이의 환상을 좇아가다가 그예 절벽에서 떨어져 목숨을 잃게 된다.

사랑을 맹목적이고 무조건적이라고 말하기도 있지만 그건 무책임으로 이어질 수도 있지 않을까. 로미오와 줄리엣의 국내 버전을 떠올리면서 천등산 금식기도원을 지난다.

소나무 숲을 통과하여 임도를 따라 천등산 등산 안내도가 있는 다릿재에 이르고 여기서 좁은 산길을 거슬러 올라간다. 처음부터 급경사다. 천등 지맥 합류점에 이정표가 세워져 있다. 정상까지 1.2km를 남겨둔 지점이다.

말 그대로 작은 봉우리인 소봉(해발 614m)에 이르러 숨을 고르고는 잠깐 내려섰다가 연이어 계단을 가파르게 올리면서 안부에 닿는다. 너덜 바위지대를 지나 돌탑이 보이자 환하게 전망이 트이고 산 아래로 백운면 일대가 펼쳐진다. 그리고 조금 더 올라 천등산 정상(해발 807m)에 다다랐다. 충북 충주시 산척면과 제천시 백운면에 겹쳐있다.

주변에 높은 산들이 없어 사방이 확 트였고 남쪽으로 인등산과 지등산이, 그 뒤로 계명산이 솟아있다. 서쪽으로는 박달재 방향으로 구불구불 길이 이어지고 그 뒤로 백운산과 구학산이 아스라이 시야에 잡히며 남동쪽으로는 청풍호가 내려다보인다.

전망이 우수한 천등산 정상은 매년 충주시에서 개최하는 세계 무술 축제 등 큰 행사 때 성화를 채화하는 장소이기도 하다. 지척의 지등산과 인등산을 짚어본다. 이곳 천등산을 기점으로 하여 남쪽으로 인등산과 지등산이 있어 이 세 산의 자락에는 천하제일의 명당이 있다는 이야기가 전해 내려온다.

조선 세조 때 명당을 찾아 팔도를 유람하던 황규라는 지사가 천등산에 왔다가 꿈에서 계시를 받아 세 군데의 명당 혈을 파악했으나 세상에 알리기 전에 병으로 죽고 말았다. 그 후로 지금까지 이곳의 명당자리를 아는 사람이 아무도 없다고 하니 답답하고도 맥이 빠지는 전설이 아닐 수 없다. 아마도 많은 풍수가가 그 자리를 찾고자 수차 산을 헤매었을 것이다.

고향처럼 아늑하고 어머니 품처럼 푸근하면 거기가 명당 아니겠는가. 우거진 수풀 틈틈새새 햇살 비추고 가만히 귀 기울이면 뻐꾸기 울음소리 들리며 가다 걸음 멈춰 돌아보니 기골 장대한 바위 봉우리에 소나무 뿌리내린 산정이 명당이고 명소 아니겠는가 말이다.

정상 가까이에 2층으로 만들어진 팔각정 아래층은 목재 마루를 깔았고, 2층은 창문까지 달아 갑작스러운 기상이변에 대비할 수 있게끔 해놓았다. 초가을 엷은 햇살이 이 산, 나무들에 의해 정교하게 조각된다. 아직 물들지 않은 수림에서, 바위벽 비틀린 틈으로 가을빛은 조각되고 또 잘게 부서져 은색 물결을 이룬다.

팔각정에서 잠시 가을 햇살에 도취했다가 일어서서 산정을 떠난다. 완만하던 내리막길은 소나무 늘어선 능선을 지나면서 호흡이 편해지는가 싶더니 다시 경사가 급하게 낮아진다. 느릅재로 내려서는 길이다. 헬기장 조망 바위에서 막 내려선 천등산 정상을 올려다보고 충주와 제천, 원주 방면으로 첩첩 이어진 산자락을 바라보다가 벌목 지대를 지나 임도로 내려선다.

둔대 삼거리 방향의 임도 주변에 곧게 뻗은 낙엽송들이 점차 여름 색깔을 잃어가는 중이다. 걷다 보니 평택과 제천을 잇는 고속도로가 발아래로 지나간다.

충주시 산척면 영덕리와 명서리를 연결하는 고개인 느릅재는 이 일대에 느릅나무가 많아 그렇게 불린다고 한다. 여기서 천등 지맥을 통해 인등산으로 들어섰다. 아래로 중원 컨트리클럽이 있고 SK 임도를 접하게 된다. 인등산 정상까지 2.4km의 거리 표시가 되어있고 SK증권의 안내판이 세워져 있다.

마음과 몸과 기의 조화를 체험할 수 있다는 심기신 수련장이 조성되어 있고, 자작나무 숲에 꾸민 야외 강연장에서

SK 루트라는 길을 끼고 오른다. 그리고 주 능선을 따라 충주시 산척면 영덕리와 동량면 조동리 경계에 있는 인등산 정상(해발 666m)에 닿았다.

정상에 함께 도착한 대여섯 명이 정상석과 함께 인증사진을 찍고는 곧바로 지맥을 따라 장선 고개 방면으로 향한다. 그다지 볼만한 광경이 있지 않은 인등산이다.

임도로 내려와 지등산 능선에 이르면서 아득히 충주호가 시야에 들어온다. 인등산과 지등산이 나뉘는 장선 고개에 이르러 다시 한번 지도를 들여다보았다.

아스팔트를 따라 장선마을까지 약 1km쯤을 이동하고 거기서 성불암을 거쳐 지등산 순환 임도로 가게끔 표시되어 있다. 그렇게 성불암 간판이 설치된 진입로로 들어선다.

성불암 진입로와 지등산 순환 임도가 만나는 삼거리에서 잔선 마을과 두알봉을 바라보고 내처 순탄한 능선을 타고 지등산 정상(해발 535m)까지 올랐다.

충주시 동량면 조동리에 위치한 지등산은 삼등산 중 맨 남쪽에 위치하여 천지인 삼재三才의 끄트머리에 해당한다고 한다. 충주댐에서 하류 쪽으로 바라볼 때 남한강 변을 굽어보면서 솟아있으며 산 아래로 충주호와 충주댐을 내려다볼 수 있는 곳이다.

계명산과 충주 동량면 일대를 내려다보고 고도를 낮추면 남한강 물이 눈에 들어오고 조동 근린공원에 도착하면서 세

산의 산행을 모두 마치게 된다.

버스에 올라 속속 도착하는 일행들을 기다리는데 산행의 묘미보다는 박달 도령의 우유부단함이 떠오르면서 살짝 스트레스를 받고 만다.

"과거시험은 내년에 다시 보면 되잖아. 금동이랑 미래를 생각하면 그깟 시험 못 붙겠어?"

현실을 극복해내지 못하고 회피함으로써 도토리묵까지 쑤어준 금봉이를 죽게 한 죄가 쉽사리 용서되지 않는다.

"절실하지 않아서 그래. 그래서였을 거야. 그렇게 무책임할 거면 건드리지나 말 것이지."

때 / 늦여름
곳 / 산척면 광동리 - 다릿재 - 소봉 - 천등산 - 임도 - 느릅재 - 인등산 - 장선 고개 - 성불사- 지등산 - 조동 근린공원

괴산 35 명산의 터줏대감들, 마분봉, 악휘봉, 덕가산

삶은 막힐 때가 많으나 산은 고되기는 해도
길이 열려있다. 사람은 허다하게 관계가
끊어지지만, 산은 어디로든 우회로가 있어
길을 이어준다.

“새해 공손히 제사를 올리니 모든 사람을 화목하게 하시고, 사나운 짐승은 자취를 감추고, 악한 병은 없어지게 하옵소서.”

정월대보름 오전이면 충북 괴산군 연풍면의 은티마을에서는 동제를 지낸다. 정초에 동제를 시작으로 한해의 소원성취를 바라는 산골 마을의 공동체 생활문화는 다른 지역에서도 볼 수 있는 풍경이다.

은티마을에서는 4백여 년간 동제를 지내왔는데 다른 지역의 동제와는 매우 색다르다. 부정 없는 사람 네 명을 엄선해 열흘 동안 음주와 흡연을 금하고, 동제 당일에는 냉수로 목욕하여 깨끗한 몸과 마음으로 제사에 임하도록 한다는 것이다.

오늘로써 세 번째 방문하는 은티마을에서는 올 때마다 신비스러우리만치 많은 이야기를 접하게 된다. 은티마을을 감싸고 있는 산이 여자의 음부처럼 생긴 여근곡女根谷 또는 여궁혈女宮穴의 형세라 그 혈의 끝자락에 마을 남정네들이 인위적으로 부적을 만들었다.

혹시 모를 부녀자들의 바람기를 잠재우기 위해 수십 그루의 전나무를 심었고 그 아래 다듬지 않은 자연석들을 포갠 가운데 남근석을 세운 것이다. 그리고 금줄을 쳐서 신성시 했는데 그래야 마을에 인구가 늘고 풍요를 얻을 수 있다는 믿음 때문이다.

"다행히 남근석의 효험으로 시방까지 가정과 마을이 죄다 평온하구먼유."

백두대간 중간 위치의 산자락에 자리한 은티마을은 희양산, 구왕봉, 마분봉, 악휘봉, 장성봉 등을 산행하고자 할 때 통과해야 한다. 중부내륙고속도로가 개통된 이후 등산객이 더 많이 늘어 마을 입구에 대형주차장까지 생겼다.

가을은 이 산 정상에 미리 와있었다

마을 입구에서 지난여름 희양산을 다녀갈 때 보았던 수령 400년의 노송들과 마을유래비, 그리고 두 개의 장승과 만나고 이번에는 거리상 3.8km 떨어진 마분봉을 향해 걸음을 내디딘다.

마을을 통과해 굴다리를 지나자 탐스럽게 영근 사과밭이 보인다. 과수원에 풍성하게 달린 사과들은 보는 것만으로도 배가 부르다. 바야흐로 수확의 계절에 들어섰음이다. 초가을 산촌 들녘을 오르는 30여 명 산악회 일원들의 걸음이 경쾌하다. 노송들이 늘어서 맞아주고 하얗게 이파리를 펼친 구절초가 방긋 미소를 짓는다.

올 듯 말 듯 주춤거리더니 가을이 오긴 했나 보다. 짙은 초록이 한계에 이르렀다 싶더니만 금세라도 온 산야를 붉게 물들일 것만 같다. 해를 거듭할수록 여름은 길고도 습한 끈을 더욱 늘어뜨린다. 짧은 가을이라 더 소중하고, 깊은 산중에서 느끼는 가을이라 더 아련하다.

그런 가을이 서두름 없이 산천을 물들이고 있다. 암릉으로 이어지면서 파란 하늘 아래로 조령산이 뚜렷하고 연풍면 마을 주변의 농토가 풍요롭게 비친다. 좌우로 갈라진 길에서 왼쪽 마분봉 가는 길로 들어섰다. 오른쪽 길은 덕가산 방향이다.

본격 산행로가 이어지는가 싶었는데 평탄한 임도를 걷게 된다. 오른편 위쪽의 덕가산이 몸을 낮추고 웅크린 형상이라 다가서기엔 무척 편안해 보인다.

숲길로 접어들어 입석재 안부로 가는 좌측 길과 샘골에서 입석마을로 하산하는 삼거리 지점을 통과한다. 고도가 높여지는 너덜 언덕을 지나 일동 기립한 선바위 지대에 이르니 입석재 사거리 안부이다.

"아니 또 왔는가? 다녀간 지 얼마나 됐다고."

송림 사이로 두 달 전 보았던 구왕봉과 희양산이 핀잔하듯 묻는다.

"이번엔 댁들 이웃에 온 거니까 관심 끄세요."

울퉁불퉁 거친 암릉이 계속해서 이어진다. 밧줄을 붙들고 조심스레 올라서고 뒷사람을 끌어주기도 한다. 한 자락 크게 고도를 높이자 신선봉에서 조령산, 주흘산으로 이어지다가 이화령으로 낮아지는 마루금이 선명하게 드러났다. 산자락은 다시 시루봉과 이만봉으로 뻗어나간다.

바윗돌들을 모아 봉을 이룬 것처럼 보이는 정상 일대는 아래쪽보다 더 붉어지는 중이다. 774m 봉을 거쳐 잠깐 내려선 다음 밧줄 구간을 통과하면서 열린 조망이 상쾌하다. 크게 힘들이지 않고 올라왔나 보다.

마분봉馬糞峰(해발 776m)에 닿은 일행들의 표정이 밝다. 괴산군 연풍면 은티리와 종산리에 걸친 마분봉은 괴산군에서 선정한 괴산 35 명산의 한 곳으로 뾰족한 봉우리가 말똥을 닮아 말똥바위봉이라고도 불린다. 주위로 악휘봉, 은치재, 구왕봉, 희양산 등이 줄줄이 이어져 있다. 시루봉에서 덕가산으로 넘어가는 능선이 수더분하다.

입석마을과 종산마을, 은티마을을 내려다보고 다음 행로를 잇는다. 마분봉에서 내려서면 은티마을과 입석마을로 갈라지는 은티재에 이르렀다.

악휘봉이 가깝게 조망되는 곳에 자리를 잡아 점심을 먹고 잠시 휴식을 취한다. 그늘에서 배낭을 베개 삼아 낮잠을 즐기는 일행도 있고 스마트폰으로 이곳저곳을 촬영하는 이들도 있다.

그런 후 악휘봉으로 방향을 잡아 기암을 끼고 올라서서 백두대간 장성봉으로 갈라지는 824m 봉에 이르렀다. 악휘봉 정상 일대의 다섯 봉우리 중 3봉인 이곳에서 오른쪽 악휘봉으로 향하다가 벼랑에 우뚝하게 선 입석立石을 보게 된다. 악휘봉을 마주 보고 서 있는 형상인데 4m 높이의 밑 부분이 많이 깨졌다고 한다.

그리고 2분 정도 더 올라 악휘봉樂輝峰(해발 845m)에서 남쪽으로 장성봉, 대야산, 속리산으로 이어지는 백두대간의 장대한 경관을 눈에 담게 된다. 악휘봉은 괴산군 연풍면과 칠성면 쌍곡리의 경계에 위치하여 백두대간 자락에서 살짝 벗어나 있다.

정상 일대는 온통 기암괴석과 노송, 고사목으로 이루어져 잘 그린 동양화를 연상시킨다.

1봉부터 5봉까지 다섯 개의 봉우리가 나란히 서 있는데 4봉인 이곳이 주봉이다. 전체적으로 갖가지 모양의 바위와 노송군락이 많아 경관이 뛰어나며 봉우리마다 수려한 경관을 뽐내고 있다.

북에서 동으로 멀게는 월악 영봉부터 신선봉, 조령산, 주흘산 등 아흔아홉 고개 이화령이 일렁거리고 동쪽으로 구왕봉, 희양산, 이만봉과 백화산, 황학산이 스카이라인을 펼치고 있다. 서쪽으로는 덕가산, 칠보산, 군자산이 거대한 파도처럼 굽이친다. 부쩍 높아진 하늘 아래로는 온통 봉우리뿐이다.

악휘봉에서 이어지는 길도 바위 구간의 연속이다. 비탈을 내려서자 보기에도 아찔한 암벽이 앞을 가로막는다. 길이 있을 것 같지 않은데 암벽에 40m 정도 늘어진 밧줄이 붙들고 오를 길이라고 알려준다. 수락산 기차바위처럼 짜릿한 전율을 맛보게 한다.

삶은 막힐 때가 많으나 산은 고되기는 해도 길이 열려있다. 사람은 허다하게 관계가 끊어지지만, 산은 어디로든 우회로가 있어 길을 이어준다.

모두 안전하게 올라서서 숨을 고르고 나서야 이곳이 악휘봉의 지봉인 785m 봉임을 알게 된다. 노송 한 그루가 암봉의 주인인 양 늠름한 자태로 높게 둥지를 틀었다.

덕가산과 입석마을 하산로가 갈라지는 샘골 고개에서 덕가산 방향으로 걷다가 시루봉(해발 866m)에 도착했다. 악휘봉에서 칠보산과 덕가산으로 갈라지는 봉우리이다. 나뭇가지에 많은 리본을 달아놓았는데 여기부터 암릉 구간을 벗어나고 육산으로 이어진다.

선명치 않은 등로를 따라 내려섰다가 가파르게 올라서서 덕가산 정상(해발 850m)에 이르렀다. 괴산군 연풍면과 장연면의 경계를 이루는 덕가산德加山은 악휘봉과 인접하여 북쪽으로 쌍천, 남쪽으로 쌍곡계곡을 끼고 있다.

시월에 접어들었는데도 한낮 더위가 기승을 부려 철철 물흐르는 계곡이 아른거린다. 악휘봉을 비롯한 주변 산들이 기암절벽의 특징을 지닌 암봉인데 비해 덕가산은 부드러운 육산이다.

삼각점이 있는 정상은 잡목이 우거져 조망은 없다. 나무숲 사이로 연풍면 일대를 넘어 이화령 고갯길을 살필 수 있고 조령산맥으로 이어지는 백두대간을 분간할 수 있다.

등산객도 그리 많지 않아 산토끼나 다람쥐 등 산짐승들이 마음 놓고 돌아다닐 것처럼 보인다. 거듭 둘러보아도 한결같은 생각이 들게 하는 곳이다. 괴산의 명산 탐방은 기대감을 저버리게 하지 않는다.

목을 축이고 하산을 서두른다. 덕가산 정상에서 3분여 왔던 길을 되돌아가 입석마을을 하산 날머리로 잡는다. 아름드리 소나무 숲을 지나 가파르게 내려서서 장바우 다리를 건너 10분쯤 더 가면 입석마을의 명물 관송冠松(괴산 보호수 30호)을 보게 된다.

마을 초입에 높이 8m, 수령 170년의 수려한 소나무로 마을 주민들은 벼슬아치들의 관모를 닮았다 하여 관송이라 부른다.

관송 옆에 마을의 역사가 적혀있는 입석마을을 자랑하는 비석이 서 있어 400여 년 전 이곳에 터전을 잡았음을 알려준다. 은티마을에서 올라갈 때도 그랬지만 입석마을의 사과밭은 풍성한 정도를 넘어 탐스럽게 주렁주렁 달려있다.

연풍 사과의 무난한 출하로 마을 주민들에게 큰 웃음과 보람을 주었으면 하는 바람을 하게 된다.

때 / 초가을
곳 / 은티마을 – 마분봉 – 장성봉 갈림길 – 악휘봉 – 785m 봉 – 시루봉 – 덕가산 – 입석마을

충주의 진산과 충주호의 주산을 찾아, 계명산과 남산

청풍과 단양의 죄수들이 사형집행을 받기 위해
충주로 들어오려면 반드시 이 고개를 넘어야 했는데,
이 고개만 넘으면 다시는 살아 돌아갈 수 없어
마지막 고개로 칭해진 것이다

충청북도 북동부에 있는 충주시는 충북내륙의 교통 요충지로 충주댐 건설과 함께 수산 관광의 중심지이자 담배와 사과의 주산지로서 농업에 이어 풍부한 지하자원을 갖춘 공업도시로 성장하고 있다.

충주댐, 충주호, 탄금대, 능암온천과 수안보온천 등의 관광지가 있으며 충주호에는 월액에서 청풍, 구 단양과 신 단양으로 이어지는 54km의 뱃길이 생겨 일대의 수상 관광자원이 개발됨으로써 충주 관광권이 형성되어있다. 뱃길에는 1일 왕복 8회 여객선이 운항하고 있다.

"충주의 진산이 닭의 발가락 형상을 하고 있어 충주에 부자가 나지 않는다."

충주시 안림동, 용탄동과 종민동에 걸쳐있는 계명산은 삼국시대에 심항산으로 불리다가 계족산으로 바뀌었다.

닭은 모이를 흩뜨려 먹어 분산의 이미지가 강하다. 충주 고을의 재산이 밖으로 새 나가 충주에 부자가 나지 않는다는 양택 풍수설에 따라 1958년에 충주지역 인사들의 의견과 충주시의회를 거쳐 닭의 울음이 여명을 알린다는 뜻을 가진 계명산鷄鳴山으로 개칭하였다. 즉 계명산은 충주시의 희망을 담은 현대판 지명 유래담을 지니고 있다.

도심과 강과 산이 꽉 차게 어우러진 겨울 풍광

아침부터 눈발이 날리고 기온도 제법 쌀쌀하다. 계명산만 산행하려면 마즈막재에서 오를 수도 있으나 남산까지 가려고 충주 금릉초등학교를 들머리로 택해 학교 뒤쪽으로 올라가기로 하였다.

충주 풍경 길 안내판이 있는 산책로를 따라 비교적 정비가 잘된 등산로로 접어들어 체육시설을 지나고 연수정이라는 정자에 다다른다. 정자 지붕도 하얗게 눈이 덮여있다.

뒷산이라 부르는 작은 봉우리를 지나 막 만들어진 눈꽃 터널을 걷는 기분이 무척 상큼하다. 음용 수질 기준에 적합하다는 약수는 아직 얼지 않았다.

예전 활공장 터에 오르자 충주시 일대가 한눈에 들어오고 올라왔던 능선이 길게 자락을 깔고 있다. 왼편으로 탄금대에서 남한강이 물길을 잇고 있어 도심과 강과 산이 꽉 차게 어우러진 겨울 풍광을 자아낸다. 용탄동 농공단지와 그 뒤로 멀찍이 장미산, 을궁산, 보련산 등 고만고만한 충청도의 산들이 어깨를 맞대고 있다.

유순하게 이어지던 길이 가파른 고도를 일으키기 시작해 걸음을 멈춰 아이젠을 착용한다. 더욱 굵어지는 눈송이가 쉽사리 멎지 않을 태세다. 나무마다 눈꽃 일색이다.

하얀 설국을 홀로 누비며 두 개의 정상석(해발 774m) 앞에 섰다. 정상의 헬기장을 두루 돌며 다양한 물길의 충주호를 볼 수 있고, 지척의 남산과 함께 이곳 계명산이 충주 분지를 감싸고 있음을 알게 한다.

충주호 건너 왼편으로 뾰족하게 각진 사우왕산과 충주호 가운데 등곡산도 물 위에서 잠든 듯 부동의 자세를 취하고 있다. 다녀온 적이 있는 천등산을 알아볼 수 있겠고 그 부근으로 지등산과 인등산도 보인다. 호수 건너로는 월악산의 숱한 봉우리들이 하얗게 중첩해 있다.

백제 때 이 계명산의 마고성에 왕족이 성주로 있었는데 그의 딸이 이 산기슭에서 지네에 물려 죽고 말았다.

"이 원수를 누구한테, 어떻게 갚아야 좋단 말이냐."

"닭한테 복수를 의뢰하는 게 가장 좋을 듯합니다."

"닭한테 살인 청부를?"

지네와 상극이 닭이라는 말을 듣고 산에 닭을 방목하자 지네가 사라진 것이다. 다시 지네가 들끓지 않도록 계속 닭을 풀어놓아 곳곳마다 닭의 발이 닿지 않은 곳이 없다고 하여 계족산이라고 불렀다.

여기서 계명산과 남산 사이의 고개인 마즈막재로 향한다. 2.6km의 거리 표시가 되어있다. 발아래 충주호가 있어 지루함이 없는 계명산이다. 어깨를 나란히 한 남산과 충주 시내를 내려다보며 계명산 자연휴양림에서 올라오는 길과 접하는 전망대에 이르렀다.

호수 수면이 한눈에 들어오는 전망대에서 얼어붙은 듯 고요한 호반의 물길을 바라보다가 꽤 긴 계단을 내려선다.

다소 가파른 내리막 인근에 세 그루의 나무가 합쳐진 연리목을 보면서 사람보다 훨씬 호방한 게 나무라는 걸 의식하게 된다. 더 내려서서 고갯마루 직전에 세워진 대몽항쟁 전승기념탑에 다가섰다.

몽고에 대한 고려의 항쟁은 1231년부터 삼별초 군의 패망에 이르는 40여 년간 전개되었다. 1225년 고려와 국교를 단절한 몽고는 1254년까지 8차에 걸쳐 한반도 전역을 짓밟았다. 이 시기 고려 백성의 생활은 참담하게 피폐해졌고, 고려왕조는 지배체제까지 무너지는 시련기를 맞게 된다.

충주에서는 백정, 천민, 노비들이 주체가 되어 몽고의 1차 침략 때부터 약 27년간 아홉 차례의 전투를 모두 승리로 이끌어 충주를 대몽항쟁의 최대 승전지로 만들었다.

삼국시대 이래 그 어느 지역보다 시련이 많았던 충주였음을 고려하면 충주 민의 자생적 지역 보위 의식이 얼마나 대단했는지를 추측할 수 있다.

이들 지역민의 절실하고도 승화된 애국심의 발로가 승전의 요인이었을 것이다. 고려 시대 충주에서 거둔 대몽항쟁의 전승을 기념하고 그 호국정신을 잇고자 2003년에 대몽항쟁 전승기념탑을 여기 안림동 마즈막재에 세운 것이다.

마즈막재에서 남산으로

계명산에서의 날머리이자 남산 오르는 들머리 마즈막재에 닿을 즈음 눈발이 가늘어졌다.

"이제 마즈막이구먼유. 먼저 가서 자리 잡아 놓을께유."

청풍과 단양의 죄수들이 사형집행을 받기 위해 충주로 들어오려면 반드시 이 고개를 넘어야 했는데, 이 고개만 넘으면 다시는 살아 돌아갈 수 없어 마지막 고개라는 의미로 칭해진 것이다. 남산 아래 마즈막재 부근에 사형장이 있었다고 한다.

이곳 주차장에서 충주호 주변을 걷는 종댕이길이 시작되는데 인근 상종, 하종 마을의 옛 이름을 딴 이 길은 계명산 아래 충주호반의 호젓한 풍광을 즐기면서 걸을 수 있는 호수 산책로이다.

충주忠州의 한자어는 우리나라 중심中心 고을이라는 뜻으로 풀이할 수 있는데 충주호는 종댕이길을 해안처럼 둘러싸고 있어 '중해中海', 즉 내륙의 바다로 불리기도 한다. 충주호에서 피어오르는 아침 안개와 노을을 끼고 걸을 수 있도록 조성하여 걷기 열풍에 일조하고 있다.

마즈막재 주차장 오른쪽에 데크 계단이 있다. 남산의 진입로이다. 왼쪽으로 밭고랑을 끼고 경사면을 타고 오르면서 남산에 들어선다. 전국에 남산이라는 명칭의 산이 수없이 많은데 남산은 앞산이라는 의미를 지닌 정겨운 이름으로 사용되는 것이 보통이다.

금봉산錦鳳山이라고도 불리는 이곳의 남산은 충주시 직동과 살미면에 걸쳐 계명산과 함께 충주호를 끼고 솟아있다. 국가수호를 위한 6·25 한국전쟁 참전과 월남전에 참전한 충주시 거주 무공수훈자들의 전공을 기리고자 세운 무공수훈자 전적비가 이곳에 있다.

남산의 오름길은 능선을 따라 넓은 임도를 네 번이나 횡단하게 된다. 임도 옆으로 설치된 데크 전망소에서는 충주 시내와 충주호를 내려다볼 수 있다.

정상부 임도를 건너 계단을 오르면 잘 축조된 성벽이 나타난다. 충주산성이라고도 불리는 남산성인데 삼한시대 마고선녀가 축성했다는 전설이 있어 마고성麻姑城이라고도 알려져 있다. 동쪽으로 두 개의 작은 계곡 8부 능선을 에워싼 석축산성이다.

"네가 감히 하늘의 뜻을 거역하는 거냐?"

금단산 수정봉에 은거하고 있던 늙은 신선 마고할미가 하늘의 법도를 어기고 함부로 살생하자 대로한 옥황상제가 하천산 노둑봉으로 쫓아냈다.

"옥황상제님! 제가 노망이 들었었나 봅니다. 이젠 많이 뉘우쳤으니 너그럽게 용서해주세요."

500년이 지난 후 마고할미가 잘못을 뉘우치고 금단산으로 돌아가게 해달라고 빌자 옥황상제는 금봉산에 들어가 성채를 쌓고 처소로 삼도록 하되 성은 반드시 북두칠성을 따라 7일 동안 쌓게 하였다.

명을 받은 마고할미가 이 산에 와보니 경관이 수려하고 전망이 좋아 흡족하게 생각하고 7일 만에 성을 완성했다.

"이런 고얀 것. 끝까지 나를 실망시키는구나."

그러나 옥황상제가 사는 서쪽을 향해 수구가 뚫려 있는 것을 보고 괘씸하게 여긴 옥황상제는 마고할미를 성주가 아닌 성지기로 삼았다.

"내가 어쨌다고 자꾸 나만 미워하십니까요?"

수구문은 서쪽으로 내지 않는 것이 축성의 일반적 법칙이다. 산성중 유일하게 서쪽으로 수구문이 난 성이 이곳 마고성이다.

지나온 계명산이 이곳 남산으로 이어지고 있으며 충주 시내와 남한강 탄금호 너머 보련산, 국망산과 원통산이 마루금을 잇고 있다.

남산 정상(해발 636m)에도 발자국 하나 없이 하얀 겨울이 헐거운 나목들을 덮고 있다. 남산 정상에서 300여 m 떨어진 송림 지대에서 호수에 떠 있는 종댕이길이 가늘게 선을 긋고 있는 광경을 보게 된다.

충주호 너머로 멀리 월악산 영봉이 모습을 드러내고 그 앞으로 월악산 수리봉 능선이 길게 펼쳐졌다. 왼편으로 흐릿하게나마 금수산까지 보이니 반가움이 더하다.

송림 조망처에서 되돌아 나와 성곽 위에서 발치봉 능선 뒤로 수안보 스키장 슬로프를 눈에 담고 괴산 일대의 산들과 충주시 달천지역 들녘을 눈여겨보며 하산하게 된다. 암팡진 깔딱 고개를 지나 길게 뻗은 목책 계단을 내려서고 돌탑과 체육시설을 지나 전원주택들이 있는 날머리에 닿는다.

계명산이 충주시민들을 더 큰 부자로 만들어주고 남산의 마고할미 심술이 멈추기를 바라면서 충주를 떠난다.

때 / 겨울
곳 / 금릉초등학교 - 계명산 - 대몽항쟁 전승탑 - 마즈막재 - 남산 - 깔딱 고개 - 전원주택단지

천안 호두과자 원조 광덕산에서 망경산과 설화산까지

아산시의 남동쪽을 차령산맥이 지나면서
광덕산을 비롯하여 망경산, 봉수산, 태화산과 설화산 등
높은 산지를 형성하고 있는데 바로
그 산지를 횡단하는 중이다

천안삼거리, 독립기념관, 유관순 열사 사적지가 있으며 호두과자와 병천순대의 먹거리로도 유명한 충청남도 제1의 도시 천안에 광덕산이 있고 친구가 있다. 아직 이른 아침, 천안역에서 내리자 천안에 사는 친구 성수가 마중 나와 있다.

"산에 오려고 덤으로 친구를 만나는구먼."
"친구가 여기 있으니까 이곳 산을 찾은 거지."

충남 천안시와 아산시를 경계로 하는 광덕산廣德山은 예로부터 산이 크고 넉넉하여 덕이 있는 산이라 하였으며 나라에 전란이 일어나거나 불길한 일이 생기면 산이 운다는 전설이 전해 내려온다.

깨끗하고 맑은 계곡과 부드럽고 유연한 산세로 지역주민들의 발길을 잡아끄는 천안의 진산이라 하겠다. 천안역에서 30분여 거리의 광덕사에 닿을 때까지 충남에서 인구가 가

장 많다는 도시답게 거리에는 많은 인파가 저마다 분주하게 움직인다.

산은 가까운 길이 더 고되다

도심과 달리 한적한 외곽의 광덕사 일주문을 지나 신록 우거진 계곡을 따라 오른다.

"이 길로 가자."

두 갈림길에서 광덕산을 오르는 최단코스인 왼쪽 1코스를 택하였다. 가까운 길이 고된 곳이 산이다. 역시 가파른 경사로의 길게 놓인 계단에 번호가 매겨있는데 다 올라서니 568이란 숫자가 적혀있다.

568계단을 올라 헬기장을 지나면서도 가파른 돌길이 이어진다. 채 한 시간이 지나지 않아 광덕산 정상(해발 699.3m)에 올랐다.

8년여 만에 다시 와본 광덕산이다. 천안에 사는 외사촌과 함께 원점회귀 산행을 한 적이 있었는데, 처음 와본 광덕산이 인근의 다른 산들과 이어진다는 걸 알고 염두에 두었다가 다시 찾은 게 8년 만이다.

천안시 관내에서 가장 높은 산으로 천안시 동남구 동면 광덕리에도 같은 이름의 산(해발 245m)이 있다. 부처님의 덕을 널리 베푼다는 불교 성향의 명칭인지라 여러 곳에서 거부감 없이 사용하는 듯하다.

광덕산 아래 광덕면은 전국 호두 생산량의 30% 이상을 차지할 정도의 호두 산지인데 1290년 고려 충렬왕 때 영밀공 유청신이 원나라로부터 호두의 열매와 묘목을 처음 들여온 곳이라 전해진다. 결국 호두과자로 유명한 천안은 광덕산으로부터 그 명성이 쌓이기 시작했다는 게 틀리지 않은 말일 것이다.

"오늘 우리가 걷는 길이 만만치 않아."

인근의 나지막한 산들을 내려다보며 성수가 가야 할 방향을 짚어준다. 망경산 4.3km, 설화산 8.7km라고 표시된 이정표를 보고 성수를 따라 걷는다.

계단을 내려가 능선을 향하다가 멱시 마을로 빠지는 삼거리를 지날 즈음 산객들이 늘어났다. 주말에 날씨도 좋아 더욱 많은 이들이 올라올 것 같다. 수북한 돌탑을 지나 장군바위라는 곳까지 왔다.

광덕산 정상에서 1.2km에 이른 지점이다. 허약한 젊은이가 산속을 헤매다 허기와 갈증으로 사경에 이르다가 큰 바위 밑으로 떨어지는 물을 받아 마시고 몸이 장군처럼 우람하게 변했다는 전설의 바위란다.

"역시 덕이 많은 산이군."

물에도 덕이 넘치고 영양까지 넘쳐 허약한 사내를 변모시켰다는 그 물은 아무리 둘러봐도 보이지 않는다. 다음 표식이 있는 망경산 삼거리까지는 평탄한 산책로다.

물오른 봄기운을 만끽하며 사색에 잠기기 좋은 산길을 걸어 넓은 헬기장에 도달한다. 거기서 잠깐 숨을 고르고 바로 망경산 정상석(해발 600.9m)을 만지게 된다.

"비박 터로 잘 알려진 곳이야."

많은 사람이 산정에서 비박을 한다고 한다. 태화산과 광덕산의 사이에 있는 망경산望京山은 이들 산과 설화산까지 연속으로 산지를 형성하며 천안시와 아산시의 남서쪽 행정경계에 위치한다.

보통 망경산은 태화산에서 이어지는 명막골의 넙치 고개(넋티 고개)를 산행 시점으로 잡는데 설화산을 이어 거리를 늘려 잡아 조망 산행을 즐기기에 적당하다.

나라에 상을 당하면 한양을 향해 망배望拜나 망곡望哭을

했던 곳이어서 이러한 지명이 유래되었다고 한다. 광덕산의 전설에서 나라에 불길한 일이 있을 때 산이 우는 것은 아마도 여기 망경산에서의 울음소리였나 보다.

인적 없는 외진 길의 신록을 음미하며

도고온천, 아산온천, 온양온천이 있어 온천 도시로도 잘 알려진 아산시는 서해안 종합개발 등 일련의 국가개발이 시행되면서 새로운 공업단지로 탄탄하게 자리 잡았다. 서북부에 아산만이 내륙 깊숙이 만입해 있고 아산호와 삽교호가 조성되어 있다.

아산시에서 세운 자연석 앞에서 아산, 천안시 일대와 그 뒤로 평택과 오산시를 내려다보니 하얗게 치장한 아카시아 숲도 눈에 들어온다.

가파르게 올라왔다가 다시 가파르게 내려선다. 만복골 갈림길로 내려와 망경산 삼거리까지 총 1.2km를 되돌아가서 5.7km 떨어진 설화산으로 방향을 튼다. 삼거리에서 설화산으로 가는 길은 활엽수림이 많은 평범한 숲길이다.

아산시의 남동쪽을 차령산맥이 지나면서 광덕산을 비롯하여 망경산, 봉수산, 태화산과 설화산 등 높은 산지를 형성하고 있는데 바로 그 산지를 횡단하는 중이다.

임도가 나오고 벌목 지대도 통과하며 전혀 인적 없는 외진 길의 신록을 친구와 단둘이 음미할 뿐이다. 무념무상, 전망 바위가 있는 397m 봉에 아무렇게나 걸터앉아 아무 데나 시선을 던져놓으니 아무것도 생각으로 남는 게 없다.

등산로로서 특별한 개성이 있지 않아 편안한 산행인데도 지루한 감이 없지 않다. 정상과 가까워지면서 이정표에 산 아래쪽으로 맹씨행단孟氏杏壇이 있음을 알려준다. 선비가 학문을 닦는 곳을 횡단이라 하는데 맹씨행단은 아산시 배방읍 중리에 있는 고려시대 건축물이다.

조선 전기의 청백리 정승으로 유명한 고불 맹사성이 심은 600여 년 된 은행나무와 고택으로 국내에서 제일 오래된 민가라고 한다.

원래 고려 후기에 최영 장군이 지은 집인데 손주사위인 맹사성이 이어서 살았던 것으로 추정되며 현재 대한민국 사적 9호로 지정되었다. 맹사성의 어머니가 설화산이 입속으로 들어오는 꿈을 꾸고 맹사성을 낳았다니 소화불량에 걸릴 수도 있는 태몽이다. 맹사성뿐 아니라 산 아래 외암마을에는 조선 후기의 학자 이간 선생을 비롯해 많은 학자를 배출한 곳으로 알려져 있다.

맹씨행단이 있는 우측 아래로 내려섰다가 약간의 오르막을 치고 올라 애기봉에 이르렀다가 안부 사거리에서 다소 길게 통나무 계단을 오른다.

설화산雪華山 정상 바위 봉우리(해발 441m)에 태극기가 필력인다. 아산시 송악면에 위치해 이른 가을부터 늦은 봄까지 덮인 눈이 장관을 이룬다 해서 설화산이라고 부른다.

"봉우리가 붓끝처럼 보이지 않아?"

"그런 것도 같고."

"그래서 문필봉이라고도 부르지."

봉우리의 기세가 매우 독특해 문필가 등 많은 인물이 배출되었다고 한다. 이곳 정상에서도 조망에 막힘이 없다. 지나온 망경산과 광덕산이 마주 서 있고 예산 봉수산이 그 뒤의 오서산과 함께 시야에 잡힌다.

서해대교와 예당평야도 보이고 북쪽으로 온양온천과 현충사까지 가늠하게 된다.

정상석 옆의 평상에 앉아 아산시 일대를 내려다보니 야트막한 산들이 둘러친 마을은 공부에 전념하기에도, 무예를 익히기에도 좋은 여건을 갖춘 것처럼 여겨진다. 설화산 안내판에 7정승 8장군의 7승 8장 지지의 명당이 있다고 적혔으니 안 그렇겠는가 말이다.

"너희 조상님도 7정승이나 8장군 중에 속하셨겠지?"

"그건 모르지만, 역적으로 몰리진 않으셨지."

평탄한 하산로를 내려와 초원아파트에 이르면서 천안시에서 아산시까지, 광덕산에서 설화산에 이르는 등산로에 발자국을 남기게 된다.

때 / 봄
곳 / 광덕사 - 568계단 - 광덕산 - 장군바위 - 망경산 삼거리 - 망경산 - 망경산 삼거리 - 397m 봉 - 애기봉 - 설화산 - 초원아파트

북바위산, 북을 두드려 월악 영봉의 호령을 알리다

산 중턱에 거대한 바위가 우뚝 나타난다.
가까이 볼 수 있는 전망대에서 바라보니 마치 인위적으로
바위의 반을 평면으로 잘라낸 것처럼 절묘한 형상이다.
바로 북바위다

북바위산은 충청북도에서 선정한 충북 명산 30곳 중 하나로 월악산국립공원 내의 충북 충주시 수안보면과 제천시 한수면에 걸쳐있다.

계립령鷄立嶺 북쪽에 위치한 바위산이라 북암산北岩山이라는 별칭을 지니고 있다. 마골참, 지릅재라고도 일컫는 계립령은 문헌상 우리나라 도로 사에 있어서 서기 156년 신라 때 처음으로 개척한 고갯길이다.

그보다 더 유력한 명칭 유래는 산자락에 타악기 북鼓 모양의 기암이 있어서이다. 그 기암이 있으므로 해서 북바위산 또는 고산鼓山이라고 칭해졌다는 게 설득력이 있다.

제천시 한수면 송계리는 월악산 국립공원의 손꼽는 명소인 송계계곡이 위치한 곳이다. 물레방아 휴게소 도로 맞은편의 넓은 주차장에는 우리 일행들 말고도 두 곳의 산악회 버스가 연이어 도착하더니 많은 등산객을 내려준다.

차에서 내린 등산객들이 곧바로 산행 준비를 하느라 분주하다. 조용했던 산자락이 금세 북적거린다.

말발굽 소리와 북소리를 들으며 고도를 높인다

주차장 바로 앞 소나무와 활엽수 빼곡한 수림 사이로 송계 계곡의 암반을 타고 흐르는 물소리를 귀에 담다가 휴게소 쪽으로 길을 건넌다. 물레방아가 도는 휴게소에서 오른쪽으로 돌아 나무계단을 오르면서 북바위산에 진입한다.

국립공원이라 등산로는 양호한 편이지만 오르막의 기세가 대단하다. 한참 경사 가파른 길을 오르게 된다. 올라갈수록 조망이 탁월하고 부드러운 바위지대가 줄을 잇는다. 오른쪽 정상 일대에 암봉의 형세가 유독 튀어 보이는 용마봉이 계속 눈길을 잡아끈다.

단체 산행에 등산객들이 뒤섞이면서 다소 산만하여 걸음을 빨리해 앞서 나간다. 바위 오름길이 잦지만, 경치가 좋아 빠른 걸음에도 눈동자가 바삐 움직인다.

월악산 주 능선이 아닌 곳에서 영봉을 이처럼 가까이 보는 건 북바위산이 처음인 듯하다. 월악산 전망대라는 별칭을 지닌 북바위산답다. 눈부시도록 푸른 하늘에 생채기라도 낼까 보아 뾰족 월악 영봉 위로 구름 한 점이 움직임 없이 고여 있다.

그러다가 산 중턱에 거대한 바위가 우뚝 나타난다. 가까이 볼 수 있는 전망대에서 바라보니 마치 인위적으로 바위의 반을 평면으로 잘라낸 것처럼 절묘한 형상이다. 바로 북바위다.

보이는 전면이 북의 몸통처럼 둥근 원형을 이룬 절벽인데 수십 그루의 소나무가 절벽을 감싸고 있다. 폭 40m, 높이 80여 m에 달하는 단애는 색깔까지 쇠가죽과 흡사해 실제로 북을 연상시킨다.

전설에 의하면 오름길 내내 따라붙던 용마봉은 월악산 영봉이 타고 다니는 용마이고 지금 보고 있는 북바위는 영봉의 호령을 천하에 알리는 하늘의 북天鼓이었다고 한다. 갑자기 말발굽 소리와 둥둥 북소리가 요란스럽게 들려온다.

북소리를 내며 올라오는 등산객들에게 전망대를 양보하고 정상을 향해 진행한다. 높이에 비해 오르막이 길고 많은 편이다. 북바위 옆으로 거대한 암릉에 길게 설치된 계단을 오른다.

북바위를 측면에서 보니 작두로 썰어낸 것 같은 수직 단애에 작은 소나무 한 그루가 매달린 것처럼 혹은 박혀있는 것처럼 대단한 생존력을 보여준다. 계단에 올라 돌아보면 월악산이 광활하게 펼쳐졌다.

왼쪽으로 산행이 제한된 박쥐봉을 보고 소나무 늠름하게 뻗은 평평한 흙길을 걷다가 다시 바위로 올라서게 된다. 여기서도 바위를 뚫고 몸뚱이를 뻗어 나왔거나 바위에 뿌리를 뻗어 내린 소나무들을 수두룩 보게 된다. 등로 아래쪽에는 반듯하게 나무를 심어놓은 채종림도 보인다.

북바위 위쪽으로 지름 50cm가량의 홈통바위를 통과하고 경사진 등산로를 거슬러 북바위봉에 올라섰다. 여기서 능선을 따라 세 개의 봉우리를 더 지나야 정상이다.

정상 직전의 봉우리에 다다르자 정상 뒤편 아래로 사사리고개가 움푹 낮아져 있다. 아무런 장애 없이 올라왔는데 올라온 길을 내려다보니 꽤 험해 보인다. 바위산의 특징이다.

조망 장소가 많아 더욱 더딘 걸음으로 북바위산 최고봉(해발 772m)에 도착했다. 절벽 아래로 석문교 주변이 시원하게 펼쳐져 있다. 정상의 전망대에서도 월악산 곳곳을 두루두루 조망하고 주흘산과 부봉을 눈에 담는다.

조령산의 신선봉, 마패봉, 연어봉 등 참으로 많은 봉우리가 중첩되어 파란 하늘을 떠받치고 있다. 북쪽으로 계립령, 서쪽으로 충주시 수안보 지역이 가늠된다. 한참 동안 사통팔달의 조망 권역을 살펴보다가 하산한다.

정상에서 사시리고개로 내려가는 길은 대부분 완만하지만, 때론 급하게 가파르기도 하다. 내리막은 바위 오름길과 완전히 다른 흙길이다.

사시리고개 삼거리에서 뫼악동으로 하산할 수 있지만 박쥐봉 쪽으로 향한다. 함께 버스를 타고 온 일행들보다 조금 더 긴 산행을 하려고 초입부터 서두른 거였다. 지금까지와는 달리 다듬어지지 않은 경사 구간에 조망마저 닫혀 지루하고 적적한 느낌이 든다.

바라보던 이미지와 달리 박쥐봉(해발 782m)은 정상석도 없이 볼품없는 봉우리다. 나무들 너머로 월악산 일대를 둘러보고 바로 움직인다. 여기서 물레방아 휴게소로 내려서는 길은 상당히 거칠고 좁다. 북바위산을 보면서도 땅을 더듬어야 할 정도로 조심스럽다. 한참 동안 힘이 들어갔던 근육을 송계계곡에서 풀고 맑은 물에 흐른 땀도 씻어낸다.

시간 맞춰 계곡을 따라 내려와 휴게소에 도착하니 대다수 일행들이 버스에서 눅진한 피로를 풀고 있다.

때 / 초여름
곳 / 물레방아 휴게소 - 북바위 - 신선대 - 북바위산 - 사시리고개 삼거리 - 박쥐봉 - 원점회귀

서산 아라메길, 황금산과 서산 팔봉산

소금물을 마시는 건지 소독하는 건지 바닷물에
코를 담근 형상이다. 자연적 풍화 현상에 의해
코끼리 모양으로 깎인 주상절리인데 얼핏 보면
코끼리보다 더 코끼리처럼 생겼다

산은 고도 및 지역의 두 개념을 포함하여 정의하는 것이 일반적이다. 그중에서도 고도의 개념이 우선하여 높을수록 명산의 반열에 끼는 경우가 흔하다. 그러한 인식이 강했었는데 여러 산을 다녀보고 그리 높지 않은 산을 탐방하면서 명산은 높이를 중점 삼아 가늠할 수 없다는 생각이 강하게 각인되었다. 오늘 찾은 황금산과 팔봉산도 그런 생각이 들게 한 산이다.

충청남도 서북단에 위치하여 동쪽으로 가야산이 병풍처럼 펼쳐져 있고 낮은 구릉성 산지가 남북으로 늘어선 서산시는 인근에 26개의 크고 작은 섬이 흩어져있으며 전 연안에 걸쳐 개펄이 간척되어 농지 및 공업단지로 이용되고 있다.

이곳 서산에 팔봉산이 있어 오늘 황금산을 트레킹하고 팔봉산까지 섭렵하기로 하였다. 충남 서산시 대산읍 독곶리에 소재한 황금산黃金山은 항금산亢金山이라 불리다가 금이 발견되면서 황금산이 되었다고 한다. 실제로 굴금과 끝굴,

금을 캤던 두 개의 동굴이 남아있다.

섬과 육지 사이의 얕은 바다에서 바람이나 파도 혹은 조류 등에 의해 모래나 자갈이 해안에서 바다 가운데로 부리처럼 길게 뻗어 나가 육지와 연결된 섬을 육계도陸繫島라 하는데 황금산은 원래 섬이었지만 독곶리와 바닷가에 모래가 쌓여 이루어진 사빈沙濱이 연결되면서 육계도가 되었다.

황금산 동쪽은 연안을 따라 흐르는 해류에 의해 해저의 모래나 자갈 등이 운반되면서 퇴적된 육계사주와 습지로 이루어져 있었고 서쪽은 해식애와 파식대가 발달하여 바위 절벽으로 형성되면서 서해와 접해있다.

표고도 낮고 코스도 길지 않은 황금산이지만 시원한 바다를 조망하고 코끼리바위 등 해안절벽을 즐길 수 있어 해안 등반코스로 주목을 받고 있다.

주상절리의 해안 트레킹

관광버스가 빼곡하게 세워진 주차장에서 식당 지대를 빠져나가면 너른 산행로 입구가 보이고 서산시 아라메길이라는 안내도가 세워져 있다. 아라메는 바다를 뜻하는 고유어 아라와 산을 뜻하는 메를 합한 서산 트레킹 코스이다.

총 여섯 구간의 아라메길 3구간 시점에 해당하는 이 지점에서 황금산 정상까지 1.02km이니 부담 여부를 논할 거리도 아니라 하겠다. 곧바로 보이는 갈림길에서 오른쪽 나무 계단을 버리고 왼쪽 능선으로 오른다. 나뭇가지마다 수많은 리본이 달려있다.

완만한 능선에 돌무더기가 수북하다. 얼마 지나지 않아 사당이 보인다. 정상에 세워진 황금산사黃金山祠이다. 예로부터 황금산에는 산신령과 임경업 장군의 초상화를 모신 조그마한 당집이 있어 인근 주민들이나 어업에 종사하는 주민들, 약초 캐는 사람들과 소풍객들이 풍년이나 풍어 또는 안전을 기원하는 고사를 지내고 치성을 들여왔다. 안내판에 적힌 그 유래를 이어 옮겨본다.

산신령은 산하를 지켜주시는 신으로, 임 장군은 철저한 친명 배청으로 명나라에 구원병을 요청하러 떠날 때 한 번은 태안을 거쳐 갔기에 이곳과 연관이 있다. 또한, 바다 한가운데에서 생수를 구하거나 가시나무로 조기 떼를 잡아 군사들의 기갈을 면하게 하는 등 초능력을 지녔던 애국적인 명장이었지만, 억울하게 죽임을 당하였기에 사후에 영웅 신으로 모시게 된 것이다.

황금 바다와 멀지 않은 연평 바다 사이를 오가는 조기 떼를 놓치지 않으려고, 임 장군을 모신 연평도의 충렬사에 대립하여 이곳에 모셨던 것으로서 왜정 때부터 퇴락하기 시작하여 거의 형태도 없었던 것을 1996년에 삼성종합주식회사의 일부 도움을 받아 서산시에서 복원하여 황금산이라 이름 짓고 매년 봄철에 제향을 지내고 있다.

황금산사 뒤편에 돌탑 무더기가 있는데 황금산의 높이를 적어놓은 정상석(해발 156m)이다. 내려다보이는 바다에 대해서도 황금산은 이야기를 늘어놓는다. 전설 속 황룡이 연평도 근해로 간 조기 떼를 몰고 와 고기가 많이 잡혀 황금바다라 불린다고 적혀있다.

여기서 능선을 따라 내려서는데 황금을 캐는 광부가 된 기분이다. 사거리에서 약 1km 떨어진 끝골까지 쭉 이어간다. 쉼터에서 바로 눈 밑으로 대산 석유화학공단이 나타난다.

현대오일뱅크, 호남석유화학, KCC 등 대기업이 상주하여 국가 경제의 중추적 역할을 하는 곳이겠지만 생태환경에 부정적 영향을 주거나 근로자나 인근 주민들이 산업 폐해의 희생자가 되어서는 안 될 것이다.

시원하게 내려다보이는 서해도 환경적 피해가 없기를 기대하며 능선을 따라 걸음을 옮긴다. 낮은 언덕을 올라 헬기장에서 먼바다에 시선을 담갔다가 갈림길까지 간다. 오른쪽 끝골로 내려가다 보니 해안절벽이다. 밑의 해안은 거대한 절벽과 암초로 인해 해안 이동이 불가하다는 걸 알고 다시 올라섰다.

물때가 맞지 않았다. 황금산은 밀물과 썰물 때에 따라 트레킹이 달라질 수 있는 곳이다. 갈림길에서 왼편 산행로를 따라 내리막을 걸어 해안에 이른다. 경사 급한 바위지대에서 해안을 따라 이동하였다가 황금산의 명소인 코끼리바위 쪽으로 방향을 튼다. 다시 등로를 따라 올랐다가 바닷가로 내려가는 길이다.

소금물을 마시는 건지 소독하는 건지 바닷물에 코를 담근 형상이다. 자연적 풍화 현상에 의해 코끼리 모양으로 깎인 주상절리인데 얼핏 보면 코끼리보다 더 코끼리처럼 생겼다. 해안 가득 수북하고도 잔잔하게 깔린 몽돌을 밟으며 절벽으로 다가선다. 밑에서 올려다보니 위험스러워 보이기는 하지만 바위마다 밟을 곳이 많고 밧줄이 튼튼하다. 절벽에 올라서 보는 코끼리는 여전히 바다에 코를 들이밀고 짠 바닷물을 들이켜고 있다.

길지 않은 시간에 아담한 숲길과 몽돌 자갈길, 해안절벽 등반의 묘미를 모두 만끽하게 해 준 황금산에서의 트레킹을 마치고 팔봉산으로 이동한다.

온갖 생선이 산으로 올라와 바위가 된 팔봉산

서산 팔봉면에는 여덟 봉우리가 줄지어 아홉 개의 마을을 품에 안은 팔봉산八峰山이 있다. 서산 9경에 속하며 서산 아라메길 4구간의 시발점이기도 하다. 홍천의 팔봉산이 브랜드 가치가 높아 지역 이름을 붙여 서산 팔봉산이라고 부르는 경우가 많다.

서산시 팔봉면 양길리 주차장에 이르자 마을 주민으로 보이는 할머니들이 이 지역 특산물인 버섯과 각종 나물을 정성껏 손질하고 있다. 원점회귀를 하면 몇 가지 사 가야겠다는 생각이 든다.

소나무 숲길이 열리기 전에 오청취당吳淸翠堂의 시비詩碑 앞에 서게 된다. 스스로 탄식한다는 의미의 '자탄自嘆'을 문희순 교수가 번역한 글이 새겨져 있다.

술 한 잔에 시 한 수
정숙함엔 합당치 않으나
시는 울적한 회포 논할 수 있고
술은 능히 맺힌 근심 풀어낸다네.
세상일 들릴 땐 몰래 귀를 막고
속된 것 볼 때면 머리를 긁적이지
고아한 취미는 오직 한가로이 자적함일 뿐
이 밖에 다시 무엇을 구하리오

두 자녀를 차례로 잃고 남편도 벼슬을 하지 못하여 가슴앓이하는 고뇌, 시와 술로 달라던 그녀의 심사를 그대로 드러냈다. 조선 후기 허난설헌과 함께 여러 편의 시를 남겼던 서산의 여류문인 오청취당의 기구한 운명과 그녀의 한풀이 같았던 처세를 떠올리니 마주 앉아 가득 잔을 채워주고 싶어 진다.

주차장으로부터 300m를 걸어와 6.5km 떨어진 구도항과 갈라지는 갈림길에서 팔봉산 쪽으로 직행한다. 소박한 소망을 읊조리며 쌓아 올렸을 돌탑을 지나고 거북 약수터를 지나 돌계단을 오르게 된다.

능선에 이르러 운암사지 갈림길에서 좌측 1봉으로 올랐다가 다시 내려와 주 등산로인 2봉으로 가야 한다. 1봉으로 오르는 길에는 바위들이 즐비하다. 처음으로 보게 되는 바위가 특이하게 누워있다. 등로 옆 물 마른 개울에 1봉을 향하여 누워있는 바위는 팔봉산을 향해 소원을 빌던 치성 바위라고 전해진다.

그리고 또 다른 바위들을 여럿 딛고 오르자 봉우리 암릉 틈에 예쁘장하게 1봉임을 알리는 표지판을 만들어놓았다. 암릉 막바지에는 좁은 바위틈새를 비집고 1봉(해발 210m)에 올라서서 건너편의 듬직한 바위봉우리 2봉과 3봉을 볼 수 있다.

1봉은 벼슬에 오른 대감의 감투에 빗대 감투봉이라는 이름을 지녔고 또 노적을 쌓아 올린 모양이라 노적봉이라고도 부르는데 이 봉우리에 소원을 빌면 부귀영화를 얻는다고 전해진다.

부귀영화에 대한 욕구를 버린 지 오래되어 소원 비는 걸 생략한다. 2봉으로 오르는 가파른 계단이 아찔하게 보이는데 많은 산객들이 안정되게 오르고 있다. 태안 방향의 서해도 하늘과 맞닿아 있다.

갈림길로 다시 내려갔다가 울퉁불퉁한 암릉을 거슬러 오른다. 철제 계단은 가파르고 좁아 교차 통행에 불편스러움이 없지 않다. 계단을 오르면 지나왔던 1봉이 가깝게 조망되는 전망 지대가 나타난다. 바다와 농촌이 어우러진 팔봉산 최고의 풍광을 볼 수 있는 곳이다.

짙게 드리운 녹음이 거추장스러운 듯 불쑥 튀어나온 바위 봉우리가 초록 가운을 걸치고 바다를 향해 고개를 돌린 모습이다. 1봉의 바위들도 그러하지만 2봉에도 동물의 형상을 한 바위들이 눈에 띈다. 2봉 초입에 눈물을 글썽이는 거북이 형상의 바위를 보며 오르게 된다.

홍천의 팔봉산보다 더 가파르고 긴 계단을 오르다가 우럭바위 앞에서 멈춰 섰다. 용왕이 보낸 우럭이 팔봉산 경치에 반해 돌아가지 않고 바위가 되었단다. 곳곳을 둘러보노라면 우럭뿐 아니라 상어나 고래가 왔어도 머물렀을 거라는 생각이 든다.

높이나 크기로 평가할 수 없는 게 산

바다와 마을과 농토가 잘 어우러져 소박한 정경이 한눈에 잡힌다. 바다가 있는 산은 정겹다. 산에서 내려다보는 바다는 친근하다. 계곡이나 강이 있어도 마찬가지다. 산은 주변을 두루 포용하고 고루 아우르기 때문이다. 사람까지도 산에서는 순수하고 아름다우니 말이다.

역시 높이로만 평가할 수 없는 게 산이다. 크기로 순위를 매기면 착오가 생기는 게 산이다. 나름대로 멋진 장점을 보유하여 찾는 이들을 감동하게 한다.

이번엔 코끼리가 올라왔다가 내려가지 않고 있다. 황금산 코끼리에 비하면 새끼처럼 작지만, 코끼리임엔 틀림없다. 2봉 정상(해발 270m)에도 깜찍한 정상석을 만들어놓았다.

2봉에서 3봉으로 가는 암릉도 아기자기하다. 너덜 바위길을 지나면 용굴이 있다. 여기에 팔봉산을 수호하는 용이 있었다는데 안으로 들어가니 위로 구멍이 있다. 용이 빠져나간 구멍인지는 모르겠지만 홍천 팔봉산의 해산 굴처럼 몸 따로 배낭 따로 빠져나가야 할 정도로 비좁다. 밖으로 빠져나와 가파르게 솟은 계단을 올라가기로 한다.

조선 광해군 때 한여현이 충청도 서산의 연혁, 인문지리, 행정 등을 수록한 호산록湖山錄에 따르면 은산 이문이라는 강도가 부하 100여 명을 거느리고 이 봉우리 안으로 들어와 점거하고 굴을 만든 다음 평민을 갈취하고 살해했다고 한다.

군사들을 풀어 도적이 숨어있는 곳을 찾아 포위하자 도적들이 굶주려 죽기도 하고 굴속에서 나오지 못했다고 한다. 그런데 봉우리 뒤쪽 층암절벽은 수비하지 못하는 속수무책의 지형이었으므로 남은 도적들이 밤에 굴속에서 나와 도망쳤다고 기록되어 있다.

그 굴이 이곳의 용굴인지는 알 수 없지만, 이 기록에서 보듯 팔봉산은 비록 높지 않아도 전투를 치르며 대치할 만큼 험준한 곳임을 알 수 있다.

어깨봉 혹은 견치봉. 힘센 용사의 어깨를 닮았다고 해서 붙여진 이름의 팔봉산 정상인 3봉(해발 361.5m)에 이른다. 정상답게 조망도 시원하게 트였고 주변 봉우리들이 양쪽으로 비켜서서 자세를 낮춘 형태다.

정상의 네모반듯한 자연석을 상석으로 사용하여 기우제를 지냈다고 한다. 이 천제 터가 있는 팔봉산은 신령스러운 산으로 서산에 널리 알려져 이곳에서 기우제를 지낼 때는 군수를 비롯하여 많은 사람이 참여한다. 또한, 이렇게 기우제를 지내면 얼마 지나지 않아서 비가 왔다고 한다.

서쪽으로 팔봉면 일대와 태안의 이원반도가 바다를 향해 길게 이어지며 태안해안 국립공원을 지목하게 한다. 북쪽으로는 서산과 태안 사이의 가로림만 일대가 한눈에 잡힌다. 리아스식 해안과 갯벌 풍경 위로 떠 있는 고파도와 웅도가 한가롭다. 멀리 오전에 다녀온 황금산까지 가늠할 수 있다.

4봉으로 내려가는 계단에서도 초록을 건너 전면으로 잔잔한 바다를 눈에 담게 된다. 3봉을 지나면서는 더욱 수월하게 걸을 수 있다. 4봉(해발 330m)과 5봉(해발 290m), 그리고 6봉(해발 300m)을 편안하게 지나치고 7봉 오르막에 설치된 밧줄을 잡고 올라 지나온 봉우리들을 쭉 돌아보고는 삼각점이 있는 8봉(해발 319m)에 닿아 푸른 공간에 넋을 풀어놓는다.

팔봉산은 봉이 아홉 개인데 제일 작은 봉을 제외하고 팔봉산이라 하여 매년 12월 말이면 그 작은 봉우리가 자기를 넣지 않아 울었다는 이야기도 전해 내려온다.

8봉에서 잠시 쉬었다가 일어나 좁고 외지면서도 소담한 어송리 임도로 내려선다. 양길리 주차장으로 회귀하는 임도는 양옆으로 푸른 활엽수가 덮어 영화나 드라마에 곧잘 나올만한 장소라는 생각이 든다.

한나절도 걸리지 않아 서산의 명소 황금산과 팔봉산을 탐방하고 나서 가슴 뿌듯하고 넉넉해지는 건 야트막하지만 많은 걸 보았기 때문일 것이다. 해안 도시 서산은 산으로도 더욱 많은 이들을 다녀가게 할 것으로 보인다.

바다와 산이, 사람과 자연이 자연스럽게 어우러져 조화로움의 극치를 이루는 앙상블, 그곳이 산임을 새삼 깨닫게 해준 산행이었다.

때 / 여름
곳 / 대산읍 황금산 주차장 - 탐방로 입구 - 황금산 - 몽돌해변 - 코끼리바위 - 원점회귀 - 팔봉면 양길리 주차장 - 운암사지 갈림길 - 1봉 ~ 8봉 - 어송리 임도 - 원점회귀

용하구곡 대미산과 월악산국립공원 최고봉인 문수봉

문수봉은 백두대간이 대미산을 거쳐 더욱 고도를
높이면서 월악산 최고봉을 일으켜 세웠는데
주봉의 자리를 영봉에 내주고 충북 제천과
경북 문경의 접점을 꿋꿋이 지키고 있다

충북 제천시와 경북 문경시의 경계에 있는 대미산大美山은 월악산 국립공원을 지나는 백두대간에 자리하고 있다. 조선 영조와 정조 때 발간한 문경현지에는 대미산을 문경의 많은 명산들 중 가장 높고 으뜸가는 산이라는 의미로 문경 제산지조聞慶諸山之祖라고 표현한 바 있다.

월악산 국립공원을 수차례 다녀가면서도 미답지로 남아있던 대미산과 문수봉의 탐방 기회를 이번에 산악회에서 마련해주었다. 폭염이 기승을 부리는 한여름이지만 흔쾌히 따라나섰다.

오지의 심산유곡을 방문하는 것은 늘 설렘을 준다. 스무명 남짓한 일행을 태운 버스가 고도를 높이며 엔진 소리를 키우자 잠자던 이들이 눈을 뜨고 창밖을 내다본다.

백두대간의 중심, 대미산

문경에서 동로면으로 이어지는 901번 지방도로의 여우목 고개는 해발 620m에 자리 잡고 있다. 산악회 버스가 여우목고개에 닿을 즈음 아침 내내 뿌옇던 안개가 거의 걷혀가고 있다.

도로변 육각 정자 옆에서 산행 준비를 하고 간단히 스트레칭도 한다. 산등성이에 가지런히 심어진 농작물을 보고 오르면서 절로 마음이 풍성해진다.

"이 근방에서 자주 보게 되는구먼. 설마 이 지역에서 출마할 건 아니지?"

저만치 이화령에서 이어지는 백화산과 황학산이 빈정대며 아는 체를 한다.

"두 분께서 도와주신다면 검토는 해보겠습니다만."
"그냥 지금처럼 산이나 다니시게."
"넵, 그러렵니다."

문경새재가 열리기 전에 여우목은 하늘재(계립령)와 함께 한양으로 통하는 주요 관문이었다고 한다. 안내판에 1866년 초 흥선대원군이 천주교도들을 학살한 병인박해 때 30여

명의 가톨릭 신자들이 끌려갔다고 적혀있다. 병인박해로 인해 그해 9월, 프랑스 함대가 강화도에 침범하며 병인양요가 발발했고 이들을 물리쳐 1891년 척화비를 세워 서양에 대한 경계심을 고취하고자 했다.

천주교 성지인 여우목고개에서 대미산으로 오르는 길을 운달 지맥이라 하는데 등산로는 좁고 가파르다. 드문드문 아름드리 소나무도 있지만, 대다수 잡목 숲길이다. 그나마 동자꽃과 원추리가 색감을 드러내 거친 분위기를 조율해준다. 여우목고개를 출발하여 900m를 오르자 봉분이 보인다. 자손들이 벌초하려면 땀깨나 흘려야 할 거란 생각이 든다.

1039m 봉인 이곳에서 단풍취꽃과 간간이 분홍 며느리밥풀꽃도 눈에 담으며 왼쪽으로 내려서서 좀 더 나아가면 대미산黛眉山이 환히 드러난다. 명칭 유래 때문이겠지만 대미산으로 이어지는 능선에서 눈썹 모양을 그려내게 된다.

안개가 완전히 걷혀 햇살 창창한 완만한 능선을 지나 돼지등 삼거리(해발 950m)에 이르는데 돼지의 등처럼 펑퍼짐한 삼거리 안부 지점으로 여우목고개에서 1.8km를 올라왔고 대미산 정상까지는 1km를 더 가야 한다. 진초록 수림을 벗어나면 여지없이 뜨거운 햇볕이 작열한다.

그리고 눈물샘 삼거리를 지난다. 식수가 부족하지 않아 샘으로 내려가지는 않고 바로 지나쳐 1051m 봉에 이르렀다. 대미산을 800m 남겨둔 이 지점에서 우측으로 백두대간이

꺾여 황장산으로 이어진다. 이곳 대간 갈림길에서 바위 능선을 타고 잠시 휴식을 취한 후 바위 능선을 지나 부리기재에 닿는다. 이 지점에서 명전 계곡 전화 마을과 용하구곡으로 내려가는 길이 좌우로 갈라진다.

대미산으로 이어지는 능선은 백두대간을 종주하는 선객들뿐이어서인지 등산로도 잡풀과 넝쿨들이 많아 길이 선명치 않다. 그러다 울창한 낙엽송 수림을 지나면서 왼쪽에 용화구곡을 두고 매두막, 하설산, 어래산으로 이어지는 방향은 지금까지 보다 길이 뚜렷하고 깔끔한 편이다.

대미산 정상(해발 1115m)을 표시한 자그마한 자연석은 세웠다기보다 박혀있는 것처럼 보인다. 남한 백두대간의 중심에 있는 산이며 월악산 국립공원의 식구임에도 살짝 소외된 느낌이 들기도 한다. 우거진 나무들이 조망을 가려 인증만 하고 바로 문수봉으로 향한다. 능선을 따라가다가 오른쪽 아래로 심마니 계곡이 있다고 하니 순간 등산이 아니라 산삼이나 약초를 캐러 다니는 기분이 든다.

포암산에서 대미산으로 길게 이어진 능선은 직각으로 방향을 틀어 문수봉으로 연결되며 그 능선을 따라 충청북도와 경상북도로 갈라진다. 대미산에서 대간을 따라 30여 분 내려와 황장산과 문수봉으로 나뉘는 갈림길에서 왼편으로 길을 잡는다.

백두대간 대미산에서 북쪽으로 약 900여 m 떨어진 지금의

1049.9m 봉에서 왼쪽의 문수봉으로 가는 길을 등곡 지맥이라 일컫는데 문수봉에서도 모녀재, 야미산, 갈미봉, 등곡산, 황학산과 장자봉을 거쳐 충주호로 떨어진다. 약 34km의 굴곡 심한 산줄기이다

황장산에 왔다가 염두에 두었던 곳이 미답지였던 대미산과 문수봉이었다. 오늘 그 길을 걸으면서 가까운 거리에 황장산을 두고 지나치니 감회가 새롭다. 산과의 인연, 산으로부터 소개받는 또 다른 산, 그렇게 산이 주는 감회는 세상에서의 인연과는 확연히 다른 그 무엇이 있다.

이 길도 인적이 드물어 길이 선명하지 않다. 넝쿨과 잡목을 해치고 간간이 급경사 구간을 올라 숨 고르면서 내다보면 지나온 1039m 봉과 대미산으로 이어지는 백두대간이 꼬리를 물고 있다.

버거운 산행의 뒤끝을 용하구곡에서 풀다

평탄하게 돌을 깔아놓은 전봉에 올랐다가 왼편으로 100여m를 더 진행하여 문수봉文繡峯(해발 1162m)에 이른다. 문수봉은 백두대간이 대미산을 거쳐 더욱 고도를 높이면서 월악산 최고봉을 일으켜 세웠는데 주봉의 자리를 영봉에 내주고 충북 제천과 경북 문경의 접점을 꿋꿋이 지키고 있다.

주변 고산 준봉 중 가장 높기는 하지만 기암과 암릉으로

형성된 인근의 산들과 달리 육산으로 풍수상 소가 엎드린 산세라는데 특이한 면을 지니지는 않았다. 산의 북서쪽으로 흐르는 성천과 광천이 이곳에서 발원된다고 한다.

대미산, 문수봉과 함께 하설산(해발 1027.7m), 매두막(해발 1099.5m) 등 1000m가 넘는 고산들이 즐비한 이 일대는 1953년 한국전쟁이 끝난 후에도 수년간 인민군 잔당과 빨치산이 숨어들어 전투가 벌어졌다고 한다. 얼핏 둘러보아도 참으로 깊은 오지라는 걸 알게 된다.

발아래로 황장산과 대미산 능선이 한눈에 보인다. 단양의 도락산, 멀리 도솔봉과 소백산을 시야에 담고 청풍호수를 낀 금수산, 장회나루의 제비봉과 반갑게 눈인사를 나누고 문수봉과 작별한다.

"월악 최고봉이여. 그대는 고요히 멈춰있으면서도 내가 아는 주변 명소들을 모두 보여주는구려. 감사하오이다."

"감사는 무슨. 번거로우니 다시 오지는 마시게."

문수봉과 매두막 사이의 안부 오두현 고개에서 양주동과 용하구곡이 갈라진다. 오두현에서 용하구곡까지 태고의 자연을 느낄 수 있을 터인데 용하구곡 상류는 자연휴식년제로 입산을 통제하여 제천시 덕산면 도기리 양주동으로 하산할 수밖에 없다.

그래도 때가 한여름인지라 용하구곡用夏九曲을 그냥 지나칠 수는 없다. 월악산 송계계곡과 달리 개발이 덜 된 심산유곡의 용하수에 땀을 씻고 그간 찌들었던 속세의 이기를 털어냄이 마땅하단 생각이 드는 것이다.

문수봉 아래의 첫 동네인 양주동은 20여 모든 가구가 황기와 당귀의 약초 농사를 짓는다고 한다. 이곳에서 용하계곡으로 들어서 계곡을 거슬러 오른다.

월악산 주봉인 영봉 남쪽의 만수봉과 동남쪽 문수봉 사이에 있는 용하구곡은 주자학을 집대성한 중국의 주자가 자주 찾던 무의산을 본뜬 명칭이다. 아홉 개의 계곡이 너무 아름다워 무의 계곡이라 칭한 것을 항일 유학자인 의당 박세화 선생이 패러디해 마치 붓을 놀리듯用筆 여름을 가지고 논다는 의미로 용하구곡用夏九曲이라 이름 지었다.

제천의 10경 중 한 곳이자 월악산 국립공원에 속한 용하구곡은 옛날 어느 선비가 이곳을 돌아보고 하늘과 땅도 비밀로 남겨둔 명소라고 극찬한 바 있다.

대미산에서 발원되어 약 5km에 걸쳐 하류에서 상류로 거슬러 올라가며 자연경관이 빼어난 지점에 구곡이 분포하고 있다. 높이 35m, 길이 100m쯤의 제1곡 수문동 폭포가 천연동굴 위로 쏟아져 내리고 제2곡 수곡용담은 용이 꼬리를 틀 듯 포말을 이룬다.

그리고 3곡 관폭대, 4곡 청벽대, 5곡 선미대, 6곡 수룡담,

7곡 활래담, 8곡 강서대와 마지막 제9곡 수렴선대는 월악산 영봉에서 발원하여 산골짜기 넓은 바위를 타고 흘러 까마득히 산 아래로 낙하하며 멋진 폭포를 이룬다. 용하구곡은 구곡 입구인 용하동문을 비롯하여 제1곡부터 아홉 군데의 경관이 원형 그대로 보존되어 있다.

한여름 속살을 줄줄이 드러낸 화강암 반석지대로 이어지는 계곡에 들어서면 시원함이 뼛속까지 스민다는데 피서객들이 많아 그 정도까지는 못 느끼지만, 겨울이라면 뼈까지 시릴게 분명해 보인다.

다시 주차장으로 내려오는 길에 계곡 사이로 멀리 월악 영봉이 고개를 들어 배웅해주니 가는 길이 가벼워진다. 언제든 마음만 내키면 올 수 있는 월악산 일대이기에 떠나면서도 크게 서운한 마음이 생기지 않는다. 오래도록 단단하게 다진 친분 아니던가.

때 / 여름
곳 / 여우목고개 - 돼지등 삼거리 - 눈물샘 삼거리 - 대미산 - 문수봉 - 양주동 마을 - 용하구곡

용두산과 감악산, 제천에서 원주로 가는 바윗길

작성산과 금수산이 보이고 월악산의 우아한 카리스마가
눈길을 잡아끈다. 소백산은 구름 커튼 뒤로 아스라하고
서쪽으로 석기 암봉과 감악산이 차분히 이어져 있어
미답지의 초행길이지만 전혀 낯설지 않다

충청북도와 강원도 내륙을 연결하는 교통 요지로 중앙선과 태백선이 통과하는 충북 제천시의 모산동에 우리나라에서 가장 오래된 저수지 중 하나이자 충청북도 기념물 제11호인 의림지가 있다.

이른 아침에 서울에서 출발한 산악회 버스는 의림지에서 잠시 정차했다. 제천 의림지는 김제 벽골제, 밀양 수산제와 함께 삼한 시대 3대 수리시설 중 하나였다.

오늘 산행의 첫 목적지로 잡은 용두산에서 발원한 용두천이 고여 의림지를 이룬 것이라 한다. 예로부터 농업용수로 이용했으며 지금도 제천시 북부 청전동 일대의 농경지에 관개용수를 공급한다. 삼한시대에 축조되어 숱한 세월 개수와 보수를 거치곤 하였는데 1972년 큰 장마로 둑이 무너지자 1973년에 다시 복구하였다.

현재의 의림지는 호반 둘레가 약 2㎞, 호수 면적은 15만㎡를 넘고 수심은 8~13m로 수리 관계뿐만 아니라 유서 깊은 경승지로 이름을 떨치고 있다. 충청도 지방에 호서湖西라는 별칭을 쓰는 건 바로 의림지의 서쪽이라는 뜻에서 유래된 것이다. 산란하는 해빙기에만 볼 수 있는 공어(빙어)가 의림지의 특산물로 꼽힌다.

월악산을 보고 또 치악산을 보며 걷다

의림지를 둘러보고 가까운 거리에 있는 용두산으로 향한다. 제천시 모산동과 송학면의 경계를 이루는 용두산은 제천시 북단을 병풍처럼 에워싸고 의림지를 품고 있는 제천의 진산이다.

들머리인 청소년수련원에서 출발하여 용담사를 향해 포장도로를 걷다가 숲길로 들어서며 산행이 시작된다. 곧이어 양옆으로 늘어선 노송들을 사열하며 흙길을 걷는다.

가파름과 완만함이 적당한 흙길과 숲길을 이어 걷다가 정상이 가까워지면서 환하게 하늘이 열리고 주변 공간이 시원하게 트인다. 계단을 올라 헬기장을 겸한 용두산 정상(해발 873m)에 이르자 산 아래로 햇살 움켜쥔 의림지가 거울처럼 반짝인다. 그 주위로 논밭과 가옥들이 제천시를 형성하고 있음을 보게 된다.

작성산과 금수산이 보이고 월악산의 우아한 카리스마가 눈길을 잡아끈다. 소백산은 구름 커튼 뒤로 아스라하고 서쪽으로 석기 암봉과 감악산이 차분히 이어져 있어 미답지의 초행길이지만 전혀 낯설지 않다.

용두산 정상에서 감악산까지 10km이다. 제법 긴 거리다. 무수한 봄꽃들이 모두 지고 철쭉마저 자취를 감춘 풀숲을 지나 흙길에 먼지를 일으키며 걷다가 공간이 트이면서 제천 시가지가 눈에 들어온다. 이 길도 소나무가 무성하다.

또 걸어 세명대학교, 제2의림지와 의림지를 내려다보고 2010년 아시아 산악자전거대회 때 설치했다는 모노레일을 옆에 두고 지나가게 된다.

기린초와 노루오줌꽃이 보이는가 싶더니 분홍 꽃을 피운 줄딸기도 눈에 띄고 참나리도 더위에 지친 양 고개를 숙이고 있다. 양지바른 곳에는 노랑제비꽃이 예쁘게 피어있다.

오도재를 거쳐 경사면을 치고 올라 감악산과 용두산이 갈리는 피재점(해발 784m)에 이르렀다가 다시 석기 암봉의 암벽을 타고 기어오른다. 첫 번째 암벽을 오르자 고사목이 서 있고, 바위 직벽이 막아서서 더 진행을 못 하고 다시 내려와 우회로를 따라 석기 암봉으로 향했다.

감악산과 석기 암봉의 갈림길에서 석기 암봉을 갔다가 다시 돌아와야 한다. 석기 암봉(해발 906m)은 충청북도 제천과 강원도 원주의 경계점에 있다. 석기 암산으로 부르기도 하지만 감악산에 속하는 봉우리로 보는 것이 옳겠다. 여기서 나무숲 사이로 감악산 정상 일대의 암봉을 보고 지나온 용두산에서의 구불구불한 능선을 바라보다가 다시 걸음을 옮긴다.

석기 암봉 삼거리에서 감악산 정상까지 3.6km를 더 가야 한다. 한동안 거의 완급이 없는 숲길을 걷다가 마른 억새 무성한 공터에 닿았는데 문바위 갈림길 헬기장의 억새군락이다. 낙엽송이 하늘을 찌를 듯하고 듬성듬성 노린재가 피어있다.

피재점에서 여기까지는 부드러운 능선이었다가 재사골재 사거리를 통과하면서 바위가 많아졌다. 짧은 암릉 구간을 지나 길고 높게 세워진 계단을 올라선 후 가파른 밧줄 구간도 통과하면서 푸른 하늘과 뭉게구름이 보기 좋게끔 공간이 트였다.

이정표부터 200m를 남겨둔 정상까지의 오름이 무척 가파르다, 층층이 쌓은 것처럼 보이는 시루떡 바위에서 주변을 조망할 수 있다. 동쪽 멀리 가리왕산과 백덕산이 우뚝 솟아 있다. 눈꽃 만발한 하얀 겨울에 그 산들을 올랐었다. 그걸 기억하는지 가리왕산이 활짝 웃어주고 백덕산이 손을 흔들어준다.

몇 개의 기암과 두 번의 밧줄 구간을 지나 확연하게 하늘이 열리는 사이에 감악산 정상인 일출봉(해발 945m)에 이르렀다. 감악산紺岳山은 충북 제천시 봉양읍과 강원도 원주시 신림면의 경계에 자리 잡고 있어, 두 시에서 각각 정상석을 세워놓았는데 여긴 감악산의 최고봉이자 제천 정상석이 있는 일출봉이다.

원주 정상석이 있는 월출봉과 감악 2봉, 1봉이 가까이에 나란히 이어져 있다. 인근 주민들은 일출봉을 동자 바위라 하고 월출봉을 선녀바위로 칭해 부르기도 한단다.

사방을 둘러보니 가늘게 뻗어 나간 중앙고속도로 건너로 구학산과 백운산을 가늠할 수 있고 석기암과 용두산이 물결처럼 굽이친다. 내려다보이는 감악산자락은 민간신앙, 천주교, 불교가 한데 모인 곳이기도 한데 남쪽의 배론 성지는 대원군의 천주교 박해 때 천주교인들이 생활하던 곳을 성지화한 곳이다. 의상조사가 창건했다는 신라 고찰 백련사도 이곳에 있다.

충청북도에서 강원도까지 잠깐 사이에 이어진다. 원주의 감악산 정상인 월출봉(해발 930m)으로 넘어왔다. 여기서도 사방이 트여 북쪽으로 치악산 주 능선이 한눈에 잡히고 반대편으로 비스듬히 소백산을 비롯해 충청북도와 강원도의 산마루들이 겹겹이 포개져 있다.

월출봉 선녀바위에 홀로 서서도 유유한 멋을 드러낸 소나무 한그루에 눈길을 던지고 있는데 속속 등산객들이 올라온다. 그들에게 자리를 양보하고 하산을 서두른다.

암벽지대인 2봉(해발 925m)을 거쳐 1봉을 지나 가파른 암릉이 이어진다. 내려가다가 돌들이 많은 능선을 지나게 되는데 감악산성 터였던 곳으로 추정된다.

감악 능선이라는 능선 하산로는 꽤나 가파른 편이다. 직벽 밧줄 구간도 있어 힘이 부치는 하산로에서 주의를 기울이지 않을 수가 없다. 천삼산 뒤로 주론산과 구학산이 흐릿하게 이어지는 걸 보며 하산이 이어진다.

두 번이나 안면을 튼 응봉산이 멀리서도 반갑게 손짓하는 걸 볼 수 있다. 그리고 곧 내려서게 될 황둔 마을을 보고 고도를 낮춰간다.

미나리냉이와 감자난초가 소담스레 피어 고개를 끌어당긴다. 수량은 그리 많지 않지만 청량한 소리로 물을 흘러내리고 있는 협곡을 지나 황둔리 창촌교에서 짧지 않은 산행을 종료한다.

때 / 늦봄
곳 / 청소년수련원 - 용두산 - 피재점 - 석기 암봉 - 문바위 갈림길 - 재사골재 - 감악산 일출봉 - 월출봉 - 황둔리 창촌교

일곱 보물 간직한 쌍곡계곡의 아홉 명소, 칠보산

한여름 햇살을 듬뿍 받은 아름드리 소나무와
바싹 바닥에 몸을 낮춘 야생화, 바위가 어우러진
산길에 청정계곡을 흐르는 맑은 물소리까지 들려
무덥다는 생각보다는 한껏 심산유곡의 정취를 느끼게 한다

속리산 국립공원 내에 속하며 행정구역상 충청북도 괴산군에 소재한 칠보산七寶山은 일곱 개의 봉우리가 불교의 일곱 가지 보물인 금, 은, 산호, 거저(바닷조개), 석영, 수정, 진주처럼 아름다워 그 이름이 붙여졌다.

군자산, 대야산, 청화산 등 속리산 국립공원 일대의 여러 산에 둘러싸여 맑은 계류가 흐르는 쌍곡계곡을 비롯해 기암절벽과 노송이 어우러져 그 이름값을 제대로 하는 산이라 할 수 있겠다.

안단테의 차분한 걸음걸이로

보배산과 군자산을 가늠하며 칠보산 들머리로 향한다. 메아리 산방 회원들인 동익, 창훈, 남영이와 동반했다. 계곡을 끼고 많은 펜션이 여름 피서객들을 받아들이는 중이다.

괴산군 칠성면 쌍곡리 등산로 입구에 떡바위라는 팻말이

붙어있는데 여기서 산행을 시작한다.

떡바위라고 부르는 병암餠岩은 쌍곡구곡 중 제3곡으로 들머리에서 30m가량 떨어진 하류 쪽에 있는데 시루떡을 자른 모양의 바위라 그렇게 부른다. 기근이 심해 양식이 모자라던 시절 떡 바위 인근에 거처를 마련하면 먹거리 걱정은 안 해도 된다는 소문이 돌아 사람들이 모여 살기 시작했다고도 전해진다.

계곡을 가로지르는 목교를 건너면 나무숲 사이로 길게 쌍곡계곡이 누워있다. 많은 사람이 피서를 즐기는 중이다. 쌍곡마을에서 제수리재에 이르는 총 10.5km의 계곡으로 호롱소, 소금강, 병암(떡바위), 문수암, 쌍벽, 용소, 쌍곡폭포, 선녀탕, 마당바위(장암)까지 쌍곡구곡이 줄줄이 이어진다.

"물소리, 새소리, 나뭇가지에 바람 부딪치는 소리까지 들리는군."

"산에서는 보는 것만큼 듣는 것도 큰 즐거움이야."

바위 아래로 철철 물 흐르는 소리를 들으며 산에 오르니 동익이가 한 말처럼 커다란 즐거움이다. 오지 깊은 계곡은 그들 자연의 소리가 있어 그리 조용하지만은 않다.

"산은 다녀가는 것 이상의 의미가 있는 곳이라네."

"여유로워야 많은 것을 볼 수 있고 지혜를 얻을 수 있는 곳이란 말이네."
"안단테의 차분한 걸음걸이로 충분히 산의 무한함을 만끽하시게나."

바람이 지나가다 한마디 충언하니 물이 흐르며 거들고 바위가 사족을 단다.

"얼핏 잔소리들 같지만 틀린 말은 하나도 없군."

산에 가는 또 다른 이유

그대 이야기 듣다 보면 시간 가는 줄 모르게
어느새 어둑어둑
강단 있는 소신,
기발하고도 순발력 넘치는 재치
절로 미소 머금게 하는 해학
암릉 길게 늘어세운 독백만으로도 그댄
충분히 알려줄 걸 알려주었구나.
햇볕 뜨거운 여름철에 그대와 함께 보내며
머리 맑아지는 지혜와 속이 트이는 처세를 익히게 된다.
실바람 음향, 나뭇가지 흔들림만으로도 그댄,
청결하라, 은혜 잊지 말라, 용서하라

끝없는 교훈을 새기게 하였더라.
아무리 잘해도 길어지면 말은 권태롭고
과하면 누구랑 인들 만남도 무뎌지기 마련
허나 그댄, 가끔 거칠긴 해도 매번 기다려지고 마냥 끌려
품에 안기고 싶어 안달이 나게 하는 존재이다.

다리를 건너 바로 오르막길이 나오면서 양옆으로 녹색 수림이 풍요한 통나무 계단 등 비교적 소박한 오름길이 이어진다. 한여름 햇살을 듬뿍 받은 아름드리 소나무와 바싹 바닥에 몸을 낮춘 야생화, 바위가 어우러진 산길에 청정계곡을 흐르는 맑은 물소리까지 들려 무덥다는 생각보다는 심산유곡의 정취를 한껏 느끼게 한다.

더 깊이 들어가면 간간이 세찬 굉음과 더불어 쏟아져 내리는 폭포수가 있고, 청동빛 소와 부드럽게 암반을 적시며 고이는 담이 연이어 나타난다. 그때마다 발길은 족쇄가 채워진 듯 도리 없이 멈춰 서는데 이 계곡은 물과 바위가 어우러져 빚어낼 수 있는 모든 아름다움이 농축된 것만 같다.

그런 계곡을 벗어나자 출입금지 푯말이 보인다. 금줄을 넘어 구봉 능선을 가고 싶은 마음이 없지 않지만 솟는 욕구를 꾹꾹 누른다. 정상을 600m 남겨둔 청석재에서 잠시 숨을 고르는데 하늘을 찌를 것처럼 높이 솟은 노송이 활엽수림과 섞여 초록을 더욱 싱그럽게 한다.

들머리인 떡바위에서 2.1km를 올라온 삼거리가 청석재인

데 각연사를 들머리로 잡으면 1.7km를 올라와 이르게 된다. 이번에는 더욱 가파른 나무계단이다. 계단 지나 조망이 좋은 바위에 올라서서 잘 뻗은 소나무 아래로 각연사를 내려다보고 겹겹 중첩된 봉우리들에 눈길을 둔다.

폭염에 가까운 날씨지만 숲 사이로 부는 바람이 걸음의 무게를 덜어준다. 친구들도 내리쬐는 태양에 시달리기보다는 부는 바람을 즐기는 표정이 역력하다.

출발점에서 2.7km를 지나 칠보산 정상(해발 778m)에 닿자 꽤 많은 이들이 정상석 앞에서 인증을 받고 있다. 정상석 뒤편으로도 주변 경관을 조망할 수 있는 바위가 있어 거기서 건너편 봉우리들과 대면한다.

시루봉과 그 우측으로 악휘봉이 자리하고 좌측에는 덕가산이 솟아있다.

뜨거운 햇볕에 노출된 옥녀봉, 군자산, 보배산이 긴 여름을 권태로워하는 듯 보인다. 문경새재의 조령산과 주흘산, 비켜서서 희양산과 대야산 등 낯익은 산들과 눈을 맞춘다.

"안 가본 산들이 너무 많아."

"너무 행복하단 얘기처럼 들린다."

"이쪽 지방에 특히 좋은 산들이 많아."

"내려가야 또 좋은 산을 가지. 내려들 가세."

하산하면서도 느끼게 되지만 건강한 노송들이 산세를 더욱 돋보이게 하는 칠보산이다. 잘 정비된 목책 계단을 내려가 잠깐 경사 급한 내리막을 지나면 이내 평탄한 등로가 이어진다. 고개를 쳐들고 무언가를 갈망하는 듯한 거북바위를 살펴보는데 무척 힘들어 보인다.

"왜 바다에 있지 않고 산에 와있는 거야?"
"배를 잘못 탔어. 사공이 많은 배였어."
"적응하면 여기도 살만할 거야."
"오늘처럼 더운 날은 적응이 안 돼."

어쩌랴. 칠보산에서 영생하기만 빌어줄 수밖에. 마당바위에는 죽어서도 꼿꼿한 고사목 한그루가 의연하게 서 있는데 말을 걸지 않고 그냥 지나쳐 활목 고개에 이른다. 정상에서 700m 아래의 이 고개는 각연사에서 2.1km를 올라오면 이르게 되고 날머리로 잡은 절말까지는 3.6km의 거리이다.

여기서 목책을 넘어 올라섰다가 고도를 높이면 시루봉에 이르러 덕가산과 악휘봉을 연결할 수 있다. 힘들게 다녀왔던 길인지라 그때를 떠올리니 땀이 맺힌다.

쌍곡휴게소가 있는 절말 방향으로 길을 잡아 내려가다가 맑은 물 흐르는 계곡 상류의 나무 그늘에 앉아 산들바람을 쏘이니 신선이 부럽지 않다.

"신선으로 오래 살면 게을러져."

물속을 유영하는 물고기 떼를 쳐다보며 쉬다가 일어나 전나무 숲에서 퍼져 나오는 상쾌한 기운을 속에 담는다. 내려가면서 계곡은 더욱 넓어지고 여기저기 자리를 잡아 물놀이하는 사람들도 늘어났다. 장성봉으로 가는 갈림길을 지나 바위가 즐비한 강선대에는 물만큼이나 사람들도 많아 시장처럼 북적거린다.

쌍곡폭포 갈림길에서 쌍곡폭포 쪽으로 들어섰다. 쌍곡구곡 중 제7곡으로 8m 정도의 반석을 타고 흘러내린 폭포수가 여인의 치마폭처럼 담을 이루는데 보고만 있어도 서늘한 기운이 감돈다. 치마폭에도 몇몇 사내들이 여름을 즐기는 중이다. 천혜의 피서지라 할 만한 곳이다.

산에서 빠져나오면 더위는 더욱 기승을 부린다. 다시 돌아와 쌍곡 탐방지원센터를 지나 쌍곡휴게소에 이르고 차도를 따라 10여 분 걸어서 떡바위 주차장으로 원점 회귀하는데도 주르륵 땀이 흐른다.

때 / 여름
곳 / 떡바위 등산로 입구 – 청석재 – 칠보산 – 활목 고개 – 쌍곡폭포 – 쌍곡휴게소 주차장 – 원점회귀

군자의 풍요한 덕을 보여주는 군자산과 남군자산

푸른 소나무들이 도열한 가로 단애가
마치 커다란 동양화의 액자를 걸어놓은 듯하다.
급한 내리막을 조심스레 내디디면서도
자꾸 눈이 간다.

충북 괴산군 칠성면 쌍곡리에 소재하여 칠성 평야 남쪽으로 펼쳐진 군자산君子山은 예로부터 충북의 소금강이라 불려 왔을 정도로 산세가 빼어났다.

산을 끼고 흐르는 쌍곡계곡은 퇴계 이황과 송강 정철로부터 사랑받았던 괴산 8경의 한 곳이며 남군자산과 함께 속리산국립공원에 속한다. 서쪽으로 달천이 산자락을 에워싸고 흐르며 북으로는 칠성 평야가 군자산을 받쳐주고 있다.

삼국시대에는 이곳에서 많은 전투가 벌어졌다. 칠성 평야에서 신라와 백제군의 패권 다툼이 있었을 때는 전투에 진 장수가 느티나무에 머리를 박고 자결하였다고도 한다.

쌍곡계곡의 2곡이라 부르는 소금강은 기암절벽 지대로 그 중에서도 하늘 벽은 금강이라는 이름을 무색하지 않게 한다. 소금강 주차장에 내려 하늘벽을 올려다보고 산행을 시작한다.

모자란 아침잠을 산악회 버스 안에서 보충했는데 도착하여 눈을 뜨니 머리도 개운하고 몸도 가벼운 느낌이다.

군자의 위용을 넉넉하게 갖춘 산이다

들머리로 진입하자마자 가차 없는 오르막이다. 노송이 즐비하다던 산악 대장의 안내 멘트 그대로 멋진 소나무들이 반겨준다. 어느 산이든 소나무는 절벽에서 그 풍모를 빛낸다. 이 산의 깎아지른 절벽도 소나무와의 어울림으로 더욱 도드라진 질감을 보여준다.

첫 조망터에서 보배산을 오르는 들머리인 서당골이 눈에 들어오고 막 제철을 벗어나 한가로워진 쌍곡계곡이 내려다 보인다. 10km의 계곡 곳곳에 풍부한 수량의 맑은 계류와 기암, 그리고 소나무가 선경을 이루어 여름철에는 많은 피서객이 찾는 곳이다. 1996년에 충북의 유명한 계곡을 대상으로 수질검사를 실시했는데 쌍곡계곡의 물이 최고의 수질 평가를 받았다고 한다.

오른쪽으로 소금강 절벽을 끼고 오르자니 많은 이들이 이 산의 산세에서 덕을 쌓은 군자의 모습을 느꼈을 거란 생각이 든다. 암릉과 소나무가 정겹게 조화를 이루어 후한 덕을 풍기는 산인지라 더 그렇고 그런 걸 제대로 읽어내는 사람들이 바로 산을 좋아하는 이들이기 때문이다.

그런 생각이 들자 산악인은 대자연에 동화되어야 한다는 노산 이은상 선생의 글귀가 떠오른다. 노산은 1967년 한국 산악회 제4대 회장으로 취임하면서 돌아가시던 해인 1982년까지 여섯 대에 걸쳐 회장직을 맡았다.

시인이자 산악인인 노산은 취임에 맞춰 우리나라 산악인들의 인구에 회자되고 산행 지침이 되는 산악인의 선서를 썼다. 이 100자 선서문은 많은 산에 석비로 세워져 산객들의 걸음을 붙들어 세우고 있다.

산악인의 선서

산악인은 무궁한 세계를 탐색한다.
목적지에 이르기까지 정열과 협동으로
온갖 고난을 극복할 뿐,
언제나 절망도 포기도 없다.
산악인은 대자연에 동화되어야 한다.
아무런 속임도 꾸밈도 없이
다만 자유, 평화, 사랑의 참 세계를 향한
행진이 있을 따름이다.

내 고향 남쪽 바다 그 파란 물 눈에 보이네. 꿈엔들 잊으리오. 그 잔잔한 고향 바다…… 선서문을 되뇌며 오르는데 느닷없이 가고파의 첫 구절을 읊조리게 된다. 이은상 선생이 뇌리에서 사라질 즈음 제법 거칠고 심한 경사가 이어지더니 여기저기 산양의 배설물이 눈에 띈다. 절벽을 좋아하는 산양의 기질을 배설물을 통해 되뇌게 된다.

쉼터를 지나 계단을 통해 암벽을 우회하여 오르자 역동적인 산세의 보배산과 칠보산 능선이 뚜렷하다. 첩첩산중에 구불구불 끝없이 이어지는 마루금이 장관이다.

이 산에서 기도하면 옥동자를 얻는다는 설화가 전해진다. 돌을 던져 바위를 맞추면 아들을 낳는다는 아들바위가 있으며 음기가 세어 자식을 잘 낳는다는 전설이 전하는 기도 터에는 무속인들의 발길이 끊이지 않는다고 한다.

760m 고지에 이르면서 엷은 안개마저 걷히자 월악산 영봉과 신선봉, 조령산 등 중부내륙의 명산들이 철철 흐르고 군자산 정상 일대가 시야에 잡힌다. 정상 바로 못미처 날카롭게 바위가 서 있고 그 옆으로도 시원스레 시야가 트였다. 아래로 마을만 보이지 않는다면 첩첩산중 오지이다.

도마재를 지나 남군자산으로 이어지는 능선과 그 너머 조항산, 백악산과 속리산 주 능선까지 넘볼 수 있다. 아래로 쌍곡계곡이 실타래처럼 늘어졌고 가까이 보개산, 칠보산으로부터 희양산, 백호산, 악휘봉 등 준령들의 흐름이 넉넉하게 이어진다.

남쪽 작은 군자산 너머로 대야산이 자리 잡았고 그 너머로 속리산 연봉들이 선을 긋는다. 다들 안면이 있어 친근감이 드는 산들이다.

군자산 정상(해발 948m)은 우거진 잡목으로 시계가 가려져 있다. 군자산을 큰 군자산이라 부르고 남군자산을 작은 군자산이라 부르기도 한다.

“형님! 바로 떠납니다.”

“차라도 한잔 대접해야 하는데 미안하구먼. 길이 험하니까 조심하게.”

우거진 초록 숲이 점차 갈색으로 변하는 중이다. 군자산에서 지체하지 않고 조금 내려서자 암릉 위로 거칠 것 없이 트인 조망 장소가 나온다.

여기서 바라보는 일대의 산들의 산그리메가 일품인 장소로 흔히 괴산의 35 명산이라 일컫는 산들을 가늠해볼 만한 곳이다. 땀깨나 흘리며 산행했던 왼쪽 덕가산에서 백두대간 장성봉으로 이어지는 산그리메에 시선을 담갔다가 길을 이어간다.

삼거리봉(해발 876m)에서 돌아본 군자산은 다시 보아도 군자의 위용을 갖춘 모습이다. 최고봉으로서의 자태가 어느 고봉에 모자람이 없다. 여기서도 쾌적한 시야를 유지하며 도마재에 이르렀다. 군자산만을 산행할 때는 이곳 도마재에서 도마골로 하산하게 된다.

남군자산으로 잇는 길은 더욱 좁고 거칠다. 아직 더위가 가시지 않은 때라 고온다습하여 땀까지 흐른다. 바위를 넘고 우회하며 남군자산(해발 872m)에 도착했을 때는 몸이 축 처지는 느낌이다. 작은 바위들로 형성된 암봉으로 사방 전망의 막힘이 없는 정상 지대이다. 닿자마자 대야산과 중대봉이 확연하게 시야에 잡힌다.

군자산보다 덩치가 작아 군자산 남봉이라 부르기도 하는데 육산의 부드러운 산세와 적당한 골격의 암릉과 기묘한 바위들이 조화를 이루고 빼어난 조망을 지녀 등산객이 많이 찾는다.

북으로 군자산의 산세가 늠름해 보이고 동쪽으로 살짝 방향을 틀면 보배산, 칠보산, 악휘봉으로 연결되는 백두대간이 빼곡하게 줄을 이었다. 또 대야산과 그 너머로 속리산 문장대로 길게 능선이 이어진다.

한동안 휴식을 취하고 정상 바로 아래의 삼거리에서 내려서자 평평한 710m 고지에는 칠일봉이라고 적힌 자연석을 나무에 기대 세워놓았다.

배낭을 메고는 빠져나갈 수 없는 좁은 바위와 바위틈이 이어진다. 산부인과 바위라고도 부르는데 사람의 몸이 겨우 들어갈 수 있을 정도의 바위틈새를 일컫는 침니沈泥이다.

다시 세 개의 바위가 놓인 삼형제 바위에 이르렀다. 마치 다른 곳에서 옮겨놓은 것처럼 기이한 바위들이 몰려있다. 상어 바위를 지나 코를 바위 아래로 늘어뜨린 코끼리바위의 코에 앉아 휴식을 취하는데 여기서도 두루 시야가 트였다.

다시 칠일봉으로 올라 제수리재로 방향을 잡는다. 편안하게 내려서다가 다시 오르막이 이어지는 695m 봉에서 능선을 따라 트인 공간을 걷는다.

푸른 소나무들이 도열한 가로 단애가 마치 커다란 동양화의 액자를 걸어놓은 듯하다. 급한 내리막을 조심스레 내디디면서도 자꾸 눈이 간다. 여기서 내려서니 막장봉 들머리이기도 한 제수리재이다.

자동차 도로인 보람원 입구에서 조금 더 걸으면 충북 괴산과 경북 문경의 경계 지역인 하관평 마을이다. 마을까지 내려와 흙길을 걷는데도 바윗길을 내딛는 것 같다. 온통 암벽으로 이루어진 산을 산행하고 내려왔을 때의 느낌과 더불어 군자의 신분으로 길게 대로를 걸어온 기분에 사로잡힌다.

하관평 마을에 대기 중인 산악회 버스에 오를 때도 군자의 풍모를 잃지 않으려 어깨를 쭉 펴고 당당한 모습을 갖추게 된다.

때 / 늦여름
곳/ 군자산 등산로 입구 - 전망대 - 군자산 - 도마재 - 846m 봉 - 남군자산 - 칠일봉 - 삼형제 바위 - 제수리재 - 하관평 마을